WENDY SALISBURY

TOYBOY DIARIES

SEXPLOITS OF AN OLDER WOMAN

ВЕНДИ СОЛСБЕРИ

СЕКС
В БОЛЬШОМ
ВОЗРАСТЕ

ДНЕВНИК ВЗРОСЛОЙ
ДЕВОЧКИ

РИПОЛ
КЛАССИК

Москва • 2009

УДК 821.111-311.1
ББК 84(4Вел)6-4
 С60

Перевод с английского М. Десятовой

Солсбери, Венди

С60   Секс в большом возрасте. Дневник взрослой девочки / Венди Солсбери ; [пер. с англ. М. Десятовой]. — М. : РИПОЛ классик, 2009. — 320 с.

ISBN 978-5-386-01166-6

Ей чуть-чуть за сорок. Она полна жизни и желаний. А еще — очень откровенна. Она рассказывает о своих многочисленных любовных похождениях, пикантных приключениях и восхитительных победах над самыми разными мужчинами, встречающимися на ее пути. И это для того, чтобы вы поняли, что секс существует не только для юных блондинок, и что совсем не их будут с восторгом вспоминать лет через двадцать сегодняшние великолепные красавчики.

Эта книга о том, что в сорок два все еще только начинается!..

УДК 821.111-311.1
ББК 84(4Вел)6-4

The book was negotiated through Goumen&Sneirnova Literary Agency
(www.gs-agency.com)

ISBN 978-5-386-01166-6

ПРЕЛЮДИЯ

Эта книга — подарок мне от меня на шестидесятилетие. Где можно, я старалась прикусывать язычок (иногда свой, иногда чужой), но все же они появились на свет — дань прошлому, мемуары, ступенька к будущему. Когда меня будут вывозить на солнышко в кресле-каталке, пусть кто-нибудь прочтет эти записки, и сквозь туман маразма в моей трясущейся седой голове пробьется удивленное: «Неужели все это было со мной?»

Кто-то сочтет, что я ненасытная хвастливая эгоистка, и только обрадуется, если судьба покажет мне, где раки зимуют. Поверьте, в спальне мне показывали и не такое. Кто-то усомнится в моей правдивости и скажет, что глотать подобную чушь не намерен, однако я излагаю все как было, от начала до конца. Когда часики тикают, только полная дура не сыграет на своей внешности, декольте или вовремя подвернувшейся лодыжке.

Прочитав, что мне шестьдесят, вы наверняка представили этакую старушку «божий одуванчик» с аккуратными седыми кудряшками, терпеливо выстаивающую очередь за пенсией. Выкиньте эту пошлую картинку из головы! Переключитесь на Хелен Мирен, Сьюзан Сарандон, Катрин Денёв, Голди Хоун, Дайану Китон, Джуди Денч, Джоанну Ламли — сексуальнейших и соблазнительных.

Я выросла в Лондоне в «свингующие шестидесятые». Мой отец был настоящим мужчиной, который хотел сына, а родилась дочка. Папа не позволил сбить себя с толку; он учил меня играть в футбол, делать мелкий ремонт, подбивать баланс и вообще относиться к жизни по-мужски. Мама, наоборот, шила бесконечные платьица из тафты и тюля. Я запуталась окончательно и до сих пор еще не совсем распуталась.

Отпраздновав восемнадцатый день рождения, я уехала в Андалусию переводить биографию знаменитого тореро Эль Кордобеса. Жаркой южной ночью он лишил меня девственности — это был скачок во взрослую жизнь.

Двадцать лет спустя (за плечами две свадьбы, два развода, две дочери) моим девизом стало «в сорок жизнь только начинается», и я решила сполна насладиться своим статусом одиночки, получив пропуск за кулисы с пометкой «никаких ограничений». Как многие мои знакомые, я живу одна. Справляюсь.

Год рождения в свидетельстве не поменяешь, но я открыто смеюсь над ним и считаю просто досадной опечаткой. В глубине души я, подобно многим ровесникам, остаюсь двадцатилетней. Не всегда... примерно раз в неделю. Время — вор, однако я дерусь с ним зубами и наманикюренными когтями. Мое оружие — целенаправленный уход за собой и хорошие гены, доставшиеся от предков, русских евреев. Бабушка, дожившая до девяноста четырех, подарила мне гладкую кожу и персиковые щеки. Маме восемьдесят шесть. Сохраняя твердость и язвительность характера, она очень огорчается, если день проходит без событий.

В нашей семье всегда ценилось умение женщины заработать на хлеб. Та самая бабушка, оставшись в двадцать девять вдовой с двумя малышами, сама выучилась делать шляпки, а потом устроила в семье махровый матриархат, буквально пинками выгоняя всех работать и добиваться большего, чем она. Когда мне было четырнадцать, папа устроил меня в ресторан, чтобы я могла оплатить летний отдых, и с тех пор я тружусь не покладая рук (в официантки, правда, с тех пор больше не совалась!). Теперь я занимаюсь антиквариатом — нахожу, реставрирую, продаю, но ни в коем случае не ложусь с развалинами в постель!

Фигуру поддерживаю безуглеводной диетой и йогой, так что в целом я из той когорты современных femmes d'un certain age*, которые, пройдя огонь, воду и мед-

---

* Femmes d'un certain age (*фр.*) — немолодая женщина, женщина бальзаковского возраста. — *Здесь и далее примечания переводчика.*

ные трубы, по-прежнему классно смотрятся в обтягивающем топике.

Подобно многим активным, пышущим жизнью женщинам моего возраста, я рассчитываю еще лет на тридцать бурных сексуальных похождений. Вполне возможно, что лучшее впереди, осталось только понять: погоня за счастьем и погоня за пенисом — это одно и то же или нет? Когда тебе сильно за пятьдесят, способна ли ты по-прежнему привлекать, увлекать и развлекаться? Можно ли одной рукой стягивать подгузник с внучки, а другой — трусы с молодого любовника? Компьютер утверждает, что можно!

Если, согласно исследованиям, мужчины достигают сексуального пика в девятнадцать, а женщины — в тридцать пять, получается, что в двадцать девять и сорок пять они полностью совместимы. Зна-а-ачит... «ягодка опять» у нас не в сорок пять, как раньше, а в пятьдесят пять... Дальше вычисляйте сами.

Еще недавно считалось, что после пятидесяти о «первом разе» в чем бы то ни было речь уже не идет (исключения — примерка искусственной челюсти или прилив жара в отделе одежды для полных). А сейчас, при нашей свободе нравов, одинокие соблазнительницы вправе распоряжаться своей нерастраченной сексуальной энергией как их душе угодно. Я лично склоняюсь к подтянутым молодым людям. Иногда склоняюсь так сильно, что теряю равновесие и падаю в их объятия. Согласно статистике, я в своем выборе не одинока. Мы, шалуньи, предпочитаем тех, кто помладше... когда соблазнительный аромат тестостерона едва пробивается сквозь запах не обсохшего на губах материнского молока. А для этих игривых щенят наши плюсы налицо: холеное тело, сексуальный опыт, житейская мудрость, финансовое благополучие, материнская забота и нерастраченные чувства. Которые, кстати, не успевают остыть — романы ведь скоротечны.

Неприличествующие возрасту эскапады обогатили мою жизнь и чрезвычайно польстили самолюбию (пусть даже кто-то из мелких мерзавцев смел назначить свидание и не явиться). Порой в темноте ночи, когда мне не спится одной в двуспальной кровати, я вытряхиваю копилку воспоминаний и перебираю сокровища. Мой сексуальный счет, надо сказать, выглядит довольно внушительно.

Разборчивость и пристрастие к «мальчикам» — путь к наслаждению, или русская рулетка для сексуально ненасытных. Так или иначе, дамы, если задумаете попробовать мою «диету», помните...

Ради всего святого, задирая ноги, не позволяйте им оторваться от земли. Не влюбляйтесь ни в коем случае — любовь это путь к безумию...

ЮНЫЙ РИКИ РОТТЕР

И ИСТОЧНИК МОЛОДОСТИ

Вскоре после развода со вторым мужем я прихватила шестнадцатилетнюю Поппи и отправилась в Альпы покататься на лыжах. До Женевы самолетом, рейс ловко состыкован с отправлением нужного поезда, и вот мы с дочкой в Вилларе, любуемся заходящим солнцем. Заселившись в номер шале, примостившегося на середине склона, мы кое-как побросали чемоданы и вышли на балкон. Под нами, как кубики льда, высыпавшиеся из огромного бокала с «маргаритой», искрилась белоснежная трасса. Поппи чихнула, поежилась и ушла в теплый номер, разбирать чемоданы, а я сделала глубокий-глубокий вдох, наполняя легкие живительным горным воздухом.

Через несколько минут в соседнем номере кто-то заговорил по-английски. Я заглянула вытянув шею за перегородку из матового стекла: двое молодых людей валяются на кроватях, девушка сушит волосы перед зеркалом. Один из парней вдруг встал, откатил стеклянную дверь и шагнул на балкон. Я поспешно убрала голову, чтобы не показаться слишком любопытной, но парень меня заметил.

— Приветствую! — Он заглянул на мою сторону. — Вы из Англии? Только что приехали?

— Да. А вы?

— Во вторник. Вы одна?

— Нет. Я с... — Какой подтянутый. Высокий, темноволосый, загорелый и мускулистый. Как мне ответить? С кем я — с сестрой?

— ...с дочерью, — решительно продолжила я. — Как раз думали, где бы тут поужинать. Порекомендуете что-нибудь?

— Мы обычно ходим в пиццерию. Если хотите, приглашаю с нами. Меня, кстати, Рики зовут.

— Рада познакомиться! — Я с улыбкой пожала протянутую руку. Ух ты! Крепкое рукопожатие куда лучше вялого.

— Мы к вам постучимся в районе семи, — решил он и, не успела я опомниться, исчез за перегородкой.

— Вот, закадрила парня! — обрадовала я отсидевшуюся в номере дочь.

— Что сделала?! — Поппи вытаращилась на меня с таким изумлением, будто я ее любимого плюшевого мишку старьевщику отнесла.

— Для тебя же старалась! Красавчик англичанин из соседнего номера.

— Ма-ам! — простонала она, заведя глаза под потолок, и продолжила распихивать белье по ящикам комода.

В семь ноль пять, едва мы приняли душ и оделись потеплее перед выходом на улицу, раздался стук в дверь. Мы несколько скомканно обменялись любезностями с тремя обладателями свежих юных мордашек и все вместе зашагали по хрустящему снегу к ярко освещенному итальянскому бистро. Поппи сперва дичилась, но, глотнув vin chaud*, оттаяла. Красавчик Рики (которому я на вид дала бы лет двадцать пять) и девушка Лара оказались братом и сестрой. Второй парень, Джейсон, — их кузеном. За столом весь вечер не смолкал смех, сыпались шутки и шел обмен горнолыжными байками — как раз то, что мне нужно было, чтобы забыть страдания последних месяцев.

Наутро мы всей компанией отправились кататься, предоставив выбор трассы нашим новоиспеченным знакомым. Первый день на незнакомом курорте всегда самый трудный — по карте не всегда разберешься, так что есть опасность угодить на «черный» склон, — и как потом с него съезжать? Ужинали мы опять вместе, а затем переместились в поселок, в клуб «Ле Рок». Поппи наконец обрела твердую почву под ногами, и они вдвоем с Ларой уселись перед барной стойкой наблюдать за местными виртуозами.

Я подошла к пинбол-машине. Сто лет не играла, да и в лучшие времена выходило не ахти. Монетка скользнула в прорезь, шарик метнулся к дальнему краю. В этот момент рядом со мной вырос Рики и небрежно оперся на край.

— Не смущай меня! И так руки-крюки, — засмеялась я.

---

* Vin chaud (*фр.*) — глинтвейн.

Не говоря ни слова, он встал у меня за спиной, положил руки поверх моих и принялся жать на кнопки. Мы управляли флипперами, шарик лихорадочно прыгал из стороны в сторону. Рики прижимался ко мне сзади, широко расставив ноги, и дергал меня вправо-влево, гоняя шарик по полю. Я чувствовала затылком горячее дыхание и не могла понять, то ли парень ко мне клеится, то ли впрямь хочет показать высший класс пинбола.

Из бара мы вышли уже за полночь и двинулись наверх, в шале. Рики, нагнав меня, пристроился рядом. Я вопросительно изогнула бровь, а он ответил загадочной улыбкой и продолжил путь.

На следующий день мы провожали старый год. Скатертью дорожка!

— Есть желающие пойти на новогодний бал в гостиницу? — предложила я за ланчем. — Я приглашаю, хочу поблагодарить вас за приятную компанию.

Поппи и Лара взвизгнули от восторга и немедленно принялись выбирать наряды. Рики и Джейсон ударили по рукам. Решено было на ужин собраться пораньше, потом разойтись по номерам и встретиться уже на балу.

В половине одиннадцатого наша расфуфыренная компания присоединилась к остальным празднующим в «Ле-Гранд-Отель-де-Ньеж», через дорогу от шале. Рики почему-то выглядел мрачным. С порога налег на выпивку, бормоча под нос, что ненавидит Новый год. Я осушила второй бокал «кир рояля», припомнила пару Новых годов, встреченных с мужем... Мне этот праздник тоже не в радость. Девочки попытались вытащить Рики танцевать, но он покачал головой и удалился.

Когда до полуночи оставались считаные минуты и праздник близился к кульминации, Рики появился снова.

— Ухожу, — объявил он. — Пойдешь со мной?

Я непонимающе нахмурилась:

— Как это? Сейчас ведь...

— Вот именно!

И он направился к выходу.

Я оглянулась в поисках Поппи — вот она, прыгает с Ларой на танцполе. Рики нетерпеливо дожидался в дверях. Соблазнительный аромат опасности защекотал ноздри, вспомнилось заманчивое: «Мы сожалеем только о том, чего не попробовали». Неправильно, конечно, бросать дочь одну, только ей и без меня неплохо, а я совсем не хочу под бой часов змеиться по залу в цепочке конги с захмелевшими незнакомцами. В зале царила полная неразбериха — извивающиеся в танце тела, летающие шарики, хлопушечные выстрелы на фоне оглушительной музыки... Недолго думая, я подхватила сумочку и стала протискиваться к выходу.

Рики взял меня под руку и провел через шумный вестибюль на улицу, а потом, не сбавляя шага, двинулся к шале. Шел густой снег. Я глянула на часы. Ровно полночь.

— И тебя с Новым годом! — не удержалась я.

— Да уж... — буркнул Рики на ходу.

Из объятий надвигающегося бурана мы нырнули в лифт, который послушно поднял нас наверх.

— Жаль, что так... — начала я, но Рики стремительно летел по коридору. Я семенила за ним, подчиняясь неведомой силе. У входа в номер он остановился, нащупал ключ на притолоке. Щелкнул замок. Рики распахнул передо мной дверь. Я секунду помедлила, бросила на него вопросительный взгляд и шагнула в неприбранную комнату. Мне было не по себе, я не понимала, что мы тут делаем, да и остальные могли с минуты на минуту вернуться.

Дверь захлопнулась, Рики повернул ключ в замке и кинул на спинку стула свой кожаный бомбер. А потом взял меня за руку и притянул к себе. Я споткнулась и упала ему на грудь — он придержал меня за плечи. Наши взгляды встретились. Его язык дразнящим движением коснулся моей нижней губы. У меня подкосились колени, и я, растаяв как мороженое, чуть не стекла на пол. Рики пригвоздил меня к стенке, закрыл рот жадным поцелуем... Я ахнула от изумления и почувствовала, как его настойчивый язык обвивается вокруг моего. Оторопь сменилась жгучим желанием, мне ничего не оставалось, как ответить. Рики вжимал меня в стену, и сквозь плотную ткань черных джинсов я чувствовала, насколько тверды его намерения.

— Что мы творим? — беззвучно прошептала я, когда мы остановились глотнуть воздуха. Внутри у меня все кипело.

— То, что хочется нам обоим, — прошептал он в ответ, и я вдруг поняла, что так оно и есть.

Выпивка, высота и юношеская самонадеянность — взрывоопасная смесь. Как я могла устоять? Первоначальный страх, что вернутся остальные и застанут нас, отступил перед натиском неудовлетворенного желания. Сопротивляться было бесполезно. Мы торопливо разделись, со всевозрастающей страстью то и дело касаясь друг друга. Рики стянул с меня трусики и, бухнувшись на колени, уткнулся лицом мне между ног, жадно вдыхая запах женщины. Его настойчивый язык раздвинул и эти губы; я почувствовала, как его влажное дыхание смешивается с моей влагой. Млея от накатившего вожделения, я послушно подалась бедрами к нему, позволяя лакать, сколько ему захочется.

Рики встал и, заставив меня попятиться, опрокинул на кровать. Его ладони тут же очутились на моей груди, и он принялся по очереди ласкать соски большим пальцем. Возбужденно дыша, я отбросила последние приличия. Моя рука метнулась к его твердому длинному члену. Рики набросился на меня снова и припал ненасытным ртом к моему лону. Я заработала бедрами и почти сразу же бурно излилась вырвавшимися из долгого заточения соками.

Рики приподнялся и погрузил свое литое достоинство в мою жаркую влагу. Я вскрикнула, не ожидая такого напора, обвила ногами его талию. Мы двигались в едином ритме, пока Рики не замер и не извергся в меня под общий протяжный стон. На секунду он обмяк, затем подхватил меня и уложил себе на грудь. Когда дыхание успокоилось и схлынула волна эйфории, я с ужасом осознала, что произошло. Какая наглость... какое бесстыдство! Он же просто завел меня, как музыкальную шкатулку! Я приподнялась на локте и возмущенно воскликнула:

— Да с чего ты вообще решил?..

И осеклась, не договорив. Какая теперь разница? Я и вправду сама хотела, обидно только, что он в этом не сомневался.

Следующий вопрос родился сам собой:

— Сколько тебе лет?

— Девятнадцать, — без тени смущения ответил Рики.

Я вытаращила глаза и от удивления прикусила губу. Смеяться или плакать? Мне с утра было сорок два.

♀

На следующий день Рики делал вид, что меня не существует. Летал по склонам как одержимый, а в перерыве на ланч загорал спиной ко мне. Глаза прятал за стеклами темных очков. «Да как у тебя наглости хватает, козявка?» — мысленно возмущалась я, сама удивляясь, как легко нас, женщин, оскорбить. Я ведь ни на что не напрашивалась, а он, поганец, уже меня динамит!

Завтра нам уезжать. До смерти хотелось вызвать Рики на разговор, но я не понимала, что сказать. Разум и жизненный опыт объявили, что они умывают руки, а без них я не могла придумать ничего лучше, чем отплатить Рики его же монетой — игнорировать, игнорировать, игнорировать. Он всколыхнул притупившуюся боль и, как ни стыдно признаться, разжег во мне огонь. Секс получился феерический, хотелось добавки.

Вечером мы собрались на прощальное фондю. Я усиленно делала вид, что все хорошо, но в душе затаилась обида. Мы налегли на коктейли — пока я пила один, Рики успевал опрокинуть два. После ужина Лара с

Джейсоном предложили сходить напоследок в клуб. Я покачала головой.

— Собираться надо... — Во мне проснулась хлопотливая мамаша. — Завтра вставать рано.

— Мам, ну мо-о-ожно? — умоляюще затянула Поппи, но тут вмешался Рики.

— Я тебя провожу, — предложил он чуть заплетающимся языком.

Я равнодушно пожала плечами, а сердце сперва радостно екнуло, потом огорченно сжалось. Нет, второй раз я на удочку не попадусь.

Мы шагали в ледяном молчании, не глядя друг на друга. В какой-то момент Рики поскользнулся, и я непроизвольно дернулась его подхватить.

Лифт в шале уже вызвала другая пара. Мы зашли вчетвером и безучастно смотрели, как сменяются этажи на табло. Рики слегка пошатывало. Хоть бы ты свалился, засранец, и шею сломал! Тогда мне руки пачкать не придется.

Из лифта я вышла первой, решительно прошествовала к себе в номер и прислонилась спиной к плотно закрытой двери, ожидая, когда раздастся стук. Не раздался.

Я закипела почти моментально, ярость клокотала во мне, ожидая выхода. Кем он себя возомнил?! Думает, можно вот так завести меня, трахнуть — и благополучно свалить? Еще чего! Пару минут я мерила шагами комнату, потом распахнула балконную дверь и шагнула наружу. Шторы в соседнем номере были плотно задернуты, а на балконе я сразу замерзла, поэтому протопала обратно в комнату. Скинула пальто и сапоги, бухнула на кровать чемодан и принялась швырять туда скомканные вещи. Хотела дать выход ярости, а получилось еще хуже: я ведь аккуратистка, люблю, когда все ровненько сложено. Бросилась в ванную и, опираясь на раковину, прищурилась на собственное отражение.

— Ладно! — пригрозила я воображаемому Рики. — В игры играем? Будут тебе игры!

Я сунула руки под холодную воду, наскоро вытерла мокрые ладони полотенцем. Чтобы успокоиться, сделала глубокий вдох-выдох. А потом тихонько приоткрыла входную дверь.

Оглядела пустынный коридор — налево-направо — и на цыпочках шмыгнула к соседнему номеру. Нащупала ключ на притолоке, бесшумно повернула его в замке и проскользнула внутрь. Захламленную комнату пересекал узкий луч света из ванной. Рики, мерно дыша, раскинулся на кровати. На полу кучей валялась одежда, одеяло сбилось поперек туловища. Я кралась по комнате как вор, не спуская глаз со спящего Рики. Сердце вот-вот готово было выпрыгнуть из груди, в горле пересохло. В полумраке сцена напоминала картину эпохи Возрождения — «Спящий Адонис» да и только, божественный юноша с мускулистым телом. Меня кольнула боль при воспоминании о том, что между нами было, но я прогнала сантименты и неслышно встала у кровати.

С величайшей осторожностью я приподняла одеяло и стянула его на пол. Рики спал без одежды, мясистый пенис уютно свернулся между крепкими бедрами. Тонкий мужской запах ударил мне в нос, и, несмотря на ледяную решимость, я возбудилась. Медленно, чтобы не потревожить, я перекинула ногу через спящего и оседлала его. Замерла, стараясь не дышать, но Рики не пошевелился. Легчайшим движением я взяла в руку его обмякшее достоинство, наклонилась и обхватила губами. Едва касаясь кончиком языка, я дразнила и распаляла, одновременно перекатывая яички в пальцах свободной руки. Рики со вздохом подался бедрами вверх, ягодицы сжались, а стремительно твердеющая плоть уже с трудом помещалась у меня во рту. Глаза у него не открывались, зато приоткрылись губы, он часто-часто задышал и заметался головой по подушке. Наверное, ему казалось, что все это сон. Я продолжала начатое, сперва методично, потом сильнее и быстрее, и вот наконец настал кульминационный момент. Его член пульсировал у меня во рту, готовый взорваться, яички стали тверже камня. Когда до взрыва оставалось совсем чуть-чуть, я остановилась и подняла голову. Тугой член закачался в воздухе, лихорадочно ища и не находя то лоно, куда можно излить драгоценное содержимое. Я презрительно шлепнула его тыльной стороной кисти и слезла с кровати.

— Не обижай старших! — напутствовала я, с чувством глубокого удовлетворения покидая номер.

Рано утром мы с Поппи вылетели домой.

Несколько лет мы с Рики не встречались. Он уехал учиться, я жила своей жизнью. Поппи подружилась с Ларой, поэтому через какое-то время мы снова оказались в одной компании на лыжном курорте. Изрядно возмужавший Рики притащил с собой какую-то красивую, но пустоголовую девицу, которой он явно стыдился. Видно было, что она его раздражает. Время от времени я ловила на себе его долгие многозначительные взгляды.

В какой-то день я не пошла кататься, устроилась с книжкой в кресле у весело потрескивающего камина, а Рики приспичило вернуться пораньше. Когда страницу, которую я как раз собиралась перевернуть, накрыла тень, я подняла голову — он стоял передо мной, нервно закусив губу. Хватило одной приподнятой брови (моей), одной кривоватой улыбки (его), и дальнейшее непредвиденное, но весьма приятное развитие событий не заставило себя долго ждать. Я люблю доводить начатое до конца, а кончать под широким швейцарским одеялом оказалось невообразимо сладко.

Мы с Рики до сих пор иногда встречаемся, когда нас сводят вместе время и пространство, «вспоминаем старые добрые времена». Той самой первой ночи мы никогда не касались в разговорах, не исключено, что Рики просто забыл все по пьянке...

Эта история задала тон моим любовным приключениям. Не кинься я тогда в омут с головой, дальше все могло бы пойти куда ровнее и безболезненнее. Тогда не было бы крутых виражей, от которых захватывает дух, и не было бы самого потрясающего в жизни секса...

Рики, хоть ты уже не относишься к моим «мальчикам», все равно спасибо тебе за чудесные воспоминания и за первый пьянящий глоток из источника молодости...

МАРК ПЕРВЫЙ
И МАРК ВТОРОЙ
Между делом

Следующие несколько лет я полностью посвятила тому, чтобы поставить дочек на ноги. Было все: ссоры и примирения, смех и слезы, хлопанье дверьми в сердцах. На выходные и каникулы они уезжали каждая к своему отцу, поэтому в доме было то пусто то густо. Я строила карьеру, привыкала к статусу одиночки и старалась быть заботливой мамой.

Работа моя связана с торговлей антиквариатом — приятное хобби постепенно превратилось в источник дохода. В детстве мы жили рядом с рынком Портобелло, и по субботам (получив шестипенсовик за чистку папиных ботинок) я могла часами бродить между подсвеченными лотками, перебирая сокровища минувших лет. Прошли годы, и вот, сплавив девочек на выходные, я снова отправилась гулять по рынку. Неожиданно мне на глаза попался викторианский бювар с бронзовыми вставками и инкрустацией. Он, конечно, был сильно поцарапан, а крышка болталась, но я отдала за него двадцать четыре фунта. Я как раз училась на курсах реставраторов, и эта коробочка стала моей любимой пациенткой. Когда за сто восемнадцать фунтов ее у меня купили, я поняла — вот оно, призвание! Небольшой банковский кредит вкупе с изрядной долей мужества помогли мне открыть в Камберелле мастерскую, где вскоре уже шесть реставраторов возвращали к жизни антикварные шкатулки и мебель, а я рассылала их по всему миру.

Надо ли говорить, что все это время дом наводняли многочисленные подруги и приятели дочек... Они красили волосы в немыслимые цвета, носили броскую одежду и делались похожими на ярких тропических птиц. Вся эта пестрая стая рано или поздно собиралась на кухне, и я с удовольствием участвовала в их беседах, слушала их музыку. Бывало, мы всей толпой отправлялись с провизией на старый «Уэмбли» и весь день выстаивали в очереди за билетами на Мадонну, Майкла Джексона или Брюса Спрингстина.

Наступило время мрачной готики. Все облачились в черное, альбомы подбирались по принципу «песни, под которые лучше всего вскрывать вены». Потом дом начал дрожать от хеви-метала — Бон Джови, «Ганз'н роузез», «Аэросмит» и «Тестамент». Меня подпитывала расходящаяся волнами по дому буйная энергия, а воскресным утром я периодически натыкалась в гостиной на пару мотоциклетных шлемов и вдыхала сексуальнейший запах смазочного масла и кожи.

Переехала в Лондон Лара (наша знакомая с той памятной лыжной поездки), и по выходным, когда девочки разъезжались в гости к папам, она иногда приглашала меня в свою компанию. Я для них, наверное, была кем-то вроде Матушки-Крольчихи, совсем не похожей на их замужних мам. А я наивно считала себя такой же, как эти молодые девчонки.

Однажды субботним вечером нас четверых — трех двадцатилетних девушек и меня, разменявшую пятый десяток, — занесло в Южный Кенсингтон, в бар «Эскоба». Приехали мы довольно рано и заняли места за стойкой. Постепенно бар заполнялся, нас начали то и дело толкать парни, тянущиеся через стойку за напитками. Нам надоело, и мы уже собрались уходить, когда кто-то тронул меня сзади за плечо. Я обернулась и увидела протянутую руку с десятифунтовой банкнотой. Взгляд невольно скользнул выше и наткнулся на пару синих-пресиних глаз в обрамлении густых темных ресниц под гривой серо-стальных волос. Лицо, несмотря на седину, было молодое, гладкое и вызывающе красивое.

— Вот деньги, возьмешь мне пива? — спросил парень.

— Конечно. — Я забрала банкноту и вместе со сдачей передала ему хит сезона — «Корону» с ломтиком лайма.

Парень просочился сквозь толпу и примостился рядом со мной. Я пыталась понять, сколько человеку с такой необычной внешностью может быть лет.

— Будем! — Он поднял бокал с пивом, отхлебнул, и у нас завязалась беседа. Я заговорщицки подтолкнула Лару, она в ответ скорчила физиономию: «Ну и ушлая ты дамочка!»

Марк оказался полным сил южноафриканцем двадцати семи лет от роду, унаследовавшим от предков предрасположенность к ранней седине. Интересная внешность, но при этом резкий контраст между лицом и волосами. Впрочем, невелика беда. У меня мало что в жизни сочеталось, кроме комплектов белья и сумочек, которые подбирались под туфли. В бар Марка привели коллеги по Лондонской фондовой бирже. Они торговали фьючерсами, то есть, образно говоря, продавали будущее. Свое будущее я видела, прежде всего, в том, чтобы найти какого-нибудь симпатягу и проснуться с ним в одной постели воскресным утром. Марк на эту роль вполне подходил.

Уже в объединенном составе мы покинули «Эскобу» и переместились в «Шейкер», коктейльный бар на Олд-Бромптон-роуд. Мальчики тут же принялись заказывать текилу и «Огненный феррари». Я ограничилась двумя водками с тоником — это мой потолок, но смотреть, как парни соревнуются, кто быстрее наклюкается, было забавно. Наконец кто-то отключился: плавно, как в замедленной съемке, стек со стула и свернулся калачиком на полу. Тогда пришел администратор и вышвырнул нас из бара.

Я умирала от смеха. В сорок шесть впервые навлечь на себя гнев администратора!.. «Бездыханное тело» мы дотащили до ближайшей канавы, куда парень немедленно принялся извергать пропитый недельный заработок с премией. Потом, когда все закончилось, Марк взвалил беднягу на плечо и поволок домой. Ларины подруги, не уронив достоинства, удалились, а нам с Ларой было так весело, что мы из чистого любопытства последовали за Марком и его ношей.

Приятеля Марк сгрузил на кровать и оставил проспаться. Мы с Ларой хихикали на кухне, а он вошел и как ни в чем не бывало принялся ровнять на гранитной поверхности стола три дорожки кокаина. Я, конечно, выросла в «веселые шестидесятые», однако наркотики никогда не принимала, и меня к ним не тянуло. Самое большее, откусила кусочек «пирожка» с кайфом и пару раз затянулась на какой-то вечеринке — возникло чувство, что паришь без крыльев под потолком. И все на этом! Боялась, что голова лопнет и грудь отвалится. Не нравится мне, когда плохо себя контролируешь.

При виде трех дорожек на кухонном столе я почувствовала, что мой долг — уберечь юную Лару. Будь я одна, может, и нюхнула бы... В конце концов, в жизни надо все попробовать, кроме инцеста и народных танцев. (Вообще-то я пробовала и то, и то... но это уже другая история.) Пять утра, мы с Ларой — последние, кто еще держится на ногах, — все же мы отклонили любезно предложенную Марком трубочку из десятифунтовой банкноты и с нездоровым восхищением смотрели, как он втягивает одну за другой все три дорожки. Хороший мальчик, решивший пошалить, или плохой мальчик на пути к исправлению? Мне было все равно. В нем крылась какая-то загадка, и я хотела ее разгадать.

Лара клевала носом, и я вызвалась отвезти ее домой, а Марк решил нас проводить. Когда за Ларой закрылась дверь, занимался рассвет. Мы дошли до перехода на углу моей улицы, и светофор зажегся красным. Я остановилась. Марк воспользовался паузой и поцеловал меня — сочно, со смаком. Обожаю первые поцелуи. Они как вексель или иностранная валюта — сулят незабываемое путешествие по неизведанным землям. Начинался новый день, а ночное безрассудство никуда не делось, и горький привкус, оставшийся на губах после поцелуя, меня только распалил. Пока мы целовались, светофор успел переключиться на зеленый, снова на красный и снова на зеленый. Я вдруг поняла, что все девчонки из нашей компании разошлись по домам в одиночестве, и только мне достался молодой жеребчик, поэтому я просто из женской солидарности обязана его заарканить.

Марк вцепился в меня, едва мы переступили порог. Нас понесло прямо в спальню, где Марк сорвал одежду с нас обоих и взял меня стоя на кровати, прижимая к стене и раскачиваясь вперед-назад на пружинном матрасе. Я превратилась в необузданную дикарку и испытала острейший оргазм — видимо, сыграл свою роль попавший в организм кокаин. Марк вышел из меня в кульминационный момент и направил струю спермы прямо на драпировки балдахина в изголовье. Мощный напор, что и говорить! Почти весь следующий день мы проспали, а под вечер мне пришлось выпроводить Марка, пока девочки не вернулись из гостей.

♀

В следующую субботу, чтобы не терять темпа, я решила устроить вечеринку. Младшую дочку, Лили, забрали на выходные к бабушке с дедушкой, а Поппи осталась и пригласила друзей. Они, наверное, сперва удивились, что их зовут праздновать к маме подруги, но халявная выпивка и вкусная еда развеяли все сомнения. Марку был поставлен ультиматум — никаких наркотиков (надо все же меру знать!). Мы заготовили большие кувшины с «маргаритой» и стройные ряды желе с водкой на подносах — все напились, а потом кому-то пришла в голову блестящая мысль поставить саундтрек к «Бриолину», и мы самозабвенно подпевали во всю мощь пьяных глоток. Не припомню, чтобы когда-нибудь отрывалась лучше. (По-моему, той ночью Лара лишилась девственности на полу в моей гостиной. На следующий день она была какой-то хмурой и молчаливой, а потом роняла якобы случайные намеки, когда этот урод ей не позвонил.)

С Марком мы еще чуть-чуть повстречались — нас хватило на несколько следующих выходных и неизменные воскресные утренние посиделки в пабе «Херефорд». Секс по-прежнему был выше всех похвал. Пелена спала с глаз, когда Марк начал «занимать» у меня деньги без возврата. Напоследок он точно так же «позаимствовал» мои солнцезащитные «Рей-бан»... и больше я их не видела. Нет, пока мы встречались, все было супер. Другое дело, что супер кончился, а мы еще какое-то время встречались.

♀

Героем следующей романтической истории стал совсем другой Марк. Бывший парень Поппи, с которым мы всегда испытывали друг к другу самые теплые чувства. Он всегда заезжал за Поппи слишком рано, и я развлекала его беседами на кухне, пока дочка заканчивала собираться. У него были черные, вытянутые острыми прядками волосы и орехово-зеленые глаза. Перед его приходом я обычно прихорашивалась чуточку дольше. Замечательный юноша, очень милый, вежливый, на семнадцатилетие Поппи принес дюжину красных роз. Когда я ставила это великолепие в вазу, шепнул, что букет предназначался и мне тоже.

Потом Поппи уехала учиться в университет, а у Марка возникли семейные проблемы, и он вдруг остался без крыши над головой. Поппи без лишних церемоний предложила ему свою пустующую комнату, пока все не устаканится. Все равно что сунуть сочный, аппетитный кусок мяса под нос изголодавшемуся хищнику, то есть в моем случае — изголодавшейся женщине...

Поппи уехала, Марк занял комнату. Горечь разлуки (я проплакала полдня, когда отвезла Поппи в университет) чуть притупилась, когда в доме появился этот юный мужчина. Между нами что-то наклевывалось, я чувствовала это с самого первого дня. Он оставлял мне повсюду записочки и открытки — в холодильнике, в ванной, на моей подушке.

«Мне нравится ваша походка».

«Вы мне сегодня приснились».

«Хотите, закажем доставку из ресторана?»

Очаровательно! Я сгорала от желания, мучалась, понимая, что отношения между нами недопустимы, и мечтала, чтобы инициативу проявил он сам. Никого другого у меня в тот момент не было, поэтому я с особой изобретательностью предавалась мечтам, представляя нас вместе. Готовила ужин, когда оба проводили вечер дома. Он приносил разные вкусности — копченую семгу, хороший горький шоколад, и мы сидели вдвоем, болтали, слушали музыку, временами вопросительно заглядывая друг другу в глаза. В душах у нас звучали романтические песни восьмидесятых, а проскакивающих между нами искр вполне хватило бы на парочку электростанций. Заканчивались эти полные страсти вечера (когда я уже готова была хватать его за руку и тащить в постель) целомудренным «спокойной ночи», и мы расходились по разным комнатам. Я сходила с ума и впервые в жизни понятия не имела, где искать выход. Почему он не пытается со мной переспать? Ждет, когда я сделаю первый шаг? А если сделаю, а он меня отвергнет? Неужели по глазам не видит, как я его хочу? Однажды вечером он куда-то отправился с друзьями, а потом позвонил мне и признался в любви. Наконец-то свершилось! Не тут-то было — он пришел домой и сразу завалился спать.

Я лежала с открытыми глазами, отчаянно надеясь, что вот сейчас скрипнет дверь и он скользнет ко мне под одеяло... Как бы не так! Еще был вечер, когда мы оба напились вдрызг, и я подумала, что наконец-то... Мы танцевали в темноте, целовались, но дальше этого не зашло. Наверное, надо было схватить его и...

В конце концов Марк разрулил семейные проблемы и нашел другое жилье. Время от времени он меня навещал, а я еще долго представляла его в своих фантазиях. Гораздо позже случайно оброненная дочкой фраза натолкнула меня на мысль, что избытком мужской силы Марк не страдал. Вот почему, оказывается, он так и не перешел от слов к делу. Думаю, он не хотел, чтобы я знала... как будто это что-то изменило бы. Я была от него без ума, и он, без всякого сомнения, испытывал то же самое.

После Марка у меня было много сверстников, кое с кем роман продлился целых полтора года, но ни один из них не перевернул мою жизнь с ног на голову, как это удалось Тому...

ТОМ

КОРОТКОЕ ЗАМЫКАНИЕ ДЛИНОЮ В СЕМЬ ЛЕТ
(...Я И НА СЕМЬ МИНУТ НЕ НАДЕЯЛАСЬ...)

Когда пришел черед младшей дочери уезжать в университет, я решила выставить квартиру на продажу. Мне нужна была перемена обстановки, новое занятие, которое бы меня отвлекло. Сидеть дальше на одном месте не хотелось — и потом, покажите мне мать, замужнюю или одиночку, у которой не щемило бы на сердце при виде опустевшего гнезда.

В день отъезда Лили я старательно делала веселое лицо, а нижняя губа все равно предательски дрожала. Лучшая подруга дочки, Фиона, тоже собиралась в Бристоль, поэтому ее мама вызвалась отвезти нас всех на своем внедорожнике. Заодно прихватили сестренку Фионы и собаку. Девчонки оживленно болтали о том, как все будет здорово, а я сгорбилась на заднем сиденье и разглядывала мелькающие за окном осенние пейзажи. Был дождливый сентябрьский день. Одевшиеся в золото вековые деревья вступали в осень, как примирившиеся со своей участью старые девы — мы чахнем, мы увядаем... «Дворники» ездили туда-сюда по мокрому стеклу с размеренностью метронома, будто выговаривая: «Быть тебе одной... быть тебе одной...» Тоска обернула меня, как потрепанное серое одеяло, на душе было пусто и одиноко. Лили пару раз кивнула мне с ободряющим видом и сжала руку. От этого сделалось только хуже.

В кампусе мы помогли девочкам перетащить в общежитие чемоданы, сумки и прочий багаж. Общежитие располагалось в слегка запущенном георгианском здании с увитыми плющом стенами — окажись я здесь по другому поводу, сочла бы его очаровательным. Но при мысли, что моей малышке придется жить здесь — без освежителя в туалете, без домашней еды, без мамочкиного «спокойной ночи», — у меня сердце сжималось. В спальне девочек было холодно, мрачно и неуютно, в ней витали призраки уже отучившихся студентов, чья кровь, пот, слезы, рвота и сигаретный пепел навеки впечатались в лысое подобие коврика, брошенного на старые дубовые половицы. У стены, в обрамлении шаткого поцарапанного портала, пристроился газовый камин — из тех, что всю ночь испускает ядовитый угарный газ. Меня передернуло, к горлу подкатила тошнота. Какое-то время я еще дергалась, пытаясь навести какое-то подобие уюта, но потом бросила это неблагодарное занятие, потому что пришло время уезжать.

— Ну что! — безапелляционно заявила мама Фионы, навсегда захлопывая дверь за безоблачным детством моей дочери. Ей-то что, у нее все «чики-пуки»... Хлопнула Фиону по плечу и с громогласным: «Ну, пока, старушка! На Рождество приезжай!» — устремилась к выходу, ни разу не обернувшись.

Мы с Лили застыли друг перед другом, понимая, что пришла пора прощаться. Дочка повисла у меня на шее, и мы захлебнулись в рыданиях, как будто нас война разлучает. Мы евреи. У нас это в крови. Нас долго терзали. Скольким матерям пришлось посадить ребенка в уходящий из Германии эшелон и потерять навсегда... Я обнимала и целовала дочку, как в последний раз, потом наконец отпустила, бормоча: «Потом пообщаемся...» — и, едва разбирая дорогу сквозь пелену слез, спустилась к машине.

Мама Фионы увлеченно перекладывала в багажнике пустые коробки. Я улыбнулась дрожащей улыбкой, но ответного дружелюбия не почувствовала. Фионина сестренка с собакой отвоевали себе переднее сиденье, поэтому я опять примостилась в уголке на заднем и погрузилась в скорбные мысли. Иногда их прерывали доносившиеся спереди разглагольствования о гончих и лошадях, но мне не было никакого дела до плачевного состояния передней бабки Бандита, равно как спутницам не было никакого дела до моих всхлипываний. «Первый день новой жизни», — крутилось у меня в голове. Почему так говорят? Я бы сказала, это первый день хреновой жизни.

— Счастья своего не ценишь! — наперебой твердили мне подруги, у которых дети еще школу не закончили, когда я рассказывала им, что Лили отбывает в университет. — Простор, свобода, готовить не надо, никаких драк из-за пульта, никаких подростковых истерик, музыка не орет... — Понимали бы они! В этом была вся моя жизнь. (Хотя нет, насчет музыки я, пожалуй, погорячилась...)

На следующие две недели я заранее заготовила себе мероприятия на каждый вечер, до смерти боясь оставаться дома одна. Записалась в драматический кружок, ходила в кино и на спектакли, приглашала друзей на ужин, навела порядок в ящиках с бельем, перекрасила кухню, часами висела на телефоне со знакомыми и незнакомыми — короче, делала все, чтобы не сидеть одной. Как гласит поговорка, перемена труда — лучший отдых!

Через несколько недель, когда жизнь немного наладилась, а квартира засияла чистотой, я позвонила в местное агентство по продаже недвижимости и договорилась о встрече на следующий день в три.

Зазвонил домофон, я нажала кнопку. Услышав шаги на лестнице, отправилась открывать. За дверью стояли двое (хм, а я думала, агент будет один...) высоких молодых людей в костюмах и при галстуках. Адриан, более коренастый, вошел первым, пожал мне руку, обшаривая взглядом прихожую. За ним порывисто шагнул слегка растрепанный молодой человек с планшетом в руках и в галстуке, сбившемся на плечо, как будто его владелец за автобусом бежал. Он сдернул с переносицы очки, и в глазах у него загорелся огонек, от которого у меня сразу потеплело на душе. Представился. Звали его Том.

Я показала им квартиру, они сделали все замеры. Обговорили цену, условились, что завтра я заскочу к ним в офис и мы окончательно обсудим детали. На прощание Том, сердечно пожав мне руку, заверил, что у него уже есть на примете пара потенциальных покупателей. Рано утром на следующий день он позвонил мне договориться насчет осмотра. Район я менять не собиралась, предпочитала остаться тут же, в Мейда-Вейл, так что в задачу риелтора входило заодно подобрать новое жилье для меня.

На протяжении следующих недель я видела Тома раз шесть или семь. Разговоры все чаще соскальзывали на личные темы — как прошли выходные, какие книги и фильмы нам нравятся, семейные дела... Одним погожим октябрьским днем Том привел меня посмотреть квартиру на первом этаже с восхитительным садом. Показывал он мне ее один, без хозяев. В саду обнаружились два шезлонга, и мы уселись погреться на солнышке, позаимствовав из холодильника две бутылки пива. Хулиганство, конечно... А, ладно, пиво Том впоследствии купил такое же и поставил обратно. Ему явно не хотелось возвращаться обратно в офис, а я совсем не возражала побыть с ним подольше. Мне нравились его чувство юмора и неиссякаемая энергия. Я на него слегка запала, поэтому такое повышенное внимание было очень лестно. Когда он сказал, что на выходные уезжает и будет пытаться наладить отношения со своей девушкой, я ощутила неожиданный укол ревности. Надо же, девушка! С какой стати? Я почему-то оскорбилась до глубины души.

Как-то вечером, месяца через два после нашего знакомства, он привел потенциальную покупательницу посмотреть квартиру. Посмотрели, ушли, а через секунду раздался звонок в дверь. «Наверное, Том что-то забыл», — подумала я и нажала кнопку домофона. Том взлетел по лестнице и застыл перед дверью, неловко переминаясь с ноги на ногу.

— Ей очень понравилось... — Он запустил пятерню в растрепанные волосы. — Мне кажется, она подпишет договор.

Хорошо. Только это ведь можно было и по телефону сообщить? Том явно надеялся еще на что-то, но словами сказать не решался.

— У тебя на сегодня еще встречи есть? — Надо было заполнить возникшую паузу.

— Нет. На сегодня, слава богу, все...

— Тогда, может, кофе выпьем?

Он завилял хвостом, как обрадованный щенок.

Мы расположились на кухне, и Том о чем-то говорил, говорил без умолку — полчаса, наверное. О чем — я не помню. Я разглядывала его в упор, наслаждаясь зрелищем, жалела, что он не со мной и что сережки сегодня надела слишком строгие. И потом, у меня в кои-то веки выдался свободный вечер, я никуда не собиралась. Наконец он иссяк и посмотрел на часы.

— Наверное, пора... — извиняющимся тоном произнес он, и мы поднялись из-за стола.

Я проводила его к выходу, и снова он мялся и переступал с ноги на ногу. Я вопросительно подняла бровь:

— Да?

— Э-э... я хотел... мне нужно кое-что сказать...

Наши реплики прозвучали одновременно.

— Что же?.. — подбодрила я, широко распахнув глаза.

— Тымнеоченьнравишься! — выпалил он на одном дыхании и уронил голову на грудь, не решаясь посмотреть на меня.

— Ой! — Я рассмеялась от радости и облегчения, мгновенно воспарив духом. — Ты мне тоже очень нравишься! Молодец, что признался, я бы никогда не решилась.

Мы упали друг другу в объятия, и я подумала, что он меня поцелует, но мы неловко сталкивались лбами и носами, а я отворачивалась, чтобы не запачкать помадой его костюм.

— Хочешь, давай поужинаем, оставайся, — пригласила я, понимая, что такой diem нужно carpe без промедления*.

— Не могу, — огорченно ответил Том. — У меня встреча с друзьями в восемь тридцать.

— А-а... — протянула я, не в силах скрыть разочарования.

Скажи мне, дружок, какой смысл признаваться в чувствах, если не собираешься ничего менять?

— Но я могу закруглиться пораньше и прийти! — робко предложил он. — В десять? Или в половину одиннадцатого, если это не слишком поздно...

Воспрянув духом, я радостно кивнула:

— Замечательно! Тогда позвони, да? Я никуда не собиралась, так что буду дома.

---

* Carpe diem (*лат.*) — лови момент.

Том чмокнул меня в губы и поспешно скатился вниз по лестнице, приближая таким образом момент отложенной встречи.

Я закрыла за ним дверь и, прислонившись к ней спиной, сползла в изнеможении на пол. Внутри у меня все горело и бурлило от нетерпения и восторга. Надо же, как все обернулось!

Рассиживаться было некогда: беглый контрольный осмотр показал, что надо усиленно приводить себя в порядок.

Я метнулась на кухню, свалила чашки в мойку, а из кухни прямиком полетела наполнять ванну. Провела по ноге ладонью — колется, как ягодка крыжовника. Обычно я делаю эпиляцию воском в салоне, а сейчас что-то запустила. Линия бикини — тихий ужас, лак на ногах облупился, подмышки зарастают. Когда рядом нет мужчины, за собой следишь не так тщательно... Пришлось вызвать в воображении пианиста-виртуоза, исполняющего «Полет шмеля», и пройти ускоренный курс салонных процедур. Я поливалась душем, терлась скрабом, брила, выщипывала, прилизывала, терла щеткой, подпиливала, полировала и увлажняла, пока наконец не заблестела, как новенькая булавка. Кровоточащая местами, но сияющая. Я вымыла и уложила волосы, намазалась ароматическим лосьоном для тела «Клиник» и, перерыв весь гардероб, остановилась на бледно-розовом белье, светло-голубых джинсах и белой блузке с тремя расстегнутыми верхними пуговицами. Потом налила себе большой бокал виски с имбирем, всыпала колотого льда и уселась ждать у телефона. Ждала, ждала, ждала...

В желудке урчало: я ведь ничего не ела, чтобы живот оставался плоским. В конце концов я не выдержала и почистила морковку, закусила ломтиком чеддера, а потом бросилась в ванную чистить зубы, чтобы отбить сырный запах. Наконец, как следует помотав мне нервы, мерзопакостный телефон все же зазвонил. Тревожное ожидание сменилось радостью.

— Привет! — раздалось в трубке. — Я выезжаю из Вондсворта. Через полчаса буду. Нормально?

У меня открылось второе дыхание. Он едет! Я поспешно допила виски и снова начала вышагивать по квартире, время от времени поправляя прическу перед зеркалом. Наконец в десять тридцать пять раздался звонок в дверь. Я нажала кнопку домофона, и радостный Том примчался ко мне, перепрыгивая через две ступеньки.

На нем были джинсы и рубашка в клеточку, и я поняла, что первый раз вижу его не в костюме. В повседневной одежде он казался гораздо моложе. Меня это, учитывая и так существенную разницу в возрасте, не обрадовало, но... кому какое, к черту, дело?

В руках Том держал две бутылки вина, красного и белого.

— Купил и такого, и такого, — пояснил он, ставя их на кухонный стол. — Не знал, какое тебе больше нравится.

Я обвила его шею руками.

— Мне нравишься ты! — Виски развязал мне язык. Том прижал меня к себе и ласково ткнулся лбом. Я стояла босиком, без каблуков, и на фоне его пяти футов одиннадцати с половиной дюймов выглядела маленькой и хрупкой. Мужчинам это нравится. Вызывает в них рыцарские чувства.

Том откупорил красное вино, мы поднялись в мою просторную, сделанную в стиле лофта гостиную и сели на диван. Я думала, он набросится на меня прямо там, но ничего не произошло. Во мне проснулись одновременно обида и интерес. Том явно не хотел торопить события. Что ж, и я не стану.

Он принялся щекотать мне носом уши и шею, вдыхая аромат моей кожи и волос. Я ответила тем же. Мы были как два обнюхивающих друг друга диких зверя. Я плавным движением откинулась на спинку дивана и потянула Тома за собой. Мы начали долгую медленную игру, где каждое прикосновение, каждое объятие наполняло меня желанием и страстью. Между делом мы потягивали вино и, когда целовались, пускали маленькие фонтанчики друг другу в рот. Один раз Том не рассчитал, и вино потекло тонкой струйкой у меня по шее. Я сжалась, испугавшись, что закапаю шелковую кремовую обивку дивана, но Том поймал струйку губами, а потом кончиком языка проследил весь ее путь обратно по ключице, по шее и к уголку моего рта. Я поднялась и погасила свет. Зажгла свечу, поменяла диск в проигрывателе и вернулась на диван. Устроившись рядом с Томом, я забросила на него одну ногу и подалась вперед, практически предлагая ему себя. Он устроился сверху, и из моей груди вырвался соблазнительный стон. Мы пока оставались в одежде, но, случайно скользнув ладонью за пояс джинсов, я, к удивлению своему, обнаружила голые ягодицы.

— Ты же без трусов! — игриво произнесла я голосом, которым обычно отчитывают детишек.

— Да! — подтвердил он. — Иногда я их не ношу.

Перед моими глазами пронеслась череда наших встреч, когда под деловым костюмом у него, оказывается, совсем ничего не было...

Мы продолжали неспешно исследовать друг друга. Я не стала навязывать Тому свой темп. Как же мне хотелось затащить его в спальню... а он, похоже, был сыт одними ласками и поцелуями. Я растекалась по нему, как холодное масло по теплому тосту, купаясь в блаженной смеси возбуждения и непротивления. Наконец, уже под утро, мне удалось заманить его в постель.

— Там будет удобнее, — шепотом убеждала я. — Не обязательно что-то делать... я просто хочу почувствовать тебя... прижаться... к тебе...

Произнесенные вслух, эти слова завораживали меня. Сколько еще мне топтаться на пороге рая, прежде чем меня впустят? Я надеялась, что Том растает, когда мы окажемся плоть к плоти, но и в постели он не спешил овладеть мной, хотя желала я этого безумно.

— Зачем спешить? — шептал он, проводя пальцем по моей щеке. — Давай растянем удовольствие! — Он, разумеется, был прав. Воздержание таило столько страсти, сколько не было бы в самом занятии любовью.

Однако поведение Тома оставалось загадкой. Если он так долго хотел меня, и вот она я, пожалуйста (может, не на блюдечке с голубой каемочкой, так на дорогущих простынях с оборочкой), — а он почему-то медлит... Я не привыкла к такому обращению — возможно, уважению, не знаю. Был в этом расчет с его стороны или нет, но результат себя оправдал — чем меньше женщину мы любим...

Мы с Томом лежали рядом, сплетясь настолько крепко, насколько можно сплестись sans penetration*. Его

_____
* Sans penetration (*фр.*) — без проникновения.

восставшая плоть возвышалась между нами, но когда я осторожно попыталась сползти поближе, Том подтянул меня обратно. Чего же он, чудик, боится? Что это за странная медленная пытка? Я уже готова была со слезами вымаливать оргазм, и в то же время не хотелось прекращать эти сладкие муки. С каждым ударом сердца у меня все трепетало внутри, с каждым прикосновением жажда разгоралась сильнее. Если влюбленность материальна, я точно держала ее в руках той ночью — притяжение между нами ощущалось так явно, что его можно было потрогать.

Сквозь раздвинутые шторы за нами наблюдала молчаливая луна, купая нас в серебряном свете, когда мы дремали друг у друга в объятиях, прекращая на время игры в потаенную страсть. Той ночью я готова была умереть от восторга или продать душу дьяволу, чтобы остановить мгновенье. Как бы мне хотелось, чтобы раз в жизни солнце забыло встать... и темнота не покинула бы нас и не занялась бы предательница-заря.

В три сорок восемь наше безоблачное счастье нарушил пронзительный и настойчивый звонок в дверь. Том вскочил с кровати, натянул, путаясь в штанинах, джинсы и рванулся к домофону.

— Прекрати, я сейчас буду! — заорал он в трубку.

Я рывком села в постели, завернувшись в простыню. Сон после такого грубого вмешательства как рукой сняло. Возмущенно и с недоумением я посмотрела на Тома, который поспешно застегивал рубашку.

— Кого еще черт принес?! — растеряв всю нежность, рявкнула я.

— Прости меня, прости, — пробормотал Том на бегу и, выскочив босиком на лестницу, помчался вниз.

Не зная, что и думать, я набросила халат и нетвердой походкой выползла из спальни. Кто посмел ломиться ко мне в квартиру среди ночи, а главное, почему Том ни на секунду не удивился?! Это его девушка, больше некому! То есть, выходит, он самый обычный кобель? Но тогда почему?.. Он ведь совсем не торопился. Поэтому и не торопился... Эта нежность, трепет — мы были в раю, а теперь я летела прямиком с небес в ад.

На лестнице разгорался скандал. Хватит ли у меня пороха открыть входную дверь — шикнуть на них, чтобы соседи потом не судачили, и заодно глянуть на эту крысу? С другой стороны, опасно попадаться под руку особе, у которой определенно не все дома: мало ли, еще с ножом кинется...

— Кто она? Кто она? — вопил женский голос за дверью.

— Никто, — ответил Том. — Ничего не было. И потом, я же ясно сказал, все кончено.

«Ну, спасибо, — не удержалась я от ехидной мысли, — я, значит, никто и ничего. Что у него там кончено? Со мной или с ней?»

Я оделась. В одежде я уже не чувствовала себя такой беззащитной, подслушивая у двери. Голоса то срывались на крик, то утихали, но слов я почти не разбирала. Том ей настойчиво что-то внушал, а она сначала плакала, потом зашлась в истерике. Наконец они оба спустились и вышли на улицу. В прихожей остались коричневые замшевые ботинки Тома. Из окна спальни было видно, как он тащит упирающуюся блондинку к криво припаркованной машине с мигающей аварийкой. Почти силой он втолкнул девушку на водительское сиденье, наклонился что-то сказать, потом хлопнул дверцей. Машина рванула с места и умчалась.

Том медленно побрел через дорогу, сжимая от злости кулаки. Остановился у своей машины, оперся руками о крышу и начал исступленно биться в нее головой, раскачиваясь как маятник. Я наблюдала эту картину в окно, пытаясь разобраться в собственных чувствах. Том подошел к двери — коротко, едва ли в тысячную долю секунды, тренькнул звонок. Я открыла. Волоча ноги он поднялся по лестнице и, шагнув через порог, упал передо мной на колени. Обхватил руками мои бедра и зарылся в них лицом.

— Прости меня, прости... — твердил он, глухо и неприкаянно.

— Пошел вон! — отрезала я. Только этого мне не хватало в половине пятого утра. — Какого черта устраивать семейные сцены у меня под дверью? Как она вообще тебя нашла?

— Она сумасшедшая! Никак не отвяжется. Два раза мне изменяла, я сказал ей, что все кончено, миллион раз ей говорил... Она звонила во все дома по твоей улице! Машину мою увидела...

Я высвободилась из его рук и возмущенно удалилась на кухню. Том обреченно сел на пол и принялся натягивать ботинки. Вчера, в прошлой жизни, он оставил на столешнице ключи. Теперь я швырнула их обратно. Вместо того чтобы поднять связку, он дернулся ко мне, но я жестом остановила его.

— ВОН! — Никогда еще я отрезвление не наступало так быстро.

Том посмотрел на меня долгим взглядом, подобрал ключи и потащился нога за ногу вниз по лестнице.

Плакать я не могла — слишком велико было возмущение и ярость, поэтому закурила сигарету (хотя давным-давно бросила), но тут же потушила, вдохнув вонючий дым. Почистила зубы, сняла молочком остатки косметики, разделась и легла обратно в постель.

Наверное, сон меня все же сморил, поскольку следующее, что я помню, это утро и надрывающийся телефон.

— Можно я к тебе зайду? — раздался в трубке смиреннейший голос Тома.

— Что ж, объясниться тебе не помешало бы, — ответила я, когда перед глазами пронеслись все события минувшей ночи. — Ровно в час. Дам тебе пятнадцать минут, — скомандовала я и без лишних церемоний повесила трубку.

Тем утром мне пришлось бороться с целой гаммой чувств. Досада (позволила себя одурачить) мешалась с горечью (у Тома не возникло желания заняться со мной любовью). В моем возрасте пора бы разбираться в людях, а я не смогла распознать проходимца. В час дня, сделав суровое и непроницаемое («не вздумай мне лапшу на уши вешать!») лицо, я открыла дверь. На пороге обнаружилась самая громадная цветочная композиция, которую я когда-либо видела. У перевязанного лентой букета имелись, однако, ноги в угольно-серых брюках и полуботинках «челси». Я проводила букет в кухню, где он с достоинством опустился на столешницу, и передо мной предстал крайне смущенный Том. Скрестив руки на груди, я смотрела на него выжидающе-пристальным, без улыбки, взглядом.

Том поведал мне то же самое, что вчера ночью, только уже в подробностях. Уверял, что поговорил утром с этой девушкой, что между ними все стопроцентно кончено, видеть ее он больше не желает и прямо заявил ей, что любит другую. (Неужели? Moi?!*) Спрашивал, как он может загладить свою вину. Вид у него был совсем несчастный — под глазами круги, руки трясутся... Я же оставалась холодна, собранна и спокойна. Капитанский мостик наконец-то включился в работу и взял управление на себя.

— Что ж, я могла бы дать тебе еще один шанс... — После продолжительных раздумий я решила вынести помилование узнику, уже одной ногой ступившему на эшафот. Убедило меня воспоминание о твердом тугом члене, упиравшемся ночью в мое бедро. Нет, за здорово живешь я его не отпущу! — Но если еще хоть раз...

— Ни за что! — перебил меня Том, отчаянно мотая головой. — Клянусь! А в субботу вечером, если ты разрешишь, я приготовлю тебе ужин. Это будет мой подарок!

Вот так в следующую субботу в моей квартире и в моей жизни появился Том с двумя пакетами из «Вейтроуз» и кассетой «Отныне и навеки». Потом он долго и старательно колдовал в кухне над фаршированными цуккини. Блюдо получилось отменное, однако ни до десерта,

---

* Moi (*фр.*) — меня.

ни до фильма мы в тот вечер не добрались. И домой Том уже не ушел... остался на семь лет... а потом наши отношения сами собой рассосались, и он уехал.

Дочкам я его представила с гордостью, хотя и откладывала знакомство до последнего момента. Они были в курсе, что время от времени у меня случаются позорные интрижки, о которых «они не знают и знать не хотят». Дети предпочитают не задумываться о сексуальной жизни родителей, даже если папа с мамой не в разводе. Но раз уж Том поселился с нами под одной крышей, от знакомства с «домочадцами» деваться было некуда. Я постаралась нащупать что-то, что связывало бы их помимо возраста (с девочками у него, ясное дело, разница была гораздо меньше, чем со мной), какие-то общие интересы. Интересы нашлись — футбол. Том истово болел за «Челси», а девочки пошли по стопам отцов и следили за победами «Тоттнем Хотсперз». Поэтому, когда в один прекрасный субботний день Поппи приехала знакомиться с Томом, они, к моей радости, принялись трещать о средней результативности и турнирных таблицах, а я, как примерная мамочка, разливала чай. Уже после дочка поделилась, что Том ей понравился, только она боится, что я а) делаю глупость, б) буду сильно страдать. Мы как будто поменялись ролями, но я понимала, что Поппи за меня беспокоится. Еще как-то раз в ее субботний приезд Том угадал пять номеров в лотерее. Я прибежала на радостные вопли в гостиной и увидела, как Поппи с Томом прыгают по комнате и обнимаются. (Что выигрыш составил жалкие тысячу сто фунтов, выяснилось уже потом...)

Остальная моя семья хоть и приняла Тома с оглядкой и настороженностью, но приняла, радуясь моему счастью, а мама всегда встречала нас с распростертыми объятьями на традиционных еврейских пятничных ужинах. Такого замечательного, легкого и спокойного человека с открытой душой, как Том, нельзя было не полюбить. Впрочем, подозреваю, что бывшие мужья вели какие-то нелицеприятные разговоры за моей спиной, но мне о том неведомо. Они пересекались с Томом несколько раз на общесемейных сборищах и, к их чести, вели себя предельно корректно. Наши с Томом отношения касались только меня, а в злопыхателях из числа моих сверстников говорила зависть и ничего кроме, я же знаю. Моя жизнь — мое личное дело, плевать на пересуды!

На каникулы из университета приезжала Лили, и мы жили одной дружной семьей. Том стал для нее кем-то вроде старшего брата, она какое-то время продолжала с ним общаться, даже когда мы расстались. Мы все по нему скучали...

Меня стало слегка задевать, когда, стоило мне выйти из комнаты, вслед раздавалось их дружное хихиканье. Однажды я вернулась и спросила, что такого смешного. Выяснилось, что оба старательно сдерживали газы в моем присутствии, а когда я ушла, одновременно их выпустили. Еще меня бесило, что я перед субботним выходом, например, в театр долго и тщательно укладывалась, одевалась и красилась, а Том мог заявиться в джинсах с кроссовками. Есть у меня ряд пунктиков, и внешняя гармония в паре — один из них, а Тома это не волновало. Он всегда был просто самим собой.

Когда у нас все еще только начиналось, я спросила, какие у него планы насчет собственных детей. Он ответил, что пока никаких. Тогда я предложила разделить со мной радость понянчить внуков, и он с готовностью согласился. Малышка-внучка его обожала. Когда мы с Томом расстались, ей было три, и я чувствовала, как она по нему скучает. Смотрела на меня большими глазенками и спрашивала: «А Том иглать плидет?» В горле вставал огромный ком. Однажды я видела, как она сидит перед фотографией Тома и по щекам у нее катятся слезы. Тогда я физически ощутила, как рвется сердце.

Когда мы встретились, мне было сорок девять, Тому двадцать семь. Мое пятидесятилетие мы отметили на лыжах в Аспене, его тридцатилетие — в Аргентине. Раз или два он вставал на колено и делал мне предложение, но я обращала все в шутку. Однажды воскресным утром в постели мы все-таки обменялись кольцами и клятвами — какие еще узы брака были мне нужны? Я любила его, однако нестыковки между нами никуда не девались. Том владел моим телом, но полностью овладеть моими мыслями он бы не смог.

Большей частью мы вели тихую, размеренную домашнюю жизнь. Ужинали перед телевизором, потом играли в «Скраббл». Иногда Том звонил мне с работы часов в шесть, спрашивал, не хотим ли мы поесть пиццы, но я обычно отказывалась, потому что ждала его дома с ужином. Потом уже я поняла, что мешала ему внести в нашу жизнь элемент неожиданности, что надо было швырять утиные грудки в мусорное ведро и бежать к нему на свидание. Может, в ресторане глаза в глаза разговор у нас пошел бы веселее, чем бок о бок на диване за просмотром «Жителей Ист-Энда»?

Том никогда не был охоч до откровенных разговоров, и мне очень скоро стало не хватать взрослой словесной пикировки. И все равно, когда мы расстались, моя жизнь рухнула — потому что, уходя, часть моей души Том забрал с собой.

Первый год я рыдала по нему каждый день. Понадобилась масса усилий, времени, самоуважения, чтобы вернуть себе меня прежнюю. Мне ужасно его не хватало, я чувствовала себя беззащитной и боялась в пятьдесят шесть снова остаться одна...

До сих пор не могу без замирания в сердце слушать «Mad about the Boy»* Дины Вашингтон — каждый раз охватывает печаль по тем семи годам, самым тихим, мирным и спокойным в моей жизни...

---

* Mad about the boy (*англ.*) — без ума от парня.

СНОВА ОДНА
ВОЗРОЖДАЮСЬ ИЗ ПЕПЛА

Том уехал, я вернулась в пустую квартиру и только тут осознала, что наступил «конец романа». До этого мы неделями боролись с собой, не желая признать, что все кончено, ночами плакали, прижавшись друг к другу, но выговориться и описать свои чувства словами почему-то не могли. Том и в лучшие времена не мастер был говорить, а с «началом конца» ушел в себя, замкнулся и погрузился в мрачное молчание. На мои расспросы пожимал плечами и мямлил «Не знаю», как маленький мальчик. Один раз ему даже удалось затащить меня к семейному психологу, но о повторных сеансах я и слышать не хотела. (Зачем? Какой в них толк?) Так все и заглохло.

Смотреть, как Том собирает вещи, было выше моих сил, поэтому я пошла в ресторан с подругой. Возвратившись после обильно политого слезами ужина, я, даже не заглядывая на кухню к Тому, свернула в спальню, но заметила, что дверь в кабинет против обыкновения закрыта. Я украдкой сунула нос внутрь — там громоздились набитые под завязку черные мешки. У меня все внутри оборвалось, когда я увидела этот жалкий скарб беженца, и защемило сердце. Дрожащей рукой я вытащила из принтера лист А4 и огромными печатными буквами вывела «ПОЧЕМУ?». Положила на самый верхний мешок и закрыла за собой дверь кабинета. Переполненная страхом и отчаянием, я забралась в постель, чтобы провести последнюю ночь с Томом. Он пришел где-то после двух, мы пролежали до утра порознь и не сказали друг другу ни слова.

Наши отношения были выше обычной интрижки. Двадцатилетняя разница в возрасте не помешала нам создать самую настоящую семью, а различия только укрепляли узы, подсказывая, что обоим нужно как следует постараться. И все шло отлично — пока хватало энергии. Потом она иссякла, как у прибора, в котором сели батарейки. Мы забуксовали, задергались... и завод кончился.

Разрыв с Томом дался мне тяжелее, чем оба развода с мужьями, случившихся по вполне понятным и объективным причинам. С Томом я терялась в догадках. Мы замечательно ладили, не ругались, не цапались, не увязали в денежных проблемах и рутине. Видимо, все хорошее когда-нибудь кончается и мне все просто приелось.

Примерно в это же время, по фантастическому стечению обстоятельств, я довольно близко сошлась с одним моим платоническим другом, Оливером. Тот застукал свою фифу-жену in flagrante* с мастером по вызову — и пошел вразнос, а потом начал медленно погружаться в пучину депрессии. Поскольку в моей жизни тогда была сплошная тишь да гладь (ну, так мне казалось), я засучив рукава принялась вытаскивать Оливера, став для него круглосуточной жилеткой, в которую можно поплакаться, и крепким плечом, на которое можно опереться. Из реабилитационной клиники, затерянной в кентской глуши, он вышел совсем другим человеком и почему-то возомнил, что любит меня. На седьмом году постоянных отношений я, конечно, была польщена таким вниманием и не прочь капельку пофлиртовать. Оливер без устали слал мне сообщения, звонил и писал на почту, а я от безделья отвечала тем же. Мы строили планы, как сбежим от скучной повседневности в роскошные апартаменты отеля «Дю Кап Эден-Рок» и до конца жизни будем запивать черную икру шампанским, любуясь закатом на террасе. Не знаю уж, у кого из нас сильнее крыша поехала, у него или у меня...

Из-за Оливера я совсем забросила Тома, а он, как выяснилось, очень во мне нуждался. Последний гвоздь в крышку нашего гроба был забит субботним утром, когда Том уселся смотреть автомобильные гонки. Из чистого духа противоречия я включила в спальне Кэрол Кинг и, выкрутив звук на полную, начала во весь голос подпевать, чтобы Том хоть как-то отреагировал:

— Сли-и-ишком поздно!

На следующий вечер Том, лежа в ваной в мыльной пене, изучал какую-то распечатку. «Наверное, распи-

---

* In flagrante (*лат.*) — на месте преступления.

сание матчей „Челси" на грядущий сезон, не стоит внимания", — мелькнуло у меня. Однако потом скомканная бумажка обнаружилась в мусорном ведре, и я разглядела, что это полный текст песни «Слишком поздно», который Том скачал из Интернета. Мне бы тогда сесть с Томом и поговорить по душам, потому что куда уж дальше, но я опять сделала вид, что ничего не происходит. Наверное, он решил, что я совсем тупая курица... В свое оправдание могу сказать, что, стоило мне завести разговор «о нас», Том делал непроницаемое лицо и замыкался в себе.

Вот так, пока я разводила руками чужую беду, вместо того чтобы наладить «погоду» в собственном доме, Том втихаря решил, что пора и честь знать. За семь лет он успел превратиться из мальчика в мужа, а так как все это происходило под моей крышей, он врос корнями в наш дом и нашу семью настолько, что, скорее всего, перестал понимать, кто он такой. Как сказали бы калифорнийцы, ему пришла пора «оторваться и найти себя».

Трагедия одиннадцатого сентября немного отсрочила окончательный разрыв, поскольку чуть-чуть сплотила нас и дала пищу для разговоров на пару недель. Однако неизбежное все равно случилось, и после работы я с обрывающимся сердцем открыла дверь в опустевшую квартиру. Она открылась не до конца — на полу лежала связка ключей, которые Том просунул в почтовый ящик. Он хотел поставить окончательную жирную точку, а получился удар под дых. На полках, где стояли его книги, диски и разные прибамбасы, теперь зияли огромные дыры, в осиротевшем гардеробе с распахнутой дверцей висели на медной штанге одинокие вешалки. Выдвинутые ящики тоже опустели. Как пела та же Кэрол Кинг «Что-то умерло внутри...».

Не веря, что он все-таки уехал, я на подкашивающихся ногах дошла до спальни — и упала в рыданиях на пол. Не думала, что он действительно может меня бросить. Мы были вместе, я и Том, мы с Томом. Мой спутник, моя любовь, мой мальчик, мое сокровище... А теперь его нет, и я в ПЯТЬДЕСЯТ ШЕСТЬ снова одна! Дети разъехались, отвлечься не на кого, все смешалось, и меня захлестнула паника. В голове стоял гул, как в машинном отделении «Титаника» после столкновения с айсбергом. Как мне жить дальше? Что делать?

Когда с кем-то проживешь столько времени, первые несколько недель после расставания проходят очень тяжело. Варианта два: или скорчиться в уголке с бутылкой джина в одной руке, косячком в другой и подвывать всем подряд песням о любви... или встать, одеться и выйти на люди. Я выбрала второе. На люди. Каждый вечер. Регулярно, потому что сидеть дома со своим одиночеством было невыносимо. Я вытаскивала себя в кино, в театр, ходила в пабы, клубы, бары, рестораны, галереи, на познавательные программы, просто по городу. Пришла бы даже на открытие консервной банки, соберись там достаточная толпа. Спортзал, и тот годился, правильно ведь говорят — на миру и смерть красна. Дома спасалась тем, что включала на полную телевизор с радио, а потом не слезала с телефона. Как в песне, я была «околдована, ошеломлена и обеспокоена».

Несмотря на то что к расставанию я подвела нас сама, ровно в ту же секунду, когда Том исчез из моей жизни, он восстал, как феникс, из пепла наших отношений и вознесся на высочайший в мире пьедестал, подобно вечно живому королю рок-н-ролла. Это идеализация — когда забываешь все плохое и видишь сквозь розовые очки исключительно замечательного человека, идиллические картины совместного времяпрепровождения и великолепно подходящую друг другу пару. Нет, я на самом деле с теплом вспоминала годы, которые мы провели вместе. Как ни банально, стоило мне субботним вечером увидеть перед кассой в кино женскую компанию, я крепче сжимала руку Тома, мысленно вознося хвалу Господу, что я не с ними. Несмотря на обретенную независимость, я до сих пор полагаю, что только под руку с мужчиной ты получаешь признание и статус... так уж повелось.

Чтобы пережить самые горькие первые недели после расставания и не думать о Томе, я перепробовала миллион разных занятий. Составила список всего, что меня в нем раздражало: любовь ко всем видам спорта без разбора, неумение выбирать обувь, привычка беспорядочно щелкать телеканалы, пускать газы, рассказывать одни и те же анекдоты, пропускать мимо ушей очевидные намеки на деньрожденные и рождественские подарки и разбрасывать носки в спальне. Любая музыка в это время была смерти подобна. В каждом слове песни чудился скрытый смысл, каждая лирическая нота мелодии убивала меня нежно. Спас меня, хвала Господу, четвертый канал Би-би-си.

В погоне за утраченной индивидуальностью я не погнушалась даже альтернативной медициной. На все была готова, лишь бы прекратить плакать: бесконечный соленый поток струился по щекам, уничтожая макияж. Никакие глубокие вдохи не помогали. Очередная попытка вылечить расшатанные нервы привела меня в один серый пасмурный день к священным вратам Британского духовного общества на Белгрейв-сквер, тридцать три. Общество, которым управляют длинноволосые вегетарианцы в экологичной обуви и майках ручной вязки, располагается в самом дорогом районе Лондона, в здании, которое стоит около пятнадцати миллионов фунтов. Двухэтажный дом с георгианскими каминами, высоченными потолками, тончайшей работы бордюрами и карнизами, деревянными панелями на стенах и парадной лестницей красного дерева, по которой только и спускаться что в вечернем платье со шлейфом. С бьющимся сердцем я приблизилась к очкарику за стойкой.

— Духовное излечение здесь? — вполголоса спросила я у него, стесняясь признаться во всеуслышание, что именно за этим сюда пришла.

— Налево, вниз по лестнице, по коридору прямо, первая дверь направо.

— Что? Вот так сразу? — выдавила я. Немедленный сеанс с мои планы не входил. Я-то думала, приду, добуду буклетик, поизучаю, запишусь, возьму время на размышление — годик-другой, — а потом уже на сеанс.

— А чего тянуть? Вы первая в очереди, — улыбнулся очкарик и махнул рукой, указывая направление.

Я спустилась по узкой лестнице в цокольный этаж с гряжно-бежевыми стенами и потрескавшимся довоенным линолеумом. Из глубины тусклого коридора доносились звуки природы — туда я и двинулась. Звуки привели меня в большое полупустое помещение, перегороженное по длинной стороне рядом больничных ширм. На одной красовалось отпечатанное на принтере объявление: «Соблюдайте тишину. Идет сеанс».

Слева от двери стоял старый расшатанный столик со стопкой буклеток и ящиком для пожертвований. Я застыла в нерешительности, не зная, что делать. Наверное, лучше всего повернуться и сбежать... Однако тут за ширмой кто-то зашевелился, показалась блестящая лысина, и на меня широко раскрытыми глазами уставился в упор высокий чернокожий мужчина. Он шагнул ко мне, и я увидела у него на груди большое деревянное распятие. Моя матушка-иудейка, наверное, порадовалась бы за меня... вряд ли. Но меня поразило другое — мужчина был как две капли воды похож на телевизионного кулинара Эйнсли Хэрриота. Неужели надувательство?

Целитель медленно приблизился, молча взял у меня пальто и жестом пригласил садиться. Я напряженно застыла в кресле с металлическими подлокотниками.

— Мне раньше не доводилось, — шепотом сообщила я. Девственница (в духовном смысле) перед жертвенным алтарем.

— Мои руки будут теплеть, мои руки будут леденеть, — возвестил целитель с модуляциями Пола Робсона, исполняющего «Old Man River». Зажурчала музыка, что-то в духе «Chilled Ibiza» и композиций для медитации. Целитель возложил на меня руки. Я сделала глубокий вдох и постаралась расслабиться.

Я думала о том, что привело меня сюда, как случилось, что абсолютно незнакомый мужчина водит ладонями по моей спине. Пару раз меня едва не прорвало — истерика клокотала внутри и грозила выплеснуться рыданиями или захлебывающимся хохотом. Но я не поддалась. Делала медленные глубокие вдохи-выдохи, заставляя себя покориться и получить хоть какую-то пользу от этого странного действа. Атмосферу немного нарушил щелчок магнитофона, когда пленка кончилась — целителю пришлось оторваться и перевернуть кассету, но руки у него действительно то теплели, то леденели. Минут через пятнадцать он отошел от меня на шаг и поклонился. Я его поблагодарила, вышла наверх, на первый этаж, и расплатилась у стойки кредитной картой. Как это мило со стороны духов, что они принимают карточки!

После сеанса мне стало чуть спокойнее, в голове прояснилось, но больше я в это общество не ходила. Спасалась собственными силами: йогой, пилатесом, целебной силой камней и минералов, благовониями, принимала ванны с маслом лаванды и пачулями при свечах.

Где-то через год такой жизни в духе нью-эйдж сердце стало биться ровнее.

Что касается Оливера, который подтолкнул нас с Томом к расставанию, он по-прежнему переживал свой неудавшийся брак. Ему надо было выговориться, и он предпочитал делать это за белоснежными крахмальными скатертями лучших ресторанов Лондона, а потом плавно перемещаться на танцевальную площадку ночного клуба «Аннабель». Как тут было возразить? Хоть наш «роман» и закончился ничем, от приглашения провести приятный вечер я никогда не отказывалась, так что мы до сих пор дружим.

Том же, несмотря на попытки встретиться раз или два после нашего расставания, исчез из моей жизни насовсем. У него теперь есть жена, и я искренне желаю ему счастья.

ДЖЕЙК
ВСЕ И СРАЗУ

В тот непростой период после разрыва с Томом, когда я еще вела свое утлое суденышко под названием «Море слез» сквозь рифы и мели одиночества в годы не первой молодости, мне на глаза попалось объявление о субботней лекции на тему каббалы в Риджентс-колледже. (Тогда каббала еще не успела стараниями Мадонны вознестись на пик дешевой популярности.) Ни секты, ни альтернативные вероучения меня никогда не привлекали, но я решила, что лучше уж поискать путь к духовному просветлению и смысл жизни, чем промаяться в тоске еще одно убийственное воскресенье. (Кстати о смысле жизни — может, его надо искать в шоколаде?)

Подобные мои вылазки не обходятся без скрытого мотива — никогда ведь не знаешь, с кем познакомишься... Наверное, у меня возникло предчувствие, потому что, поставив машину за Внешним кольцом Риджентс-парка, я зачем-то собрала разбросанные по полу газеты в аккуратную стопку. Как знала, что после лекции у меня может появиться пассажир...

Оправдывая мои наихудшие ожидания, восемьдесят процентов собравшихся составляли женщины, и только двадцать — мужчины, да и те, кроме себя, любимых, никого не замечали. Для непосвященных: предполагается, что каббала — это некое «руководство к жизни», возможность приоткрыть завесу в царство интуиции, шестого чувства, где скрывается источник радости, счастья, исцеления и веселья. В рекламных листовках вам сулят поведать, «как выйти победителем в игре под названием „жизнь"». Непременно. Сейчас, только поудобнее усядусь, и вазочку с конфетами поближе, поближе...

Я исповедую незашоренность и оптимистический подход, поэтому честно внимала надрывающейся продавщице — э-э, то есть лектору, — убеждающей нас, что чудеса случаются, полная самореализация возможна, тайны Вселенной будут раскрыты — и в наших сердцах воцарится мир и гармония, стоит нам распахнуть чековые книжки и записаться на двухмесячные курсы. Я отбросила скептицизм (благо рядом со мной было два свободных места) и украдкой обвела взглядом собравшихся, пытаясь понять, какие чувства у них вызывает эта речь. Внезапно взгляд мой наткнулся на совершенно ангельский профиль молодого человека, сидевшего на краю ряда по правую руку от меня. Безупречная, совершенная, ослепительная красота! Наверное, я уже вознеслась в обещанные чудесные чертоги, причем не потратив ни пенни. Как же я его раньше не заметила? Почему не сработала моя СКП-сигнализация (СКП — суперкрасивый парень)? Я уставилась разинув рот на темноволосого, голубоглазого, загорелого полубога, и он ответил мне взглядом, которого совсем не ожидаешь от такого небесного создания. В нем было что-то настолько плотское, чувственное — парень меня буквально вылизал, как леденец. А потом улыбнулся. И выглянуло солнце. Тоска и одиночество, донимавшие меня целых полгода, растаяли как дым... От его улыбки мое сердце как будто снова воткнули в розетку, и по нему пробежал самый настоящий разряд. Я почувствовала, как возвращается жизнь.

Остаток лекции прошел как в тумане. Я поглядывала уголком глаза на парня, он беззастенчиво смотрел на меня. Я следила за каждым своим движением, каждый мой жест вопил: «Я женщина, которая хочет привлечь внимание соседа», — я закидывала ногу на ногу, потом меняла, проводила рукой по волосам, подпирала подбородок ладонью, скрещивала руки на груди, выпрямляла спину и вытягивала шею. Все это в попытке (не сказать чтоб напрасной) выглядеть моложе, выше и привлекательнее в глазах Красавца.

Лекция закончилась, и слушатели высыпали в коридор. Мне задерживаться вроде было ни к чему, но ведь судьбу иногда нужно и подтолкнуть. Как в анекдоте про человека, который молился, чтобы выиграть в лотерею, а никак не получилось, и Господь сказал ему: «Морри, сделай одолжение, билет лотерейный купи для начала!» Я вот билет купила и очень хотела бы получить по нему свой выигрыш.

На выходе из лекционного зала я отыскала взглядом Красавца, который с кем-то разговаривал, и притворилась, что изучаю рекламки на стенде, потом принялась перебирать каббалистические браслеты по пять фунтов (переплетенные красные шнурки от злого глаза!) и флакончики «Очищенной каббалистической воды» по четыре фунта (бульк!) — в общем, тянула время как могла, чтобы народ рассосался и парень меня заметил. Он начал прощаться со знакомыми, и я быстренько проскочила на лестницу, где он точно должен был пройти, вытащила телефон и, создавая видимость активной личной жизни, изобразила разговор. При виде парня бодро сказала: «Хорошо, увидимся. Пока!» — и двинулась рядом с ним вниз по лестнице. Он посмотрел на меня со своей потрясающей улыбкой и поинтересовался, как мне понравилась лекция. Разговаривая, мы вышли через внутренний двор в залитый весенним солнцем Риджентс-парк.

— Вы куда сейчас? — напрямую спросила я, отчаянно надеясь, что он скажет: «Никуда».

— Встречаюсь с друзьями в Южном Лондоне.

Я погрустнела.

— А вы не знаете, какое тут ближайшее метро? — продолжил он. — Кстати, будем знакомы, меня зовут Джейк.

— Венди, — представилась я, улыбаясь своей самой сладкой улыбкой, и мы пожали друг другу руки.

— «Бейкер-стрит» в двух шагах. — Хотя это он, наверное, и так знает. — Могу подвезти.

Как сказал Эйнштейн, «воображение важнее знания». Упустить такую возможность было бы выше моих сил, поэтому воображение у меня сейчас работало на полную катушку.

Вот так в моей прибранной машинке оказался молодой красавец мужчина.

Сила каббалы? Как знать... Хотя позже выяснилось, что ни я, ни Джейк на курсы записываться не собирались.

♀

До «Бейкер-стрит» было рукой подать, но я выбрала самый кружной путь. Если бы хватило бензина, дала бы крюк через пригороды. По дороге Джейк успел поведать, что расстался со своей девушкой — после пяти лет совместной жизни, — и посетовать, как в двадцать девять непривычно оказаться снова одному.

— Как я вас понимаю! — поддержала я, тем самым намекнув на собственный статус одиночки (и ни словом не обмолвившись о возрасте!). — Мы с моим молодым человеком прожили вместе семь лет и тоже разбежались, — грустно пояснила я. — Трудно прийти в себя, да?

Тут мы, несмотря на мои ухищрения, приехали к метро. Я остановила машину, выключила двигатель и повернулась к Джейку. Он не отвел взгляд. Наверное, в глазах у меня отразилась вся глубина моего морального падения.

— Дадите мне телефон? — без лишних слов попросил он. Мое сердце запело. Джейк вбил номер в записную книжку сотового, чмокнул меня в обе щеки и, бросив на прощание «До скорого!», вышел. Я смотрела, как он перебегает дорогу, виляя между машинами, и исчезает в недрах метро.

Меня как будто приковало к месту, я сидела разинув рот, завороженная и потрясенная. Он показался мне красавцем мотыльком: присел на секунду, дал полюбоваться своим изяществом, а потом расправил крылышки и полетел дальше.

Долго я сидела в машине, не в силах поверить, что мимолетное знакомство могло перевернуть все мои мысли и открыть уйму новых возможностей. Любовь не заканчивается с уходом Тома! Просто мне нужно было оказаться в нужное время в нужном месте. И даже если мы с Джейком больше никогда не встретимся, главное он уже сделал: вернул мое самоощущение, то, что я считала навсегда утраченным, — мою внутреннюю Венди.

По дороге домой я размышляла, что происходит, когда мы сходимся или расходимся с разными людьми. Они оставляют след в наших мыслях, в сердцах, иногда в душах. Если все идет гладко, мы расцветаем, открывая миру свои лучшие черты, подобно произведению искусства, являвшемуся на свет из мраморной глыбы под руками Микеланджело. Если же все плохо, они истощают нас, вытягивая силы, высасывая соки, выматывая нервы. Физически люди, наверное, могут обойтись друг без друга, а вот в эмоциональном и психологическом плане сложнее.

Что для нас важно в жизни? Обычно говорят: душевное спокойствие, любовь, здоровье, благополучие, гармония, везение. На самом деле гармонии не достичь без самореализации, а она в наших собственных руках, не в чьих-то еще. Здесь я, возможно, противоречу массе популярной психологической литературы, но каждый сам кузнец своего счастья, на других здесь полагаться незачем — при чем тут они?

Да, я повторяю слова дурацкой сентиментальной песни, но любовь к себе и вправду превыше всего, и научиться любить себя крайне сложно. Мы смотримся в зеркало, но за частностями не видим общего. Сетуем на маленький рост, полноту, непослушные волосы, сухую кожу, толстый зад, плоскую грудь — ноем по пустякам, вместо того чтобы заглянуть глубже и оценить то, что действительно имеет значение. Вот тогда пойдет настоящее самобичевание, хотя кто отважится признать за собой хотя бы один смертный грех, не говоря уж обо всех семи? (Я попыталась припомнить, что входит в их число, но забуксовала, а потом нужно было уходить: мы договорились поужинать с подругой. Дверь в дверь с рестораном обнаружился бар, и в витрине у него висел список коктейлей: «Гордыня», «Зависть», «Гнев», «Уныние», «Алчность», «Чревоугодие» и «Блуд». Прямо как по заказу. Случайность?)

Из дома на лекцию о каббале уходила одна Венди, а вернулась совсем другая. Представьте мой восторг, когда ближе к вечеру пришло сообщение от Джейка: «Рад был познакомиться. Как насчет встречи?» На что я набрала: «С удовольствием. Где и когда?»

И тишина — ни ответа ни привета. Каких усилий мне стоило удержаться, чтобы не написать самой, кто бы знал...

♀

Следующие несколько дней я постоянно думала о Джейке, но твердо решила сама ничего не предпринимать. Может, нашей встрече суждено остаться первой и последней? Когда я уже уверилась в этой мысли, пришло сообщение: «Простите, заработался. Как насчет увидеться?»

Я подскочила от радости до потолка, хоть ломиком отдирай. Наплевав на эсэмэсочный этикет (см. главу тринадцатую «Руководства»), я ответила моментально, и мы договорились, что Джейк заедет ко мне завтра на ужин. Что скрывать, будоражащая кровь охота завершилась удачно. И по времени хорошо совпало. Завтра день рождения Тома, первый раз за все время он отмечает его без меня. Посмотрим, правда ли клин клином вышибают.

♀

На следующий день я носилась как угорелая и в семь вечера подъехала к «Мейда-Вейл», забрать Джейка. Дома нас ждал легкий ужин: пармская ветчина с дыней, салат с копченой курицей, авокадо и печеным перцем, свежие ягоды со сливками на десерт, а к ним бутылка моего любимого охлажденного розового вина «Домен д'Отт». Однако уже у самой станции небеса разверзлись, и окружающий мир скрыла завеса обрушившегося на стекла потока. Я вертела головой вправо-влево, пытаясь высмотреть Джейка, но тут дверь распахнулась, и он сам, промокший насквозь, нырнул в салон, обдав меня веером брызг. Волосы у него были как после душа, на одежде ни одной сухой нитки, по лицу сбегают ручейки. Я подумала, что он напоминает песика, который свалился в пруд, и меня разобрал смех. Если бедняга Джейк хотел предстать в образе элегантного кавалера, он потерпел фиаско. Я медленно провела тыльной стороной кисти по его мокрой щеке, и мое сердце переполнилось восторгом. А он, улыбнувшись своей ослепительной улыбкой, закрыл мне рот поцелуем. Без лишних слов я нажала на педаль газа, и мы помчались домой.

Дома я отправила Джейка в ванную сушиться, а сама открыла вино, хотя мой гость пришел не с пустыми руками и принес свое. Больших усилий мне стоило удержаться и не сорвать с него мокрую одежду прямо в прихожей... но при мысли об этом щеки у меня раскраснелись, а сердце забилось чаще.

Беседа шла легко. Джейк оказался разговорчивым и довольно быстро освоился на кухне, пока я заканчивала приготовление ужина. Когда я принялась резать авокадо, он подошел ко мне сзади и обвил руками, а потом, приподняв волосы на затылке, поцеловал прямо туда, в ямочку. У меня пробежали мурашки от макушки до пят, и пришлось сглотнуть, чтобы унять участившееся дыхание.

После ужина мы перешли в гостиную, я включила музыку. (С этим часто нелады — из-за разницы вкусов с парнями младшего поколения, но благодаря Робби и Роду, записавшим каверверсии классики, проблема решена. Ура!)

Джейк рассказывал, что собирается ехать в Лос-Анджелес, писать сценарий для киностудии, а я с увлечением слушала, периодически вставляя восхищенные возгласы. И все это время не переставала удивляться превратностям судьбы и благодарить счастливый случай, который свел нас вместе. Когда я встала поменять компакт-диск, Джейк снова оказался у меня за спиной. Развернул к себе и с жаром поцеловал, проникнув языком ко мне в рот, — у меня по жилам как будто кипящая лава растеклась. Слившись в поцелуе, мы двинулись по коридору, с каждым шагом распаляясь все сильнее. Едва перешагнув порог спальни, Джейк опустил меня на пол и принялся срывать мешающую одежду. Когда показались кружевные трусики (я игриво подалась вперед), он встал надо мной, расставив ноги, и начал раздеваться сам. Я восхищенно смотрела на него снизу вверх. Под этим углом все предстало в очень интересном свете, и я начала подбираться по его голой ноге к стоящей навытяжку твердой молодой плоти. Получилось, как будто я дернула рычаг, и Джейк превратился в олимпийского бога любви.

Он брал меня задом наперед и шиворот-навыворот, лаская и возбуждая каждую клеточку, воплощая в жизнь мои самые необузданные фантазии. За один присест он исполнил всю Камасутру (лежа, на коленях, стоя, боком и наизнанку), а я только благодарила Бога за подаренную мне йогой гибкость. Переполнявшие меня восторг и счастье эхом отзывались в комнате, распугивая призраков одиночества, внимавших моим рыданиям в подушку.

Потные, задыхающиеся, радостно хохочущие, мы закончили на полу этот любовный марафон. Более жизнеутверждающего, пьянящего и дарящего свободу секса я не припомню. Мне было пятьдесят шесть. Ему двадцать девять.

Когда мы наконец смогли шевелиться, пошатываясь, поднялись на ноги, доковыляли до ванной, а потом, обессиленные, рухнули в постель и сплелись в объятиях. Я не ожидала, что Джейк останется на ночь. Приятный сюрприз! Он храпел как паровоз, но мне это не мешало. Все равно не до сна. Хотелось просто лежать с радостью в мыслях и истомой во всем теле, прокручивая в голове те чудеса, которые мы только что творили.

На рассвете он прижался ко мне сзади, опять готовый к любви, и я, скользнув чуть ниже, подарила ему новую радость. Он застонал от удовольствия, пробормотал в полудреме: «Спасибо тебе!» — и заснул. Меня переполняло счастье, такое ощущение, что голова, сердце, кровь, руки, ноги, кости и прочая анатомия очистились и переродились.

Около половины восьмого Джейк встал и прошлепал в душевую. Я наблюдала за ним, приоткрыв один глаз. Какой же восторг смотреть на твердые упругие мужские ягодицы, даже если они от меня удаляются! Перевернувшись, я прикрыла глаза рукой, не желая видеть неизбежное наступление нового дня. Услышав шум бегущей воды в душевой, я уединилась в ванной и осторожно устроилась на биде, позволив струям теплой воды омыть мои утомленные и истерзанные интимные части. О-о! Вот они сладкие муки умаявшейся плоти — сладкая боль, вызывающая скромную улыбку при воспоминании о том, как эта боль появилась. Я почистила зубы, стерла размазанные остатки вчерашней косметики, подкрасила глаза и нанесла немного тонального крема, а потом, набросив сиреневую шелковую комбинацию, прыгнула обратно в постель. Вовремя. В следующую секунду из ванны появился Джейк. В Халате.

Халат заслуживает отдельного описания. Он был куплен несколько лет назад за бешеные деньги в магазине «Гуччи» на Бонд-стрит. Сделан из такой плотной махровой ткани, которую встретишь только в лучших отелях — очень толстая, в чемодан с трудом влезает. Разумеется, теперь они в курсе, поэтому списывают стоимость с вашей кредитки. У Халата имелись шалевый воротник с темно-синей окантовкой и вышитая на кармане красно-золотая эмблема «Гуччи». Покупала я его для человека, который был любовью всей моей жизни, хозяином моей вселенной. Мы познакомились на седьмом году моего второго брака, уже начинающего потихоньку разваливаться. Я поехала в командировку — и встретила Его, мы сразу же закрутили роман и устраивали свидания в самых разных уголках света. Халат я таскала с собой, хотя он его почти не надевал — большую часть времени мы обходились без одежды, перебирая одно за другим двуспальные ложа лучших отелей мира.

Когда же наш роман подошел к неизбежному концу, Халат остался на моем попечении и хранился в ящике дивана, пока я собирала себя по кусочкам после ухода Тома. Отдать реликвию рука не поднималась, поэтому я определила его на крючок за дверью ванной, там он и висел, обмякший, брошенный, нелюбимый и ненужный, столько воды и слез утекло, пока сегодня утром он не согрел своим теплом Джейка, взбодрившегося прохладным душем.

♀

Он подошел к кровати и, решив, что я еще сплю, удалился ставить чайник. Я лежала, прислушиваясь к звукам, доносившимся с кухни, и когда ноздри мне защекотал аромат свежесваренного кофе, а на прикроватный столик опустилась фарфоровая чашка, я открыла глаза. Надо мной возвышался Джейк, без всякого стеснения напяливший Халат. Я приподнялась на локте, изящно потянулась и зевнула, пытаясь одновременно разобраться в охвативших меня смешанных чувствах.

Халат для меня всегда был священным одеянием, чем-то вроде Туринской плащаницы, правда, в исполнении более именитого модельера. Он дарил мне воспоминания о том, кому я его покупала, зачем, когда этот человек его надевал, куда Халат падал с его плеч и почему после окончания нашего романа Халат оставался неношеным. То, что его надел другой, для меня выглядело, с одной стороны, осквернением святыни, а с другой — воскрешением, надеждой на новую жизнь для бесполезного, по сути, предмета гардероба. Тогда я решила принять как данность, что теперь в него заворачивается не тот, кто раньше, и постановила, что отныне он будет менять мужчин одного за другим и его будут носить распахнутым (облегчая доступ к сокро-

венным частям) или завязанным (чтобы можно было
еще поиграть с поясом).

Кофе я выпила в постели, а потом сделала нам яичницу-
болтунью с тостами на завтрак. А после завтрака Джейк
сказал, что ему пора. Эйфория понемногу улетучива-
лась, давала себя знать бессонная ночь. Сердце сжалось
от жгучего желания и тоски, но я знала, что не задам
сакраментальный вопрос: «Когда мы теперь увидимся?» Надо смотреть правде в лицо: райский сон наяву
мимолетен, и когда он заканчивается, вынести одиночество бывает еще труднее. Если относиться к этому
философски — «лучше любить и потерять...», понимаешь, что зарубки на столбиках балдахина, хоть и пор-
тят мебель, все же лучше, чем ничего. А ради сегодняш-
ней зарубки мне целой жизни не жаль.

Джейк ушел так же, как пришел, — с улыбкой на лице и
жарким поцелуем. Я поборола желание нырнуть обратно под одеяло и заставила себя позаниматься йогой.
А потом долго стояла под горячим душем, повторяя
вновь и вновь: мне было даровано то, за что многие
женщины, независимо от возраста, отдали бы последний грош — ночь страсти с молодым горячим жереб-
цом. Днем Джейк прислал мне сообщение, где рассы-
пался в благодарности, и я, прочитав, долго ходила по
комнате, нежно баюкая у груди мобильный телефон.

Приближались майские выходные, поэтому через несколько дней после нашей встречи я написала Джейку,

спрашивая, не хочет ли он сходить со мной на карнавал в Маленькой Венеции (подтекст: «И снова побывать в моей постели»). Он ответил, что ближе к делу решит — и то хлеб! Эти парни редко планируют заранее, вечно все в последний момент. В конце концов мы договорились на воскресенье, и я в экстазе начала предвкушать невиданные наслаждения и бесконечный восторг. «Неплохо было бы устроить пиршество!» — подумала я и забила холодильник деликатесами из дорогущей кулинарии по соседству. На полках красовались: баночка белужьей икры, баночка фуа-гра, копченый лосось, паста с трюфелями и белыми грибами, непальские кедровые орешки с подножия Гималаев и упаковка мороженого «Черный лебедь» с тамариндом. В общем, думала (и тратила) я определенно не тем местом, которым обычно думают.

Кто же знал, что этот мелкий мерзавец, отворивший для меня две недели назад врата рая, кинет меня самым неподобающим образом?! Взял и не пришел...

Пока я его ждала, успела с седьмого неба спуститься в самые глубины ада. Полчаса сверх назначенного времени, потом еще полчаса, еще — и вот Джейк уже опаздывает часа на два. Я названивала ему на сотовый, но он был недоступен, и я оставляла сообщения на автоответчике, начиная с шаловливого «Эй, зайчик! Ты где-е-е?» и заканчивая угрожающим «Так и знай, урод, единственное для тебя оправдание — если ты валяешься мертвый в канаве!». Ни ответа ни привета.

Я дошла до того, что нашла в телефонном справочнике номер его родителей и дозвонилась его маме! Она была, судя по голосу, моей ровесницей или даже моложе — и тут вдруг я, окончательно спятившая старая кляча, звоню узнать, выйдет ее мальчик сегодня поиграть или нет. Старания мои оказались напрасны, Джейк не появился.

Снова полились горючие слезы ярости, отчаяния, обиды и одиночества, и снова мне пришлось собирать по кускам походя разбитое сердце.

Есть люди, которые входят в нашу жизнь легко, как нож в мягкое масло, а выходят не всегда гладко...

Через несколько месяцев — как гром с ясного неба — Джейк объявился снова и начал забрасывать меня электронными письмами из Лос-Анджелеса с фотографиями и кусками написанного им киносценария. Память действует избирательно, так что я была искренне рада получить от него весточку. Однако это не значит, что я не отчитала его за тот испорченный вечер, и он долго извинялся, ссылаясь на какие-то проблемы столь интимного характера, что подробнее он якобы объяснить ничего не мог! Интересно, что у него там случилось — член отсох? Понос прошиб по дороге? Или другое оправдание не придумывалось? Ладно... я его простила, и мы переписывались несколько месяцев, до самого его возвращения в Лондон.

Вот так одним воскресным сентябрьским вечером Венди (пятидесяти семи лет от роду) припарковалась у станции метро «Финчли-роуд», ожидая возвращения Питера Пэна (которому было все столько же — двадцать девять). На этот раз он сделал мне одолжение, сдержав слово, и пришел вовремя, и его чудесная упругая попка снова оказалась в моей квартире. На этот раз я никакими деликатесами не запасалась — учусь на ошибках, — но мы чудесно обошлись и без холодильника. Мы были сыты друг другом, мы пировали и упивались, и сладость секса заглушила неприятный привкус, оставшийся после предыдущего провалившегося свидания. Живительная сила обожания, которое исходило от этого молодого человека, пусть даже несколько часов, не сравнится ни с чем, и у меня до сих пор теплеет на сердце при воспоминании.

Прощаясь в последний раз, Джейк подарил мне величайший в жизни комплимент. Я отвезла его на станцию в час ночи, а он посмотрел с улыбкой мне в глаза и, крепко поцеловав, произнес: «Ты просто БОГИНЯ! Ни убавить, ни прибавать».

И упорхнул, как ветреный мотылек, по своим делам.

УИЛЬЯМ
Мужчины в возрасте,
или Дряхлый орешек

Чтобы уравновесить шансы, с мужчинами в возрасте я тоже встречаюсь, причем с такими, что любого, по словам моей матушки, хоть сейчас бери и тащи под венец. Они все душки и лапочки, но... когда мы с ними сидим в ресторане, аппетит вызывает исключительно официант.

Входит в число этих «достойных кандидатур» и Уильям. Нас познакомили на званом ужине, и пусть его внешность не сразила меня наповал, было в нем что-то такое, je ne sais quoi*. Подходящий возраст, статус, класс и умственное развитие плюс много путешествует, начитанный, образованный, эрудированный, обе-

---

* Je ne sais quoi (*фр.*) — не знаю что.

спеченный — и с ним не скучно. Он с легкостью доставал лучшие билеты в театр, на балет и в оперу, а перед спектаклем или после мы наслаждались ужином в лучших лондонских ресторанах, куда он sans reservation* входил уверенным шагом, и нас немедленно усаживали за столик. Особняк на Холланд-парк-авеню с садовниками и собакой, наверное, кому-то показался бы раем земным, но для меня поселиться там означало бы медленную смерть в золотой клетке.

Самое сложное с Казановами не первой молодости — дать им в конце вечера понять, что продолжения не будет. Это щекотливый момент, особенно когда вы уже воспользовались их щедростью. Отказы не любит никто, ни тот, кто отказывает, ни тот, кому отказывают, — а горькая истина в том, что мужчины до сих пор свято верят: «кто девушку ужинает, тот ее и танцует». Дружба им не нужна, слова «платонический» в их лексиконе нет, так что если не хочешь играть (в интимные игры) по правилам, они найдут другую, более сговорчивую. «С меня ужин, с тебя десерт» — ничего не меняется. Один толстосум как-то мне заявил: «Никуда ты не денешься, в конце концов станешь моей!» «В некрофилы записались?» — полюбопытствовала я в ответ.

Несмотря на все это у меня есть пара старых знакомых, с которыми я действительно люблю общаться. Ничего, что они засыпают в театре, как только выключается свет и поднимается занавес, а мне приходится пихать их в бок, чтобы не храпели, — что поделать, со всеми бывает. Зато со сверстниками спокойнее. Им, в

---

* Sans reservation (*фр.*) — без предварительного заказа.

отличие от юных красавцев, не приходится лихорадочно подсчитывать в уме, услышав: «А когда я была на концерте „Битлз"...»

Ладно, вернемся к Уильяму.

Излишняя полнота, лысина, мясистый зоб на шее и временами нервный тик на левом глазу. Несмотря на немалый капитал, одевается так, будто его окунули в чан с клеем, а потом закинули через окно в секонд-хенд. Иначе с какой бы стати нормальному мужчине думать, что к неглаженым серым фланелевым брюкам с клетчатой рубашкой в катышках идеально подходят кеды, которые будто у Бобика в зубах побывали. Остается только воспользоваться советом моего кузена, семейного психолога: «Закрой глаза и думай о „Картье"», однако и этот способ не помогает. Нет, бриллианты по-прежнему лучшие друзья девушки, но всему же есть предел... К чести Уильяма и моему отчаянию, он не оставлял попыток, в очередной раз подтверждая, что, наградив мужчину умом и пенисом, Господь не позаботился дать ему достаточно сил, чтобы пользоваться тем и другим одновременно.

В тот самый вечер Уильям заехал за мной на своем новехоньком серебристом «БМВ»-кабриолете. (Да, кое-кто считает автомобиль заменой мужскому достоинству.) От этого кавалер слегка вырос в моих глазах, но все равно... не там. Не успел он выжать сцепление, как рука оказалась на моем бедре. Я мысленно вздохнула и замерла в надежде, что если не реагировать, она уберется. Получилось.

На званом ужине, впрочем, как свидетельствует запись в моем дневнике, этот номер не прошел.

Едва шагнув за ворота роскошной виллы в фешенебельной части Излингтона, я поняла, что придется держать оборону против хозяина (а что, очень мило!). Этот громадный тип вынырнул откуда-то из-за кустов, когда мы шли по дорожке к дому, пожал руку Уильяму, а меня сгреб в охапку.

— Ну-ка, что у нас тут? — пробасил он, как будто ему попался зверек неизвестной породы. Запечатлел два слюнявых поцелуя на моих щеках, слизав половину макияжа, а потом потащил в дом, знакомить со своей несмеяной-женушкой, которая выдавила натянутую улыбку и тут же скрылась на кухне. Не выпуская меня ни на секунду, великан прошептал сладострастно: «Пойдем, я покажу тебе, где живут феи», — в следующую секунду мы уже в дальнем конце сада, и он размахивает передо мной своим гладиолусом. Я поспешила вырваться, пока он не слишком разошелся, и помчалась под крылышко к Уильяму спасаться приличной дозой водки с тоником.

Натянутая улыбка жены делалась все более фальшивой, попахивало скандалом. Женушка, очевидно, с самого утра крутилась на кухне, а муженек сидел в винном погребе и «дегустировал» все что под руку подвернется. Когда начали прибывать гости, он был уже сильно подшофе, она взмокла, упарилась и едва держала себя в руках. Каждое его движение встречалось закатыванием глаз под льняной потолок «Фэрроу энд Болл» цвета экрю и выражением лица «о боже мой!». По никотиновым пятнам на пальцах и огромному брюху в хозяине можно было без труда распознать бонвивана — наверняка меняет женщин как перчатки и не прочь закрутить очередной роман. А тут я — единственная незамужняя из приглашенных, легкая добыча для разлакомившегося женатика... Ну, это он так считал.

За коктейлями и канапе он предпринял опасный маневр, наполняя мой бокал доверху, стоило мне отпить хотя бы глоток, при этом исходил слюной, как престарелый лабрадор. А когда разговор зашел об антиквариате и я проявила свои познания в этой области, потащил меня в кабинет, показать настольные часы эпохи Георга III, которые, видите ли, перестали отбивать время. Я объяснила, что часы — не моя область, но он, пропуская объяснения мимо ушей, прижимался ко мне и продолжал тыкать пальцем в шестеренки. Завела я его, невооруженным глазом видно. Жаль, что его, а не часы.

Наконец мы отправились на ужин, я заняла свое место согласно рассадочной карточке. С супницей в руках вошла жена — и застыла как вкопанная.

— Вот оно что! — Глаза ее метали молнии. Ну да, муженек поменял карточки. Я-то тут при чем?

Едва усевшись, он коснулся меня ногой под стулом и спросил, сколько мы уже знакомы со «стариной Уилли», вызвав в моем воображении именно ту картинку, которую я изо всех сил гнала прочь... Я ответила: «Около года». «Чего ж он так долго скрывал?» — возмутился хозяин, как будто Уильям обязан был первым делом доложить ему.

«Наверное, потому, что и рассказывать-то нечего!» — отрезала я, и томный вечер покатился дальше. После кофе женушка стала убирать со стола, а я вышла в туалет, расположенный под лестницей, на другой стороне отделанного дубовыми панелями холла. Любезный хозяин перехватил меня на обратном пути — вырос из-под земли как призрак и, дыша в лицо перегаром, провозгласил: «Хочу видеть вас еще... как?»

Глаза у него налились кровью, губы расползались в сальной ухмылке. Отвратительное зрелище. Я неопределенно пожала плечами и проследовала в холл, где уже толпились собирающиеся уходить гости. Мы распрощались и пошли к воротам под обиженным взглядом хозяина. Как мальчик, провожающий взглядом мусорную машину, которая увозит найденного им на улице плюшевого мишку.

По дороге домой я решила, что будет невежливо не поблагодарить Уильяма за приятный вечер, но в ответ получила резкое:

— Да уж! Я заметил, как ты заигрывала с Филиппом!

— По-моему, все было наоборот, — возразила я. — И потом, я же не могла в открытую послать хозяина дома.

Вот честное слово! К тому же Филипп — это ходячий сердечный приступ, а я вовсе не желаю, чтобы этот приступ сразил его в моей постели.

Несколько недель спустя, в субботу, стоило мне уютно устроиться на диване с шитьем, раздался телефонный звонок.

— Венди? — спросила трубка незнакомым голосом.

— Д-да, — нерешительно подтвердила я.

— Это Филипп Уорвик.

Затянувшееся молчание ясно дало понять звонившему, что имя это мне ни о чем не говорит.

— Вы у меня ужинали. Пару недель назад. С Уильямом.

— А, да-да... — медленно припомнила я, гадая, откуда он добыл мой номер. — Как поживаете?

— Хорошо! — загорелся он. — Вообще-то... Я уже к вам подъезжаю...

Нет уж! Без приглашения ко мне никто не «подъезжает». У меня не проходной двор и не центральная магистраль. Он, значит, инициативу проявил, вот наглец!

Самым грозным голосом и не терпящим возражений тоном я произнесла:

— И?

— ...и я подумал заскочить к вам повидаться.

«Ах ты, кобель, я тебе сейчас заскочу!»

— Извините, Филипп, — твердо сказала я, — сейчас неподходящее время, я никого не принимаю.

— А-а... — смутился он. — Понятно... Э-э, извините, что побеспокоил.

И повесил трубку.

Не очень вежливо получилось, но... сам виноват! Чего он ждал? Что субботним днем женщина побежит к нему, теряя трусики, только потому, что он изволил проезжать мимо? Кстати, ему по моей лестнице все равно не подняться — удар хватит.

Не перестаю удивляться самомнению пениса...

МЭТЬЮ
Мальчик-леденчик

Выходные в Барселоне ничего особенного не сулили, разве что возможность сбежать из дождливого Лондона и встретиться со старыми друзьями. Меня пригласили на свадьбу, но, к неудовольствию моему, без спутника. Не было в моей жизни в тот момент никого постоянного, однако одного-двух кавалеров я вполне могла бы организовать. Спросила хозяйку вечера, будут ли там неженатые мужчины, на что получила ответ: «Не предвидится...» Только толпа неохваченных мужской заботой женщин.

Перспектива разгуливать по царству парочек в одиночку мало кого вдохновляет, особенно на таком мероприятии, как свадьба. Весь ваш столик отправляется танцевать, а вы остаетесь сидеть с приклеенной улыбкой, означающей «мне и так неплохо...». А ОЧЕНЬ ПЛОХО.

У меня обширный круг знакомых, и кое-кто из них тоже числился среди приглашенных, поэтому на фуршете с шампанским я выпила первый бокал «Беллини», подхватила второй и отправилась на поиски. Прием получился очень радушным, именитые гости не скупились на поздравления и тосты молодоженам и их семьям. Угощение было изысканным, атмосфера дружеской и праздничной, беседа с тремя моими одинокими соседками по столу лилась легко и непринужденно, так что опасность отсиживаться одной, пока остальные танцуют, миновала. К полуночи все переместились на танцплощадку и отплясывали кто во что горазд. Рядом зажигали мои соседки по столу, двухлетний малыш, который нес подушечку с кольцами, восьмидесятилетняя бабушка и остальные шикарные гости.

Я обвела взглядом комнату и заметила, что в ней полным-полно высоких, темноволосых, симпатичных молодых людей — друзей жениха и невесты, скинувших пиджаки и смокинги в танцевальной горячке. Их девушек я тоже рассмотрела — все, как одна, высокие, стройные, изящные, как лани. Я ужаснулась, почувствовав себя невидимкой на их фоне. «Вот оно, будущее...» — мелькнуло у меня, и я мысленно позвала на помощь свою фею-крестную.

На второй день всех пригласили на послесвадебный обед на ферму в холмах за городом. О ночлеге для слетевшихся со всего света гостей хозяева предусмотрительно позаботились. В два часа дня мы собрались около гостиницы. Пара специально заказанных автобусов должна была отвезти нас на finca*, и мы ждали пока все

---

* Finca (*исп.*) — ферма.

подойдут. От моего взгляда не ускользнуло, что кое-кто из гостей выглядит после вчерашнего празднования довольно помятым.

Оглядываясь, я заметила элегантную седовласую даму, вокруг которой увивался заботливый темноволосый юноша в солнечных очках «Рей-бан». Он то и дело потирал виски, очевидно, страдая жестоким похмельем. С дамой он разговаривал вполголоса, угощал сигаретой, наклонялся с зажигалкой и бегал искать пепельницу. Между женщиной и юношей чувствовалась тесная связь. «Повезло тетке!» — подумала я. Интересно, она его содержит как любовника? Я продолжила наблюдение.

Он прошептал что-то своей даме на ухо, а потом отошел поговорить с мужчиной, стоявшим недалеко от меня. С прошлой ночи я этого парня не запомнила, не уверена даже, что он вообще был на банкете. Пока я вспоминала, он посмотрел прямо на меня, а потом сдвинул темные очки на лоб. Взгляды встретились, и между нами проскочила искорка взаимного интереса. «Ага!» — подумала я. День обещает быть томным...

Тут нас позвали по автобусам, и он поспешил вернуться к своей даме. Я опустилась в кресло рядом с проходом, и когда молодой человек протискивался мимо, наши взгляды опять скрестились. Я как бы случайно обернулась и увидела, что дама садится не с ним, а с кем-то еще. Юноша проследовал в самый конец салона и плюхнулся один в свободное кресло. «Все страньше и страньше», — думала Алиса, изо всех сил стараясь не свернуть шею.

Обед на ферме оказался настоящей фиестой с ломящимися от еды столами, зажигательным фламенко и mucha sangria*. По стечению обстоятельств молодой человек сидел в поле моего зрения, за столиком напротив, и я снова имела удовольствие наблюдать, как он угадывает каждое желание седовласой дамы: следит, чтобы не пустели бокалы, передает тарелки с tapas**, что-то интимно шепчет ей на ухо. При этом он сам поглощал спиртное с космической скоростью. Что делать, такова суровая правда.

— Кто эта дама? — поинтересовалась я у соседки, которая, судя по ее замечаниям, знала здесь всех и каждого.

— Мариса Труман.

— С... любовником? — допытывалась я.

— Нет-нет, что вы! — Она рассмеялась. — Это Мэтью. Ее сын.

— О! — Передо мной распахнулись ворота великих возможностей, и я шагнула в страну Можетбыть.

— А он что... э-э... голубой? — озвучила я неожиданно посетившую меня догадку.

— Ни в коем случае! Просто очень заботливый сын. Месяц назад она потеряла мужа... отца Мэтью... они очень любили друг друга. А у Мэтью в прошлом году была свадьба, но брак уже распался... жена сбежала с его лучшим другом...

Неудивительно, что он весь на нервах и так много пьет. И цепляется за мамочкину юбку.

Застолье кончилось, начались развлечения. На площадку, под щелканье кастаньет и гитарные переборы,

---

* Mucha sangria (*исп.*) — много сангрии.
** Tapas (*исп.*) — закуски.

высыпала группа певцов и танцоров. В детстве я шесть лет занималась фламенко, поэтому усидеть на месте, когда послышались знакомые цыганские напевы, мне стоило большого труда. От проникновенного cante, четких palmas и дробных zapateado* ноги сами норовили пуститься в пляс. Я решила отойти к бару, а там уже топать и хлопать сколько душе угодно, не стесняясь, что привлеку внимание. Сказано-сделано — я принялась лавировать между столиками, не забыв пройти как можно ближе к Мэтью. Он зажигал очередную сигарету.

— Мне достался некурящий столик, — повинуясь неожиданному порыву, поделилась я с Мэтью. — Можно у вас стрельну? — Из его рук я готова была принять даже трубку с лосиным навозом.

Он вытащил «Мальборо» и щелкнул своей «Зиппо». Мы в который уже раз посмотрели друг другу в глаза.

— Спасибо! — выдохнула я и, покачивая бедрами, прошествовала к бару, жалея, что у меня нет магнита на попе.

Ошиблась, кажется, есть. Мэтью заглотил наживку, что-то прошептал матушке и направился вслед за мной. Мое удилище задергалось.

Завязался разговор, Мэтью спросил, была ли я на свадебном банкете... Вот так, выходит, я и вправду превратилась вчера в невидимку!

— До гостиницы добрался только в шесть утра, — пожаловался он, зевая. — Мы еще после банкета в клуб пошли.

---

* Cante, palmas, zapateado (*исп.*) — элементы фламенко: пение, отбивание ритма ладонями и каблуками.

— Жаль, я не знала! — Так, подсекаем... — Тоже бы сходила. — Кто бы меня еще пригласил?..

— Может, сегодня? — клюнул он. — Если еще силы будут?

— Можно, — ответила я как можно спокойнее и равнодушнее, но внутренний голос радостно вопил: «Да! Да! Что же мне надеть?!»

Представление кончилось, Мэтью подмигнул мне и вернулся к себе за столик. Я отправилась порасспрашивать о нем невесту, сделав вид, что интересуюсь для одной из своих дочек.

— С нервами у него не в порядке, — поделилась девушка. — Хороший парень, но ему сейчас несладко. Жена...

— Да, слышала, — поддакнула я, окончательно убеждаясь, что мальчику просто необходима уютная мягкая грудь, на которой можно поплакать.

Когда рассаживались в автобусе, собираясь в обратный путь, Мэтью, не дожидаясь приглашения, опустился в кресло рядом со мной. Я почувствовала удовлетворение, особенно когда его колено как бы невзначай коснулось моего. Отодвигаться я не стала, так мы и ехали — привалившись друг к другу, шепотом перекидываясь всякими глупостями и обмениваясь многозначительными страстными взглядами.

В отеле большинство гостей тут же разбрелось по номерам. Некоторые, включая нас с Мэтью, отправились в бар. Выпила я уже достаточно, однако что из этого? Не упускать же парня! Он сперва сел рядом, потом вдруг встал и вышел. Я было огорчилась, но тут же воспрянула духом, когда через полминуты он вернулся, зажав в руке что-то белое. Убедившись, что никто не смотрит, он раскрыл на секунду ладонь. Я моментально все поняла. Незаметно протянула руку под столом, и он вложил в нее свернутую бумажку. Я подавила смешок, сжала «передачу» в кулаке и как ни в чем не бывало продолжила беседу. Через некоторое время, сгорая от любопытства, извинилась и проследовала в туалет.

«Жду вас в саду через десять минут», — сообщалось в записке. Какая изысканная старомодность! Мне бы такого нарочно не придумать. Я честно попудрила носик, подкрасила губы блеском и выбралась на террасу, а потом, оглянувшись на случай любопытных глаз, тихонько скользнула на тропинку.

Вечерело, на темнеющем небе загорались первые звезды. Мэтью стоял в глубине сада около бассейна, прислонившись к дереву — одна нога согнута в колене, ступня упирается в ствол, очень сексуально, вылитый Джеймс Дин. Не хватает только ковбойской шляпы, сдвинутой на глаза. Осторожно ступая, чтобы каблуки не цеплялись за траву, я подошла к нему. Он тут же обхватил меня за талию и притянул к себе. Я застыла, обеспокоенно оглядываясь через плечо — не видно ли нас из окон гостиничного бара?

— Что все это значит? — изобразила я святую невинность. То, что я услышала в ответ, тянет на самую лучшую «фразу для съема» всех времен и народов.

— Хотел тебя предупредить... — торжественно, слегка заплетающимся языком, но тщательно выговаривая каждый слог, протянул он, — что у меня (драматическая пауза)... просто... огромный... ЧЛЕН.

Он выстрелил в меня этим словом, как пулей из тщательно наведенного ружья. И что мне теперь делать со столь ценными сведениями? Нельзя же просто принять как факт. Надо реагировать.

Я заморгала от такой неожиданной откровенности, переваривая услышанное. Мэтью с самодовольной ухмылкой стоял под деревом. Ну да, что ему еще делать? Намек я усвоила, и уголки моих губ игриво поползли кверху. Еще чуть-чуть — и слюну пущу. Я изо всех сил пыталась укротить захлестнувшие меня эмоции, иначе Мэтью лопнул бы от самодовольства, однако что было делать, если все мысли потекли в одном, определенном направлении? Мэтью ухмылялся. Петушок не промах, что я могу сказать...

— Хочешь, чтобы я поверила тебе на слово? — Надо было как-то сбить с него спесь. — И потом, что значит огромный? По каким таким стандартам? Мерялся с другими парнями в душевой?

— Нет, я серьезно, — не сдавался Мэтью. — Пощупай.

Он схватил меня за руку и прижал ладонью к ширинке. Я в испуге отдернула. Одно из двух: или он запихнул в штаны целую chorizo*, или говорит правду.

— Бог ты мой! — не удержалась я. — Так ты не врал!

Мэтью снова притянул меня к себе и начал целовать, засовывая язык мне в рот. Какие теперь сомнения? Я должна это увидеть. Потрогать. Вылизать. Попробовать. Почувствовать. Он должен быть моим.

— Я пойду поднимусь к себе, — пробормотала я, когда вернулась способность думать. Дыхание перехватило. — Давай встретимся в баре через час?

— У нас номер на двоих с мамой, — предупредил он. — Я приду к тебе, ладно?

---

* Chorizo (*исп.*) — копченая колбаса.

— Даже не вздумай! — вскинулась я. — Нас кто-нибудь засечет. Тут полно моих знакомых. И потом, с чего ты решил, будто...

Он с притворным удивлением вскинул бровь. Мой недосказанный праведный гнев растворился в вечерней дымке. Кого я обманываю? Уж точно не Мэтью.

Член определенно служил ему пропуском. С его помощью он мог пройти куда угодно, только вот я не собираюсь облегчать ему усилия. Высвободившись из объятий, я заявила: «Встречаемся в девять. В баре».

И зашагала обратно через газон. Мысли путаются, в горле пересохло, под ложечкой сосет, сердце выделывает в груди немыслимые кульбиты. Надо же, как все одним махом переменилось!

В десять минут десятого, когда я сидела в баре и разговаривала с кем-то из гостей, вошла матушка Мэтью. Опустилась на стул рядом со мной и завязала беседу. Мы заказали по «Деве Марии», к коктейлю принесли орешки, чипсы и оливки. Собеседница мне попалась очень добродушная, и я ломала голову, как быть, когда в бар заявится ее сынок. Рано забеспокоилась. Миновала половина десятого, потом десять, а его все не было. Разговор потихоньку иссякал, и я начала нервничать.

— Интересно, куда это Мэтт запропастился?.. — удивилась в конце концов его мама, посмотрев на часы. Я ее чуть не расцеловала. Меня терзал тот же вопрос!

— А что, вы собирались на ужин? — полюбопытствовала я, прикидывая вырисовывающиеся перспективы.

— Нет, вроде... — Она попробовала позвонить в номер со своего мобильного. Не отвечают. У меня

95

сжалось сердце. Я тяжело сглотнула, гадая, сколько я еще смогу здесь прождать, не выходя за рамки приличий.

Мама Мэтью продолжала названивать, и на очередной попытке он взял трубку. Она что-то сказала и разъединилась.

— Заснул. В ванне. Вот дурачок. Скоро спустится.

Я воспарила на крыльях надежды. Отпила воды и рассеянно запустила руку в тарелочку с орешками и оливками. Беседа, притормаживая и буксуя, как деревенская колымага на двух спустивших колесах, покатила дальше. Без десяти одиннадцать я решила, что с меня довольно. Двух часов светской беседы хватило выше крыши, меня обнадежили, потом продинамили, я вымоталась морально и физически. Шея болит от напряжения, а зубы стерла чуть ли не до корней.

— Все, пойду к себе! — объявила я, притворно зевая и потягиваясь. — Приятного вам вечера. Во сколько улетаете?

— Рано, — протянула она. — А Мэтти, похоже, не придет... («Moi non plus»*, — желчно подумала я.) Пойду, пожалуй, с вами. — И мы вдвоем проследовали через вестибюль к лифтам.

Распахнулись двери — и вот он, Мэтью, собственной персоной. Перевел взгляд с мамы на меня, опять на маму. Я приподняла бровь и поджала губы. Нашел, когда спуститься, гаденыш.

— Извини! — обратился он к матери, примирительно чмокнув ее в щечку. — Ты уже спать? А я только проснулся!

---

* Moi non plus (*фр.*) — здесь: «А мне какое дело?»

— Потому что ночью надо было спать! — отчитала она.

— Пойдем обратно в бар, — принялся уговаривать он. — Выпьешь — и на боковую. Не хочу один пить.

— Нет уж, я устала, — отказалась она и шагнула в лифт.

Я посмотрела на часы, придумывая благовидный предлог.

— Могу составить компанию, — с тяжким вздохом, будто делая величайшее одолжение, вызвалась я. — Только ненадолго.

Он посмотрел на меня многозначительно, еще раз чмокнул мамочку, прошептав «Спокойной ночи!», и подождал, пока закроются двери лифта. А потом с улыбкой повернулся ко мне. Я смерила его взглядом, в котором ясно читалось «ты ублюдок!», и пошла к бару, но Мэттью поймал меня за руку.

— Пойдем в город, — предложил он и вытащил меня через вестибюль на улицу.

Мы шли, пока не набрели на маленькую таверну в переулке почти рядом с Рамблой. Заказали vino tinto*, и Мэтью, едва успев сесть за столик, начал водить ладонью по моему бедру. Мне было неловко от такого публичного проявления чувств, но, кроме нас, в таверне никого не было, так что почему бы не воспользоваться?

— Пока ты отсыпался, — поведала я, смягчаясь, — твоя матушка мне рассказывала, какой ты хороший. Хотя я лично сильно сомневаюсь. И еще сомневаюсь, что, когда она меняла тебе подгузники, ей приходила в голову мысль, каким ты вырастешь большим!

_____
* Vino tinto (*исп.*) — красное вино.

Мэтью ухмыльнулся:

— Она меня очень поддерживает... Год выдался дерьмовый — сначала папа, потом всякое такое. Без нее я бы пропал.

Неудивительно, что он окружил ее такой заботой. Она для него все: мать-земля-природа, воплощенный идеал женщины, которую мужчины боготворят, не надеясь заполучить.

Слегка захмелевший Мэтт стал тыкаться носом мне в шею и покусывать мочку уха.

— В каком ты номере? — прошептал он, а я только хихикнула в ответ и покачала головой.

— Если ты меня так сильно хочешь, — подначила я, — придется искать другой путь... или подождать до Лондона.

Забавно было бы покормить его «завтраками». Его, который наверняка живет лишь сегодняшним днем.

— Пойдем! — Что-то решил, видимо. Он кинул на стол несколько евро, встал и решительно повлек меня на другую сторону улицы, в просторный мраморный вестибюль отеля «Ле Меридиен».

— У вас найдутся апартаменты на одну ночь? — уверенным голосом спросил он у администратора, гордо выкладывая на стойку кредитную карточку.

Подход меня впечатлил, но от стойки я в смущении отодвинулась: въезжать в отель высшей категории посреди ночи без багажа, зато с парнем, который мне в сыновья годится, — приличного мало. Я уткнулась взглядом в россыпь ярких камешков в витрине «Булгари», прислушиваясь к идущим за стойкой переговорам. Мэтью забрал магнитную карточку-ключ и плавно увлек меня за собой к лифтам. Двери распахнулись на восьмом этаже под звуки нашего смеха и поцелуев. Вырвавшись из рук Мэтью, я понеслась по коридору, он за мной — до самых апартаментов. Внутрь мы не вошли, а влетели, как расшалившиеся школьники, — и тут же устроили салочки в номере: гостиная, кухня, ванная, гардеробная, терраса... А вот и спальня с королевской кроватью. Мэтью совершил набег на мини-бар и принес две маленькие бутылочки с водкой. Мы сорвали крышки и выпили залпом, а потом он забрал у меня бутылочку и кинул обе в мусорное ведро.

— Хочешь, можем оплатить пополам? — предложила я, ощущая во рту обжигающий вкус «огненной воды». — Зачем тебе...

Он покачал головой и, без малейшего усилия подхватив меня на руки, как невесту, опустил прямо на середину огромной кровати. Сам прыгнул туда же и принялся срывать с меня одежду. Я встала на колени, учащенно дыша от нетерпения и предвкушения.

Пуговка за пуговкой я расстегнула на Мэтью рубашку, и он скинул ее, поведя плечами. Под ней скрывались тугие бицепсы, рельефная грудь, узкая талия и выразительные «кубики» пресса, окаймленные внизу тонкой полоской шелковистых темных волос, соблазнительно выглядывающих из-под пояса джинсов. Я потянулась и щелкнула выключателем у кровати, погрузив комнату в интимный полумрак, разбавленный неярким светом из гостиной. Мой любопытный взгляд скользнул вниз, к ширинке Мэтью.

— Ну? — с нетерпением подзадоривала я. — Показывай!

Мгновенным движением он расстегнул верхнюю пуговицу джинсов и принялся медленно-медленно, мучительно медленно, зубчик за зубчиком тянуть вниз застежку молнии. На лице у него снова играла все та же самодовольная улыбка. Сердце билось у меня в груди, как птичка о стекло, я отводила глаза, не решаясь взглянуть. Вот он, момент истины! Постепенно и осторожно я опустила взгляд — высунув округлую головку дюйма на четыре над поясом, там покачивался ствол такого калибра, что у меня дыхание перехватило. Я смотрела во все глаза и даже рот разинула от восхищения и изумления. Лизнув указательный палец, я провела по краю могучего органа и наклонилась до конца расстегнуть молнию, осторожно, чтобы не зацепить курчавые волоски. Великий Пенис вырвался на свободу, тяжело качнулся туда-сюда и застыл по стойке «смирно», нацелившись прямо на меня. О, фортуна! Я обхватила его ладонью, но пальцы не смыкались. Тогда я прижала его к животу Мэтью. Головка оказалась гораздо выше пупка. Да, мальчик не обманул, у него и вправду просто огромный член!

Мэтью определенно наслаждался моей реакцией — думаю, не в первый и не в последний раз. Он абсолютно точно знал, что вызывает у женщины: непреодолимое желание тут же обхватить это богатство губами и проверить, как глубоко он поместится в рот. Для женщины это последняя соска, гигантский леденец, невиданная сексуальная игрушка — блюдо, достойное королевы (или короля, если принимать во внимание таких, как Элтон Джон).

Желания Мэтью было не занимать, поэтому в постели он пытался проделать со мной такое, что мне оказалось просто не под силу. Мы трясли и раскачивали огромную кровать в порывах дикой, оголтелой, животной страсти, пока не выжали из себя все до последней капли.

Позже, когда мы лежали, отдыхая после бешеной скачки, я дотронулась до обмякшего гиганта, и он снова ожил. Я смотрела, как он восстает, и гадала, с чего это Господь так расщедрился. Ведь следующему в очереди на раздачу после Мэтью наверняка достался пшик. Встреча с Мэттом (если не вспоминать, что я потом два дня ходить не могла) обогатила меня бесценным знанием: размер имеет значение. Жаль только, что у меня не было при себе фотоаппарата: сколько я потом ни разводила перед подружками руки, как рыбак, хвастающийся добычей, ни одна, кажется, не поверила.

Через несколько недель, уже в Британии, когда я сидела в кино с компанией знакомых, в сумочке завибрировал мобильный. Я вытащила его в полной прострации — что у мамы или у девочек могло стрястись в субботу в пол-одиннадцатого?! К моему огромному удивлению, это был Мэтью — спрашивал, свободна ли я сегодня. Я и не ожидала, что он решит со мной еще увидеться. Наступая на ноги сидящим, я выбралась в проход и опрометью выскочила из зала. Тут же настрочила ответное сообщение Мэтью, вернулась обратно шепнуть друзьям, что мне нехорошо и нужно срочно домой, а потом летела по улицам, как Михаэль Шумахер, за которым гнался медведь на «феррари».

Дома я быстренько привела себя в порядок, зажгла свечи, включила музыку, открыла бутылку — и тут раздался дверной звонок. Да, мальчик даром времени не тратит! Мэтью шагнул через порог, торопливо чмокнул меня в щеку, оглянулся... и прямиком в спальню. Там он распахнул дверь в гардеробную и принялся рыться на полках с обувью. Выбор его пал на сиреневые замшевые «ЛК Беннет» с золотистым ремешком на щиколотке и высоченной шпилькой. Туфли полетели на пол к моим ногам. Я послушно обулась, прошлась туда-сюда по комнате под оценивающим взглядом Мэтью. Удовлетворенный результатом, он швырнул меня на кровать и... понеслось.

Ритуал с обувью повторялся и в последующие разы, я даже купила специально на этот случай черные кожаные шпильки с платформой, как у стриптизерши. Приезжал он неизменно расхристанный, небритый, в брюках армейского стиля или тертых джинсах, а я встречала его при полном параде. Но мне было все равно. Он мог получить любую, только пальцем помани... эдакий Порфирио Рубироза нашего времени.

Я прекрасно понимаю, какой редкостной удачей было познакомиться с этим королем секса и его королевских размеров «скипетром», так что спасибо, огромное спасибо той высшей силе, которая сделала мне такой подарок.

Кстати, расскажите кто-нибудь, чем заканчивается фильм «Помни»...

ДЖЕЙМС
РАНО РАДОВАЛАСЬ

Если когда-нибудь забредете в район Мейфэр, вам наверняка попадется по дороге россыпь художественных салонов, чей ассортимент рассчитан на внушаемых толстосумов. С выставленными там предметами жить в одной комнате невозможно, однако, если заглянуть и, одобрительно причмокивая, поглазеть, вас попросят оставить запись в книге отзывов. Вот тогда на вас посыплется ворох тисненых приглашений на закрытые показы, который, правда, иссякнет, когда салон обанкротится или истечет срок аренды — смотря что раньше.

Вот откуда взялась на моей каминной полке стопка карточек, которую я от нечего делать решила как-то вечером в четверг пролистать. Среди них попалось приглашение посетить показ «Коллекции работ, посвященных динамике линий, формы и текстуры» кисти некоего художника, о котором очень лестно отзывались в «Культурном обозрении» «Санди таймс». Мой принцип — «на людей посмотреть и себя показать», поэтому возможность, решила я, упускать не следует. Я принарядилась, завела машину и доехала до Берлингтонгарденс. Там припарковалась и твердой поступью деловой женщины зашагала по Корк-стрит к дому номер двадцать семь. Чтобы сунуться на междусобойчик и влиться в компанию абсолютно незнакомых людей, нужна определенная наглость, но я нацепила самую что ни на есть уверенную улыбку, распахнула тяжелую стеклянную дверь — и ворвалась в гущу событий.

В ярко освещенном салоне толпились любители бесплатных фуршетов, которым «Кава» куда милее, чем заполнившие комнату разнокалиберные инсталляции — от распластавшихся на полу до уходящих под потолок. Сам себе не поможешь — никто не поможет, поэтому я ухватила бокал с проплывающего мимо подноса (напитки разносил приглашенный официант в смокинге не по размеру) и, выпустив усики-антенны, начала осматриваться. Наткнулась взглядом на преклонного возраста вдову, знакомую по предыдущим подобным мероприятиям, кивнула в знак приветствия. Та ответила и двинулась дальше в поисках канапе, а мне открылся вид на группу беседующих молодых людей в костюмах. Я их внимательно по очереди оглядела — ничего интересного: серенькие менеджеры, допоздна засиживающиеся в офисе, оттягивая момент, когда нужно будет возвращаться домой, в пригород. Насмотревшись, отправилась бродить по салону, останавливаясь перед экспонатами и не забывая поглядывать по сторонам.

То и дело открывалась входная дверь — кто-то уходил, кто-то появлялся. Заскочила стайка хихикающих офисных девочек, а за ними по пятам — длиннющий костистый парень. Антенны мои задрожали от любопытства. Я глотнула игристого вина и принялась наблюдать. Парень, добыв себе бокал, осматривался. Оказывается, я ошиблась, решив, что он с этими хихикающими девицами. Он был сам по себе и определенно не в своей тарелке. Побродив чуть-чуть по салону, он застыл перед матовым стальным листом, прошитым полосками разноцветной органзы, образующей обнаженный женский силуэт. На вид парню было лет тридцать, он был одет в светлые хлопчатобумажные брюки, бежевую рубашку-поло с коричневой кожаной курткой и замшевые ботинки. Под мышкой ноутбук в чехле. Большинство собравшихся едва дотягивало ему до плеча, такой он был длинный, а ноги у него начинались откуда-то от ушей. Точеный профиль, орлиный нос, волевой подбородок, темно-карамельные волосы, открывающие широкий, без единой морщинки лоб. Общее впечатление: модель «Хьюго Босс» с оксфордской научной степенью.

Я подкралась к нему, как пантера к пасущейся газели, и встала в непосредственной близости, притворяясь, что засмотрелась на тот же шедевр. Парень меня заметил, и я, задрав голову, заглянула в его оливково-зеленые глаза. Его голливудская внешность вблизи впечатляла еще больше.

— При-ивет! — В короткое слово я вложила весь свой апломб. — Что-нибудь приглянулось?

— Теперь да, — ответил он, окидывая меня взглядом, и, изогнув красиво очерченную бровь, в знак приветствия поднял бокал.

— Венди Солсбери, — улыбнулась я, перехватила свой бокал левой рукой, а правую протянула ему.

— Джеймс Хаммерсон-Дрейк, — представился он, стискивая ладонь в истинно мужском крепком пожатии. Мое бриллиантово-аметистовое кольцо больно врезалось в пальцы.

— Ай! — Я, поморщившись, отдернула руку и прижала к груди.

— Ох, простите! Я не хотел... — Он взял мою руку в свою и осмотрел. — Кажется, обошлось? — Перевернув, он поцеловал раскрытую ладонь.

Я опешила от этой континентальной вольности и снова отдернула руку. Джеймс улыбнулся довольной улыбкой, как будто радуясь моему смущению.

— Так что вы делаете дома на досуге? — поинтересовался он, ловко подхватывая с проплывающего мимо подноса еще два бокала.

— Дома я почти не сижу. Занимаюсь консультациями по декорированию интерьера коллекционными изделиями и антиквариатом.

Приняв из его рук бокал, я полезла в сумочку за визиткой (они всегда при мне).

Джеймс внимательно изучил текст и снова проделал движение бровью:

— Что означает?..

— Даю ценные советы по приобретению антиквариата как вложения средств тем, у кого деньги есть, а вот времени и знаний не хватает.

— Соблазнительно... — пробормотал он, засовывая визитку в карман.

«Полностью согласна», — подумала я.

— А вы чем занимаетесь? — Регламент светской беседы требовал проявить ответное любопытство.

— Тоже вроде этого, творческий... э-э... директор. Рекламное агентство.

— А-а. Интересно, — соврала я, отпивая из бокала. — А сюда вас что привело? Вы по делу или так, ради удовольствия?

— Вообще-то... — признался Джеймс после секундной паузы, — ни то, ни то. Я не тот, за кого себя выдаю.

— Как и большинство собравшихся, насколько я понимаю.

— Я только что с собеседования, — продолжил он. — Творческим директором в рекламном агентстве я еще не стал, только хочу. Продвигаюсь потихоньку. Пока я только офисный планктон. Шел домой, увидел сабантуйчик и почуял халявную выпивку. Решил присоединиться, смешаться с толпой и под шумок тяпнуть пару бокальчиков.

Кто бы мог подумать, что у парня таких габаритов может быть настолько смущенная улыбка...

— Что я получу за молчание? — пошутила я, довольная, что вызвала его на откровенность. — И потом, наверное, трудно смешаться с толпой — с вашим-то ростом? Сколько, если не секрет?

— Шесть футов четыре с половиной дюйма.

— Ого! — У тебя же с моей кровати ноги будут свешиваться.

Разговор плавно перетек на обсуждение Лондона, но все, что мне надо было, я все равно узнала. Джеймс — прелесть, интересный, образованный, при этом без гроша, без жены, проживает у черта на рогах — в Тутинге, на снимаемой вскладчину квартире. Меня это, однако, ни капельки не обескуражило.

Толпа начала редеть, мы тоже двинулись к выходу. Я подсказала Джеймсу оставить запись в книге отзывов, чтобы ему начали присылать приглашения на следующие показы, и пока он строчил, я через плечо подсмотрела его электронный адрес. Из салона мы вышли вдвоем и задержались на тротуаре. Джеймс как будто ждал от меня какой-то реплики. В лучших традициях шоу-бизнеса я решила дать ему надежду на большее.

— Приятно было познакомиться! — Я протянула руку и тут же быстро отдернула. Э, нет! Второй раз на те же грабли не будем.

— А как... насчет... — Он замялся. — Может быть, встретимся еще, посидим где-нибудь?

— Конечно, — небрежно бросила я. — Визитка у вас есть. — Приподнявшись на цыпочках, я похлопала его по нагрудному карману. — Да, и удачи в поисках работы! — С этими словами я чмокнула его в щеку. М-м, какая кожа...

Джеймс махнул мне на прощание рукой и широким шагом направился в противоположную сторону, к метро. А я, подходя к машине, лизнула палец и начертила в воздухе букву «л».

На следующее утро я неожиданно получила от Джеймса электронное письмо. Дислексия у него, что ли? Правописание хромало на обе ноги, но тон беседы он задал мастерски, так что у нас завязалась легкая остроумная переписка. Забавно, как можно сблизиться с человеком, почти не видя его и не касаясь. Думаю, это случалось со всеми, кто знакомился по Интернету — переписка становится все более откровенной, воображение дорисовывает остальное. Каждое письмо — как мини-свидание, роман выстраивается сам собой, из воздуха. Несмотря на наше с Джеймсом личное знакомство, после первой встречи мы по-прежнему были чужими, а в письмах он раскрывался, я понимала, что следующая встреча меня вряд ли разочарует. Ну и, разумеется, голливудская внешность в моих списках не на последнем месте, так что даже если он окажется редкостным болваном... (Как?! Я начала судить по внешности? Я?!)

Несмотря на шуточный тон переписки, проблемами поиска работы Джеймс тоже делился, а я как могла его поддерживала. Создаю двойной образ: «умудренная опытом женщина» и «клевая девчонка», поэтому парней ко мне тянет. Забавно, когда мы на равных. Это, разумеется, лишь видимость. Я для них — очередная победа, они для меня — перышки, которыми я по одному набиваю подушку (подушкой этой я, видимо, когда-нибудь себя придушу).

Предложений встретиться снова от Джеймса не поступило, а я плавно перевела разговор на тему увлечений: любимые фильмы, предпочтения в еде и тому подобное. Он признался, что терпеть не может лук, печенку и творог, я в ответ пообещала как-нибудь угостить его ужином и, так уж и быть, не готовить свое коронное блюдо — жаркое из печенки с луком и творогом на гарнир. К моей радости, Джеймс приглашение принял, я предложила ему несколько дней на выбор... в итоге условились на ближайшую субботу. Ужину придавалось большое значение, поэтому остаток недели пролетел как один миг — я продумывала меню и носилась по магазинам за деликатесами. Память у меня девичья... А может, я просто неисправимая оптимистка.

В субботу днем от Джеймса пришла эсэмэска. Одного его имени, высветившегося на экране мобильного, оказалось достаточно, чтобы сердце у меня ухнуло в пятки. Я открыла сообщение, не сомневаясь, что там будет: «Извини, но...»

Я готовилась, устроила традиционное гала-представление: ужин, вино, ароматические свечи, приглушенная музыка... я...

«Хочешь встр. перед уж<u>е</u>ном, поседим (sic!) в бл. пабе», — гласил текст.

Что, простите?! Это он о чем? Нет, я не хочу «посЕдеть перед ужЕном» в пабе, спасибо! Я вообще такой постановки вопроса не понимаю: сексуальнейшая женщина ждет его к себе, в элегантном, уютном доме, — как у него язык поворачивается звать ее в шумный, потный, прокуренный, грязный паб? Или это из разряда «дома и стены помогают» — он тянет меня на свою территорию, я на свою?

«У меня и здесь все есть, даже твой „Бомбейский сапфир!"» — отбарабанила я. Он говорил, что это его любимый джин.

«...все есть, парня не хватает», — пронеслось следом.

К моему удивлению, Джеймс прибыл вовремя. Квартира у меня в перестроенном особняке без лифта, поэтому подъем на четвертый этаж занимает у гостей иногда минут по пять (в зависимости от спортивной подготовки). Я за это время успеваю включить музыку, приглушить свет и навести окончательный глянец. Джеймс на своих длиннющих ногах взлетел по лестнице с космической скоростью, и вот он с неизменной бутылкой вина уже стоит у меня в дверях. Я слегка опешила: за время, что мы не виделись, я уже подзабыла, как он выглядит. Победитель кастинга на роль «высокого темноволосого красавца». Неприлично красив, недосягаемо высок — и до поры до времени весь мой.

Сто лет не пила джин. Когда мне было лет одиннадцать, я тайком лазила к отцу в шкафчик и отхлебывала «Гордонс» прямо из горла. Папа меня в конце концов поймал, устроил взбучку, а шкафчик стал запирать на ключ и ключ прятать. Я его нашла, открыла шкафчик — выяснилось, что папа предусмотрительно сделал на бутылке метку...

Я плеснула «Бомбея» в два стакана, долила тоником, положила лед и лимон. Мы чокнулись и выпили. А потом Джеймс пустился без приглашения шариться по квартире. Господи, где это поколение воспитывали?! У этого рот просто не закрывался — сыпал язвительными комментариями направо и налево, лазил по ящикам и шкафчикам, исследовал содержимое, вытаскивал вещи и пихал назад как попало. Даже в заботливо обставленный кукольный домик сунул нос, не забыв охаять живущую там кукольную семейку.

— А этот ры-ыжий! — заулюлюкал он, вытаскивая пупсика из комнатки. — Все ры-ыжие бессты-ыжие! — И крошка-пупс полетел на пол.

Я возмущенно подняла малыша и посадила обратно в кукольное детское креслице, а потом закрыла передние створки домика и загородила собой. Джеймса я попыталась игриво шлепнуть по рукам, но он перехватил мое запястье (больно!), пришлось отбиваться. Завязалась шуточная борьба, в которой я заведомо проигрывала, поэтому, корчась от хохота, повалилась на пол, а Джеймс вдобавок принялся меня щекотать. Джин к тому времени уже давал о себе знать, так что я из последних сил сжала мышцы малого таза и запросила пощады, иначе бы попросту намочила штаны. Наконец он меня отпустил и снова наполнил бокалы джином с тоником. Вечер пошел по накатанной.

Мы угощались гаспаччо, потом ризотто с грибами, салатом рокет и пармезаном, а Джеймс рассказывал, как он путешествовал по Индии. Рассказывал интересно, мне даже захотелось сорваться в Бомбей ближайшим рейсом. Не «дикарем», разумеется. А еще лучше по Раджастхану в паланкине, как викторианская леди. Я слушала и ела Джеймса глазами, не веря, что этот полубог снизошел субботним вечером до моей скромной обители.

Когда я убирала посуду, Джеймс подхватил меня и посадил на столешницу, рядом с мойкой. Очень по-молодежному, зато мы наконец-то сравнялись в росте. И он тут же этим воспользовался — впился в меня и пролез языком чуть ли не в глотку. Такой подход меня, мягко говоря, не возбуждал. Джеймс принялся стягивать с меня одежду, при этом лихорадочно дергая в разные стороны топ и брюки одновременно. Я чудом высвободилась из объятий этого героя-любовника и спрыгнула на пол.

— Джеймс! Джеймс! — Надо было снизить накал, а со своей миниатюрностью я Джеймсу не соперник. — Сбавь обороты, пожалуйста!

Я усадила его обратно за обеденный стол и медленно опустилась к нему на колени. Плавно и чувственно припала увлажненными губами к его губам. Он тут же раскрыл рот и снова заработал языком. Я отстранилась, сжала ему губы пальцами.

— Тише едешь — дальше будешь... — прошептала я и снова поцеловала так, как хотелось мне. Джеймс понял и перестал рваться в бой, позволив мне дразнить его легкими прикосновениями языка, нежно посасывать его губы, обучая искусству растягивать удовольствие. Неторопливая эротичность наших движений завораживала, заставляя возбуждение расти. Я повела Джеймса в гостиную, усадила на диван. Откинувшись на подушки, я подставила его губам обнаженную шею. Он поцеловал меня, стремительно рванулся ниже, к декольте, и, задрав топ с бюстгальтером, впился в сосок.

— Джейми, потише! — взмолилась я. — Осторожнее! — Он послушно ослабил хватку.

Потом вдруг подхватил меня и прижал к себе. Я обвила его ногами за талию. Он покачивал меня вверхвниз, и сквозь неплотную ткань брюк я чувствовала его отвердевший член. Широким шагом Джеймс пересек комнату и довольно неизящно сгрузил меня на пол около камина. Встав на колени, он расстегнул мне брюки, и я вылезла из них, приподняв бедра и извиваясь. Джеймс потянул молнию на своих, они упали к его ногам, и он улегся на меня в традиционной миссионерской позе. Под брюками на нем обнаружились шортыбоксеры из черного джерси. Джеймс принялся рывками продираться в меня насухую, одной рукой нашаривая что-то в кармане приспущенных джинсов, наверное, презерватив. Вдруг он резко остановился, хватанул ртом воздух, простонал, напрягся и задергался на мне. Я посмотрела снизу вверх, с трудом веря в происходящее. Губы его были плотно сжаты. Он скатился с меня, выругался вполголоса и застыл на спине, уставившись в потолок.

— Ничего... — попыталась я сгладить неловкость. — Можно попробовать снова... — Преодолевая раздражение, я прижалась к нему, взяла за руку и опустила себе в трусики.

Он поддавался неохотно. Мужчины после эякуляции мыслями переносятся далеко-далеко. Но меня это не устраивает. Не оставив Джеймсу выбора, я ухватила его средний палец и сделала то, чего мне хотелось. Через двадцать секунд мы были квиты. Еще одна зарубка на столбике балдахина... хотя нет, скорее на полу гостиной.

Джеймс молча поднялся, натянул джинсы и ушел в ванную. Я привела себя в порядок. Настроение упало ниже критической отметки, продолжать вечер не хотелось совсем. В моем списке величайших сексуальных моментов нашего времени эта встреча заняла бы самое распоследнее место. Джеймс вышел из ванной полностью одетый и глянул на меня как будто первый раз видит. Волшебство развеялось, как у фокусника на неудачном представлении. Объятия и поцелуи в планы Джеймса не входили. Разговаривать нам было не о чем, он уже порывался уходить, поэтому, отказавшись от кофе, он клюнул меня в щеку, пробурчал: «Спасибо за ужин!» — и смылся.

С упавшим до нуля настроением я поплелась делать уборку, добавляя мысленно еще один параграф с примерами к теории процесса и результата.

В понедельник утром у Джеймса хватило ума поблагодарить меня письмом, за которым последовало десятидневное молчание. Меня все это разозлило не на шутку. Лучше бы восхищалась красавцем издали, чем портить идеальный образ впечатлениями от близкого знакомства. Потом он прислал мне еще одно письмо, делился радостью, что наконец нашел работу, и предлагал отпраздновать. Ладно, решила я. Почему бы нет? Может, в тот раз он просто перенервничал или алкоголь сыграл злую шутку. Как устоять, если внешне он не просто конфетка, а целый кондитерский магазин?..

Джеймс заглянул ко мне на неделе, и на ужин я побыстрому приготовила пасту. До постели мы на этот раз добрались, но... юноша все равно оказался безнадежен, ни малейшего представления о женском теле и никакого желания чему-то научиться. И потом он все время пригибал мне голову вниз, а по моим меркам это полный bête noire*. Я делаю это только по собственному желанию, и то, если сначала удовольствие доставят мне! Как и в первый раз, не успели мы как следует разойтись, он уже благополучно кончил, и терпение мое лопнуло. На самом деле мне его даже жаль стало — такой гигант секса с виду, а на деле... У меня с Кроликом и то лучше получается.

Вспомнив о Кролике, я надолго исчезла в ванной. Джеймс намек понял, и, когда я вышла, его уже не было.

Ну, что сказать?.. «Нет в мире совершенства», — подумала я, перестилая постель.

---

* Bête noire (*фр.*) — здесь: кошмар.

ГДЕ ЖЕ «КРОЛИК»?

Бывает, что по несколько месяцев я спокойно обхожусь без секса. Однако, если мне в руки попадает любовный роман или в фильме много эротических сцен, меня настигает желание, и я удовлетворяю его обычным способом.

В периоды затишья между приключениями (или, как некоторые говорят, отношениями) я возвращаюсь в уютное лоно семьи и сестер. Подруги — моя тихая гавань, где я спасаюсь, когда водоворот закручивается уж очень сильно. Никакой даже самый распрекрасный мужчина (красота не вечна!) не встанет между мной и моими близкими. Мы связаны в одну сеть, по которой бежит ток высокого напряжения — любого парня дернет так, что мало не покажется. Женщины, как свидетельствует история, живут дольше, поэтому нужно продумывать запасные варианты на будущее. Как у Габриеля Гарсии Маркеса: «Секрет спокойной старости — сделка, заключенная с одиночеством». Нет, одиночество, и даже отсутствие спутника жизни — это не страшно, главное не быть совсем одной. Поэтому мы с подругами подумываем о том, чтобы продать свои квартиры и вскладчину купить один большой дом.

Готовить, убирать и ухаживать за садом наймем стриптизеров «Чиппендейлз», на которых вместо одежды будет только автозагар. Еще в доме разместятся спа-салон и казино, где мы будем только выигрывать, форму станем поддерживать йогой, пилатесом, сальсой, танго и массажем, а персонал (за стол и проживание) сможет круглосуточно оказывать нам ПЕРСОНАЛьные услуги. На кухне будут трудиться наши личные chocolatier и patissier*, но самое главное — у нас будет свой домашний секс-шоп, напичканный последними достижениями техники.

До игрушек из секс-шопа я дозрела довольно поздно, предпочитая живую плоть прибамбасам от сети «Энн Саммерс». Однако жизнь идет полосами, то густо то пусто. Когда случается прокол — как с Джеймсом, — лучше уж воспользоваться специально для этой цели предназначенным приборчиком на батарейках, с ним удовлетворение гарантировано.

И вот здесь я хочу от всей души поблагодарить создателей одной замечательной, просто фантасмагорической штучки, от которой по телу бежит дрожь и зем-

---

* Chocolatier, patissier (*фр.*) — шоколадник, пирожник.

ля уходит из-под ног и которую каждая женщина просто обязана иметь в своем арсенале. Она называется «Кролик».

Это чудесное приспособление способно лишить вас чувств самым приятным образом. Надобность в мужчине отпадает (разве что вам нужно к кому-то прижаться или у вас некому стричь газон — мне, как городской жительнице, это не грозит), ведь ни один простой смертный мужского пола, наделенный лишь парой рук, одним языком и одним пенисом, не способен завести, потрясти и унести вас в рай, как это делает Кролик. Как бы ни был искусен ваш мужчина, ему ни за что не добиться такого слаженного и четкого ритма, вызывающего множественные оргазмы раз за разом, без перебоев. Не говоря уже о том, что скорость, расположение, нажим и степень удовольствия — в вашей и только в вашей власти, а мужчина, даже под самым жестким командованием, не добьется такого никогда.

Ох, что-то меня занесло... Все он виноват, Кролик. Вернемся к нашим баранам.

МИССИС РОБИНСОН В ПОИСКАХ БЕНДЖАМИНА

В перерывах между приключениями, когда жизнь входит в обычную колею, во мне просыпается желание начать новую охоту. Я очень быстро утомляюсь и начинаю скучать — однажды испытав эту эйфорию, хочется еще и еще, поэтому единственный выход — ловить удачу за хвост. С удовольствием проведу время с друзьями или вообще завалюсь вечерком на диван перед телевизором... но жажда приключений не дает покоя.

Однажды я решила взять дело в свои руки и разместить объявление в «Телеграф». С мальчиками в последнее время было негусто, до того, чтобы караулить их у ворот школы, я еще не опустилась, а какой-то способ расширить выбор требовался. Моя зависимость, как и любая другая, требует подпитки, так что я накропала объявление:

«Миссис Робинсон ищет Бенджамина. Кроме шуток, женщины в возрасте тоже хотят получить свое. Утонченная, самодостаточная, стройная обольстительница ищет умного, надежного, незакомплексованного молодого человека, который подсластил бы ей жизнь».

Прослушав пространную инструкцию от некой Слушайте-внимательно-я-вам-все-подробно-объясню, я продиктовала текст объявления и записала аудиопослание, добавив в голос несвойственной мне сексуальной хрипотцы:

«Привет, мальчики! У вас хороший вкус, раз вы откликнулись на это объявление. Если вы уверены, что уже достаточно созрели, чтобы удовлетворить разборчивую женщину, но юная свежесть вас еще не покинула, вы на правильном пути. Я взрослая, эрудированная, стильная зеленоглазая блондинка, так что, если тебе еще нет тридцати восьми, ты высокий, умный, нескучный и уверенный в себе, звони! Да... еще ты должен быть отпадным... мне под стать».

(Слышала где-то, что уверенность в себе включает дополнительные ресурсы — хотя меня иногда лучше выключить.) Слава богу, послание можно было перезаписать. Я долго мучалась, рожая этот образец самопиара. Наконец, решив, что получилось нечто удобоваримое и хватит уже позориться, нажала кнопку «Сохранить», отключилась и наконец осмыслила содеянное. Сердце колотилось. Я чувствовала себя жуткой распутницей, у которой к тому же крыша поехала, но предвкушение уже щекотало изнутри. Чего я так распиналась? Можно было с таким же успехом написать: «Сексуально озабоченной дамочке требуется повернутый на сексе юнец. Срочно!»

«Матерь Божья, что же я наделала?!» — подумала я, засыпая.

♀

Газета вышла в следующую пятницу. Я заскочила за ней в магазин и, усевшись на ближайшей лавочке, открыла страницу объявлений. Очень странное возникло чувство, когда увидела в печати свое. Как будто забыла одеться и меня выставили голой на всеобщее обозрение. Стыдливо опустив голову, я помчалась домой, зажимая газету под мышкой. Мне казалось, что за каждой тюлевой занавеской в окне возмущенно перешептываются соседи: «Вон пошла блудница вавилонская!» и «Куда мы катимся?»

Вечером набрала 0906 — номер автоответчика — и, к своему УЖАСУ, обнаружила там СЕМЬ сообщений. Счастливая семерка! Великолепная семерка! Семь смертных грехов! Таинственная семерка! Семь самураев! Семь гномов! Напиток «Севен-ап»? Я пристроилась на краешке кровати, нажала «три» для прослушивания и приготовилась развлекаться.

У первого претендента оказался тихий, с придыханием голос — робкий, но завораживающий. К сожалению, мальчик звонил из Глазго, поэтому понимала я из его послания дай бог одну десятую. Пришлось перейти к номеру два. Этот не стал ходить вокруг да около и прямо поинтересовался, не хочу ли я «встретиться сегодня в пабе, выпить за знакомство», а потом вполголоса добавил: «Хочешь потрахаться?» Вроде да, но...

Третий, заикаясь, пробормотал: «Я Д-д-дэвид. П-п-позвони!» — и оставил свой мобильный. Я честно попыталась записать, но цифр было явно больше положенного.

Итого из семи предварительный отбор прошли четверо: Роберт, Стив, Алан и Оззи. Я решила, не откладывая дело в долгий ящик, позвонить Стиву. Сообщение он оставил бодрое, информативное, вполне адекватное и приветливое. Тридцать один год (староват для Бенджамина), работает юристом. Хм-м. Я набрала номер мобильного, Стив ответил после первого гудка, чего я никак не ожидала, поэтому не успела собраться с мыслями.

— Это миссис Робинсон. Вам сейчас удобно говорить? — как можно непринужденнее спросила я. Он в ответ начал оправдываться, что как раз уходит домой и, если можно, перезвонит попозже. Я сказала, что тогда сама позвоню. Не собираюсь раздавать свой номер направо и налево (только если «налево» будет очень соблазнительным...). Кстати о «налево» — сложно сказать, куда все это могло привести (меня — в психушку, не иначе!), но такого душевного подъема я давно не испытывала.

Для успокоения занялась йогой, но, сколько бы я ни тянулась, ни дышала, ни произносила «ом-м» и ни стояла на голове, мысли крутились только вокруг радужных перспектив, открывшихся благодаря одному объявлению в газете. В восемь вечера я перезвонила Стиву, и мне показалось, что речь у него какая-то заученная, как будто он уже не первый раз все это произносит. Он вкратце рассказал о себе, меня услышанное вдохновило, и мы перешли на обсуждение игры в миссис Робинсон и Бенджамина. Я отмела все подозрения в нимфоманстве и сексуальной озабоченности (можете считать меня наивной, но я, правда, не предполагала, что именно такие мысли навевает злосчастное объявление). Вопрос о возрасте я аккуратно обходила, надеясь, что моя взрослая манера позволит воображению претендента самому нарисовать нужную картину. Стив сказал, что ему нравятся зрелые женщины, и обещал на следующий день выслать свою фотографию. Скорее всего, придется поручить это дело секретарше, пошутил он, а чтобы не вызвать подозрений, он выберет снимок с отдыха. Ух ты! Вдруг повезет и на фото он будет в плавках?! Обязалась выслать свою фотографию тоже. Приятно было с ним поговорить, но... сексуальной страсти он у меня не вызвал.

Следующим на очереди был Роберт. С ним я сразу почувствовала себя легко и непринужденно. Уверенный в себе, веселый, не скупится на комплименты — мое объявление, оказывается, сразу бросилось ему в глаза (на то и расчет, малыш!). Я сообщила, что по голосу он похож на Найджела Хаверса, а он признался, что его часто принимают за Хью Гранта или на худой конец за Джона Херта. Фотографию он прислать не может, потому что у него нет компьютера... (А? Как это?) Однако пообщались мы очень мило, поэтому я решила все же встретиться. То, что он живет в Клапаме, — его проблемы. Ему сорок (с его слов), то есть уже совсем не мальчик, но зато блещет эрудицией и очень обольстительный. Когда я свой возраст называть отказалась, предположил, что мне, видимо, за шестьдесят. Каков нахал! Не успела я возмутиться, как подумала: вдруг он как раз ищет кого-то настолько постарше?..

Спать я отправилась довольная и счастливая. Сколько же интересных знакомств можно упустить, если не подталкивать события!

Обещанная Стивом фотография пришла на следующий день. Как говорила моя бабуля-еврейка, когда не могла найти нормальную рыбу для гефилте: «Ой, вей, вот незадача!» Стив оказался курносым (мужчину это не красит!), с длиннющей верхней губой и оттопыренными ушами. Волосы, я бы сказала, не волнистые, а «волноваться больше не о чем, парень, свободен». Бедняга. Из него и в молодости никакого Бенджамина бы не получилось, а уж теперь... Долго думала, как бы отшить его помягче, чтобы не обидеть, в итоге повосторгалась прекрасным песчаным пляжем и замком на заднем фоне. О внешности ни слова. К счастью, он уезжает на две недели, а когда вернется, совру, что умерла, вышла замуж или просто отменила все встречи по случаю поста. Можете меня осуждать, но если мальчик не услаждает взгляд, нечего и заводиться.

В воскресенье с полудня до трех мой телефон атаковал Роберт (раз шесть звонил) — договориться, где и когда мы встретимся. Наконец остановились на пабе «Ленстер» в Ноттинг-Хилле, в четыре. Я пришла в пять минут пятого и сразу его узнала. Он сидел с пинтовой кружкой, то и дело поглядывая на дверь. При виде меня он улыбнулся — я тоже, хотя больше всего мне хотелось развернуться и убежать. Для сорока он выглядел слишком помятым. Явно не дурак выпить, а в средствах стеснен. К месту встречи добирался через полгорода общественным транспортом. Нетушки! Я заказывала принца на белом коне, насчет нищего на красном автобусе уговору не было!

Паб наполняла толпа футбольных фанатов, смотревших матч «Ньюкасл» — «Челси». Роберт разрывался между мной и телевизором, а я потягивала томатный сок и считала минуты до того момента, когда уже прилично будет встать и уйти. После первого тайма «Челси» вела три-ноль, и все рванули к барной стойке, а я осталась работать над ошибками. Занятие пилатесом пропущено, да и все воскресенье, считай, коту под хвост. Урок на будущее: надо проверять парней тщательнее и в обязательном порядке требовать ФОТО.

В начале второго тайма я благополучно сбежала под предлогом, что договорилась встретиться с мамой. Глаза Роберта заметались между мной и экраном, но все же он нашел в себе силы встать, пожать мне руку на прощание и чмокнуть в щеку. Ладонь у него была сухая и легкая, как сморщенный осенний лист, и мне стало его жаль. Больше мы не увидимся. С дежурным «звони, не пропадай» я вышла в густеющие сумерки, обескураженная и недовольная.

Дома нарисовался новый кандидат — двадцатисемилетний Джош. «Вот, совсем другое дело!» — обрадовалась я, услышав возраст. Нужно было как-то оправляться от удара, нанесенного страхолюдным Стивом и дышащим на ладан Робертом. Я тут же перезвонила Джошу. Он показался мне несколько робким, но честно сказал, что его всегда заводили дамы постарше. Воображение тут же подсунуло картину: я, в костюме Мей Уэст, томно тяну: «Это у тебя пистолет в кармане или ты просто рад меня видеть?»

Мы чуть-чуть пофлиртовали по телефону, Джош меня очаровал, и я тут же плюнула на свой зарок впредь требовать фотографию. На вторник мы договорились встретиться за кофе.

♀

За несколько дней я получила уйму сообщений от самых разных кандидатов. Хороших было видно за милю, плохие и те, кто лицом не вышел, получали вежливый отказ, а проныры, задиры и любители лезть во все дыры — решительный отпор. Вечера напролет я слушала автоответчик, составляла списки кандидатов в порядке предпочтения и набиралась решимости перезвонить. Трудоемко, но захватывающе и очень затягивает. Я поняла, что мне и встречаться с ними не обязательно — хватит того внимания, которым меня сейчас окружили. Что еще раз доказывает: женщины, они как цветы — надо поливать и окучивать.

Вот Алан, сказал, что не прочь пошалить, причем чтобы я ему показала, как это делается. Представила, как я в школьной форме девочек из «Сент-Тринианс» с чупа-чупсом во рту виляю попкой перед этим Аланом. Мы перебросились парой писем по электронной почте, он твердил, что сканером пользоваться не умеет, поэтому фотографию прислать не может. Да боже мой, я, бабушка уже, и то умею! Как они живут?

Или вот Оззи, из той, первой семерки. Очень настойчивый, звонил аж два раза. Я отправила ему эсэмэску, попросила выслать фотографию. Выслал. Такой крепыш деревенского вида, светловолосый и голубоглазый. Одет в джинсы и клетчатую рубашку, одной ногой в грубом туристском ботинке стоит на пне. В голове тут же закрутилась песенка про лесоруба. Служил офицером на флоте. На вид симпатичный, но для первого свидания, скорее всего, выберет сплав по порожистой речке, а моей ноги не будет там, где нет туалетного столика с полным набором косметики и мраморной ванной при спальне.

Потом еще был выпендривающийся Эндрю с таким вот посланием: «Я — тот, кого ты ищешь, твой Выпускник. Ты УЗНАЕШЬ меня из тысячи. Жажду тайного слияния тел и душ в порыве физической и духовной страсти. Познакомившись со мной, поймешь, что больше тебе НИКТО не нужен».

Вот чудо в перьях! Свой номер он оставил, так что ради смеха я оправила ему сообщение на мобильный, чтобы выслал фото. Вечером, когда я сидела в баре Института директоров на Пэлл-Мэлл за предобеденным аперитивом с кем-то из наиболее подходящих кандидатов, пришла эсэмэска от Эндрю: «Я у тебя на экране. Ну как?» Можно подумать, я все эти четыре часа просидела за ноутбуком в ожидании его портрета. Бесят такие! Не успокоятся ни до, ни во время, ни после секса — будут требовать комплиментов и похвал. Когда я решила не обращать на него внимания, на меня обрушился такой град хвастливых сообщений, что пришлось отключить телефон.

Во вторник утром перед встречей с малышом Джошем я отправилась освежить мелирование. Мой салон — «Гринхаус» на Уигмор-стрит. Никакого пафоса, никаких завышенных цен, зато бывают знаменитости. В приподнятом настроении я уселась в кресло. В соседнем оказался божественной красоты парень, которого с радостью взяли бы в любую мальчиковую поп-группу. Прекрасно сознавая, что весь мой язык жестов сейчас направлен на то, чтобы привлечь его внимание, я случайно глянула в зеркало. На меня смотрела средних лет тетка с полной головой фольговых квадратиков — как из фантастического фильма пятидесятых. Все остальное от шеи до колен скрыто под черным нейлоновым покрывалом, а на носу торчат очки-половинки. Она может сколько угодно ощущать себя восемнадцатилетней, но в таком виде ничего, кроме смеха, не вызовет. Я съежилась в кресле и забаррикадировалась итальянским изданием «Вог».

Днем, облондиненная и прекрасная, убедившись, что между зубами не осталось ни кусочка съеденного сэндвича с крабовым мясом и салатом рокет, я отправилась на Слоун-сквер встречаться с Джошем, самым младшим из всех Бенджаминов.

У входа на станцию паслось три-четыре парня подходящего возраста, и среди них самый прекрасный представитель сильной половины человечества, которого я когда-либо видела. Я замедлила шаг и присмотрелась. Длинные, зачесанные со лба назад волосы — континентальный стиль. Насыщенно-каштановые с золотистым отливом. Смуглая оливковая кожа, идеально ровный прямой нос, полные, чувственные губы и нефритово-зеленые глаза в обрамлении немыслимо длинных ресниц. Обалденно красив, возможно, итальянец — если это и есть Джош, я готова немедленно принять католицизм. Все мысли о других Бенджаминах мгновенно улетучились, я перенеслась на залитую жарким солнцем тосканскую виллу и растянулась под балдахином на старинном флорентийском ложе с позолотой. Легкий ветерок из открытого окна ласкает мою загорелую кожу, а он, итальянец, зарывшись между моих золотистых бедер, вынимает из меня душу...

Вернувшись на Слоун-сквер, я выпятила грудь, втянула живот, выпрямилась в полный рост (пять футов три дюйма), пригладила растрепавшиеся волосы и, покачивая бедрами, двинулась к нему.

— Джош? — с надеждой спросила я, чувствуя, как увлажняются черные кружевные трусики-танга. Выжидающе склонив голову набок, я улыбалась своей самой соблазнительной улыбкой.

— Ньет, — с акцентом ответил он и посмотрел мимо меня на темноволосого парня, поднимающегося из подземного перехода. Что ж, хоть в одном не ошиблась — он действительно итальянец!

Слегка поникнув парусами, я повернулась, и мой взгляд упал на невысокого, толстенького рыжеволосого паренька в курте-анораке темно-синего цвета. Что это Джош, я уже не сомневалась. На тысячную долю секунды мелькнуло желание немедленно развернуться и уйти домой, но это было бы жестоко и невежливо. Огорченно вздохнув, я подошла к нему и с ласковой материнской улыбкой представилась.

У Джоша был такой вид, будто ему только-только сообщили, что он следующий претендент на королевскую корону. Он заметался взглядом по сторонам, ища пути к отступлению. Вблизи я не дала бы ему больше двенадцати, такое впечатление, он еще даже не бреется. Он сделал шаг вперед, потом два назад, хватанул ртом воздух, как выброшенная на берег рыба. А мне что делать? То ли подгузник где-то добыть, то ли «скорую» вызывать — он же сейчас или в обморок упадет или описается.

— Ну что, как насчет кофе? — предложила я (иначе так и будем стоять с открытым ртом) и направилась к кафе «Ориэл». Джош потрусил следом, по-щенячьи часто дыша и чуть ли не повизгивая. Мы спустились по лестнице, и я устроилась в большом удобном кожаном кресле.

— Ко-ко-ко... — закудахтал Джош.

— Да, пожалуйста. Без кофеина, — согласилась я, надеясь, что он предлагает мне кофе, а не сообщает, что ему конец. На негнущихся ногах Джош сходил за кофе и вернулся, позвякивая двумя чашечками. Я завела непринужденную беседу, чтобы он скорее пришел в себя: поговорила о пробках, о погоде, спросила, долго ли ему пришлось ждать. Он старательно отвечал, не переставая при этом пялиться на меня с открытым ртом и моргать.

Наверное, я явилась живым воплощением его самых смелых фантазий. Или у него просто с психикой проблемы.

— Ну что, Джош... — Мне хотелось его подбодрить. — По телефону ты казался поувереннее. Почему ты решил откликнуться на объявление?

Он покраснел до кончиков редких светлых ресниц и смущенно кашлянул:

— Когда я учился в школе... мы с пацанами заглядывались на мам друг друга. Мы их называли «сладкие мамочки»... и нам хотелось... ну, понимаете... — Он рассмеялся истеричным смешком.

— И как? Удалось? — полюбопытствовала я, заранее зная ответ.

— Не-а. — На детской мордашке было написано сожаление. — Наверное, мы их не интересовали. Дались им нескладные пятнадцатилетние пацаны с грязными ручонками и грязными мыслями!

«Бедняга!» — пожалела я. Но за искренность и смелость хвалю. Ладно, развлечемся, решила я. Пусть мальчик порадуется. Незаметно расстегнув верхнюю пуговицу на блузке, я наклонилась к Джошу, открыв декольте его взору.

— А после школы? Больше везло? Ты ведь уже давно закончил? — Я провела кончиком языка по верхней губе.

Джош пошел красными пятнами, и его розовое лицо стало похоже на пиццу-пеперони.

— Случая не было... но мне бы хотелось... я бы... — Он пожирал глазами аппетитную грудь, которую я так удачно сервировала.

— А девушки-ровесницы? С ними как, встречаешься?

— Да, конечно, — протянул он. Взгляд его метался между моими губами и грудью. — Но у них нет того, что есть у вас.

— Тогда скажи, если бы ты попал в сказку, чего бы ты сейчас пожелал?

— Снять-номер-в-гостинице-и-заняться-с-вами-сексом!

Ишь какой! Серьезно настроен действовать по сценарию «Выпускника». Восхищает меня его простодушие. Интересно, а если сказать: «Хорошо, пойдем!» — что будет? Исходя из объявления, полагает, наверное, что я никуда не денусь.

— Кому-нибудь говорил, куда идешь? — понизив голос, заговорщицки поинтересовалась я.

— Ага, Алексу, моему другу. Он спрашивал, не найдется ли у вас приятельницы для него.

Прелесть какая! Я нарисовала мысленную картину: Джош с Алексом онанируют за велосипедным сараем, представляя секс вчетвером с Пегги Митчелл и Пат Бутчер.

Закусив губу, чтобы не расхохотаться, я откинулась в кресле, невольно убрав грудь из виду.

Джош, поняв, что его зерно упало на мертвую почву, запунцовел и, кажется, решил утопиться в кофейной чашке. Слегка приподнявшись на сиденье, он поправил брюки. Стерва я... А вдруг он вырастет мерзавцем — тогда уж лучше пусть получит урок сейчас. Авансом. (Боже, как жестоко!)

— И что, всем молодым людям нравятся женщины в возрасте? — решила я выяснить для статистики.

— Наверно. Может, откроем агентство? С меня парни, с вас — подруги. Озолотимся!

Выгодное дельце, сулящее прибыль, — идея, достойная не мальчика, но мужа. Судя по шквалу звонков в ответ на мое объявление, эта ниша на рынке пока пустует. Однако в мои ближайшие планы не входили ни публичный дом, ни деловое партнерство с прыщавым юнцом.

— Так что, вперед к новым горизонтам? — пытаясь разжечь во мне интерес, провозгласил он.

Нет уж, малыш. Я — назад, домой. И ты — назад, к школьным фантазиям.

— На объявление много кто откликнулся, — объяснила я, — так что сейчас идет предварительный отбор. Приятно было познакомиться, Джош, и всего тебе хорошего.

С расстроенным видом он вышел за мной на улицу, и мы пожали друг другу руки. Он неловко качнулся вперед, намереваясь поцеловать меня на прощание, но я отстранилась. Шла к машине и думала, какая же я нехорошая — растоптала детскую мечту...

Уже в машине прочитала эсэмэску: «Очень хотел бы встретиться снова. Напишите, пожалуйста, когда доедете».

«Пупсик!» — пробормотала я вполголоса и тут же выкинула его из головы, задумавшись, попадется ли мне уже наконец кто-то нормальный.

КИТ
ВУЛКАН СТРАСТЕЙ

Во время первого шквала звонков мое внимание привлек некий двадцатидевятилетний парень из Эссекса — Кит (или, как он произнес, Киф). Совсем не мой тип, однако на безрыбье и рак рыба. Мужлан, я еще по голосу определила, но что-то в этом чудилось пикантное, а-ля «барышня и хулиган». Он оставил на автоответчике внятное информативное послание, в котором рассказывал о себе, планах на жизнь — все с характерным для рабочего класса произношением. Получался оксюморон, внутреннее противоречие — как, например, в сочетании «хороший брак» или «сознательный ремонтник». Вот он как раз принадлежал к ремонтникам. Сейчас их, кажется, называют «операторами систем водоснабжения», но мы-то знаем, что они водопроводчики. «Очень удобно, — размышляла я. — Если он разбирается в водопроводных трубах, он и кое-какие другие трубы без внимания не оставит». И занесла его в список подходящих кандидатур. После первых блинов, оказавшихся комом, настал его черед.

К моему удивлению, мы довольно быстро нашли общий язык, и беседа получилась легкая, игривая. Моя барышня позволила себе подразнить его хулигана. И человеком он оказался интересным. В пятнадцать ушел из школы без аттестата, но производил впечатление весьма остроумного и начитанного. Пожурила саму себя за снобизм и зареклась впредь оценивать людей по манере говорить. И вообще, будь у меня выбор, предпочла бы высокомерному Брайану Сьюэлу простачка Альфи Муна. Не зная пока, куда его определить, обещала Кифу, что буду иметь его в виду, и на этой радостной ноте мы закончили разговор, обменявшись электронными адресами. Вот так было положено начало день ото дня набирающему обороты роману в электронных письмах.

Киф обладал богатым воображением и лирической жилкой, никак не вяжущейся с его простонародными корнями. Вот выдержки из самого начала нашей переписки.

«Дорогая миссис Робинсон... Венди... можно я буду вас так называть? Спасибо, что перезвонили, было приятно поговорить. Неудивительно, что вам пришлось отвечать на такое количество звонков. С большим наслаждением прочитал в газете ваш остроумный, изящный и вместе с тем откровенный текст. Поэтому я вам крайне признателен, что мое давнее, выстраданное восхищение и тяга к элегантной, стильной, искушенной, стройной и самодостаточной зрелой женщине не остались неутоленными.

Высылаю свою фотографию (двухлетней давности, но я с тех пор практически не изменился... разве что загар сошел). Обычно я предпочитаю находиться по другую сторону объектива, но мне было бы приятно узнать ваше мнение и, если я вдруг вам приглянусь, получить взамен ваш снимок. Мое живое, чувственное воображение разыгрывается не на шутку, когда представляется возможность совместить приятное с полезным. А ваше?

С надеждой на продолжение,

Кит».

Он выслал мне отпускную фотографию, где его запечатлели в обнимку с девушкой, но для анонимности Кит замазал ее глаза черной полоской. Очень предусмотрительно, когда ищешь партнершу для секса на стороне. Девушка, кстати, не бывшая, а вполне себе настоящая — в телефонном разговоре Кит обмолвился, что они как раз собираются съезжаться и планируют ребенка. Тут бы мне все и закончить, но что-то в нем было интригующее... Нет, не внешность, внешне ничего примечательного, таких парней в любом пабе за бильярдом или у входа на стадион пруд пруди. Хотя форма хорошая — стройный, подтянутый. Я написала в ответ:

«Здравствуйте, Кит.

У вас хороший слог. И язык хорошо подвешен, хотя я не уверена, что на таком раннем этапе нашего знакомства можно позволять воображению шалить. Впрочем, что я могу поделать? Вы дали мне ясно понять, чего хотите. Я же предпочитаю торопиться медленно и смотреть, как будут разворачиваться события. Надейся на меньшее — получишь большее. Я понимаю, что отсылка к миссис Робинсон и Бенджамину рождает ассоциации с мимолетной интрижкой, но мне не это нужно. Надеюсь, вы не разочарованы. Я не говорю, что между нами вообще ничего быть не может, но и не собираюсь создавать у вас ошибочное впечатление, будто дело в шляпе. Спасибо за фотографию. По ней трудно судить о ваших чувствах, хотя обычно интуиция меня не подводит и я сразу понимаю, есть какое-то будущее или нет. Интуиция пока молчит, впрочем, думаю, у нее будет шанс заговорить! Посылаю взамен свою недавнюю фотографию».

На следующий день от него пришло письмо:

«Дорогая Венди!
Спасибо за комплименты. Полностью согласен с тем, что ожидания нужно соизмерять с реальностью... Сколько раз я выстраивал мысленный идеал, и потом разочаровывался, когда все получилось не так, как хотелось. Ваш подход намного разумнее... но сколько терпения он требует от страстного молодого человека! Если искра промелькнула, неспешное обольщение может подарить огромный восторг. Спасибо за фотографию,

вы очень красивы... я хотел бы познакомиться с вами поближе, например узнать, какую цель вы преследовали, размещая объявление такого интимного характера. Было бы очень интересно. Хорошо бы поговорить в ближайшее время, но снова звонить на автоответчик не вижу смысла. Если появится желание поболтать, сообщите, когда мне ждать звонка, а то вдруг вы застанете меня на работе или с друзьями. Или, может быть, дадите номер, по которому я сам мог бы вас найти? Хотя если предпочитаете пока остановиться на переписке, тоже хорошо. Буду ждать ответа.
Кит».

Эта denouement* длилась около недели, но потом я решила ускорить события и встретиться с Кифом вживую. Меня, конечно, забавлял игривый обмен репликами, но водить его за нос дальше становилось скучно — как для меня, так и для него.

Мы договорились встретиться в шесть вечера в «Элджине», ближайшем ко мне баре, напротив станции метро «Мейда-Вейл». После целой серии неудач я совсем не хотела снова промахнуться и попасть на неподходящего парня. Приехала я точно в назначенное время, Кит явился чуть позже — аккуратный, в черных джинсах, белой рубашке, черной кожаной куртке и начищенных черных туфлях. Волосы топорщатся отдельными прядками, как у Гарета Гейта из британской «Фабрики звезд». Не совсем мой тип, но обаятель-

---

* Denouement (*фр.*) — развязка.

ный, с хорошими манерами, и я ему определенно нравлюсь.

— Вы еще красивее, чем на фотографии! — восхитился он, протягивая мне бокал. К концу вечера я поняла, как возбуждает появление в общественном месте с внимательным и заботливым молодым человеком. Киф не напрягался, чувствовал себя вольготно в своей мужественности — и это тоже плюс. Он рассказывал о доме (это я завела разговор), развлекал меня байками о женщинах, у которых работал. Отчаянные домохозяйки по сей день завлекают приходящих мастеров старыми как мир способами: сунуться в ванную в одном белье (а то не знают, что там человек работает!); наклониться пониже и сверкнуть вырезом, когда подаешь чай; попросить застегнуть молнию на платье. В глазах у него мерцал лукавый огонек, и через час, выпив два больших бокала «Кровавой Мэри», я поняла, что на месте этих женщин я бы тоже с радостью повалилась перед ним на диван задрав ноги.

Пара часов такого тесного дружеского общения пролетели незаметно, и Киф, извинившись, сообщил, что ему пора. Я слегка расстроилась, однако начало было положено, и когда мы шли к выходу, между нами чувствовалось сексуальное напряжение. Притянув меня к себе за талию, он поцелуем пожелал мне спокойной ночи. Мои губы задержались у его щеки, я вдохнула его мужской запах и почувствовала, как напряглись соски. Он меня хотел, теперь я его тоже хотела. Расстались мы, пообещав продолжить переписку, и я в приподнятом настроении покатила домой, лелея мечту об экстазе, который подарит мне этот горячий молодой жеребчик. Через пару часов по электронной почте пришло письмо:

«Дорогая Венди!
Мне очень неудобно и даже совестно из-за моей девушки, но хочется продолжить и развить то, что завязалось сегодня между нами. Жаль, что не встретил тебя, когда был моложе... Тогда у тебя все-таки появился бы семнадцатилетний поклонник!
Меня к тебе тянет, и духовно и физически. Мне нравятся твои черточки, твои глаза, волосы, губы... твой смех, то, как ты красишь ногти. И я в восторге от твоей великолепной изящной, миниатюрной фигуры. Твоя поза... когда ты сидишь и так грациозно выгибаешь спинку — очень соблазнительно. Не знаю, специально ты так делаешь или это само собой получается, но сразу подчеркивает достоинства фигуры. Я не мог не восхититься. Когда мы прощались, я с удовольствием поцеловал тебя в обе щеки. С удовольствием прикоснулся к твоей тонкой талии — и с неменьшим удовольствием обнял бы тебя... Ты создана для меня, Венди! Ты, наверное, решишь, что я слишком большой упор делаю на эротику, чувственность и женскую привлекательность... Для меня это опасная стезя... но я хочу двигаться дальше, потихоньку, по шажочку, даже если между нами ничего не произойдет. Мне нравится думать об этом... Я почти в упоении... но как ты говоришь... посмотрим, как будут разворачиваться события. Вот, Венди, теперь ты знаешь, что я к тебе испыты-

ваю… Я хотел бы знать, что чувствуешь ты… пожалуйста, будь со мной как можно честнее и откровеннее.

С наилучшими пожеланиями,

Кит».

«Здравствуй, Кит.

Не могу сказать, что не думала о тебе сегодня… и думала, надо сказать, хорошо! Ты понравился мне внешне, хотя, если попросишь конкретизировать, я не смогу точно сказать чем. Я вижу, что ты пришел не как попало и в чем попало — побрился, волосы гелем уложил, стильная одежда, хорошие туфли, — я это ценю. Мне приятно, что ты думал о нашей встрече, готовился, тем самым теша свою эгоистичную, фемининную сторону. Наряжаться перед свиданием — это так по-женски, но твоей мужественности это нисколько не умаляет! Меня впечатлило твое красноречие и умение просчитывать ситуацию — они мало вяжутся с твоим обликом, тем более учитывая, что с шестнадцати лет тебе пришлось работать, упуская возможность получить образование. Это еще раз доказывает, что для мужчины важнее всего жизненный опыт. Не могу не отметить твою эрудицию и пытливый ум. Спасибо за все комплименты по поводу моей внешности и характера. Честное слово, „спинку я выгибала" не нарочно, ни в коем случае не собиралась тебя соблазнять. Однако если мужчина женщине нравится, тут уж ничего не поделаешь, в ход идет бессознательный язык телодвижений.

Твои семейные дела — это твои проблемы. Я о них знать не хочу. Разруливать их тебе, но имей в виду: какие бы отношения между нами ни сложились, вряд ли они выйдут за рамки хоть и сладкого, но мимолетного романа. У тебя впереди долгий жизненный путь, а мой день уже клонится к закату. Цинично, согласна, однако розовые очки я сняла давным-давно и не питаю иллюзий... С наслаждениями по жизни!

Что еще сказать, малыш? По твоему расписанию сложно понять, когда ты свободен. Я лично, как уже говорила, предпочитаю торопиться медленно — зажигать ароматические свечи, смотреть, как искрится вино в бокале, смаковать вкусный ужин, слушать музыку под треск поленьев в камине, делиться мыслями и чувствами, — в дневной суете это невозможно. Не знаю, как у тебя — требуют строгого отчета или можно вырваться иногда?..

Тот короткий миг, когда мы прощались рядом с моей машиной, тронул меня до глубины души... Я почувствовала, как между нами проскочила искра и от твоего прикосновения что-то зажглось у меня внутри. Я бы хотела, чтобы этот огонь разгорелся жарче и сильнее... Разумеется, мне ты можешь звонить в любое время...

Венди».

Ответ пришел следующий:

«Дорогая Венди!
Какое облегчение... Я раскрыл карты, и ты не послала меня далеко и надолго! Шутки в сторону: я

действительно рад был с тобой встретиться, рад, что мы понравились друг другу, и просто в восторге, нет, на седьмом небе оттого, что нас друг к другу тянет с одинаковой силой. Иногда неравное притяжение тормозит развитие событий, однако нас, как мне кажется, ждет самое интимное, теплое, нежное, чувственное, надеюсь, эротичное... смелое и небанальное приключение... (пора остановиться, иначе я зайду слишком далеко).

Ответное спасибо тебе, Венди, за комплименты и комментарии... Ценю твою искренность. Я стараюсь, хотя у меня нет ни времени, ни финансов, скупать последние коллекции. Мне, как и тебе, нравится, когда к свиданию готовятся тщательно... Преклоняюсь перед стройными, элегантными дамами, чья любовь к прекрасному белью по космическим ценам и обширнейшим коллекциям обуви не знает границ!

Как ты уже знаешь, за годы работы я побывал не у одной хозяйки роскошного дома с не менее роскошным гардеробом. В юности мне это казалось непреодолимым препятствием, особенно когда клиентка нравилась так сильно, что я вспыхивал, стоило ей войти в комнату с чашкой чая — побеседовать... или подразнить. Мне о многом рассказали вещи, которые они покупали, и разбросанное в ванной нижнее белье.

Не вижу препятствий для свиданий утром, за ланчем или днем. Иногда по вечерам я мог бы встречаться с тобой после работы (если ты любишь вызывать мастеров на дом)... на пару часов или почти на всю ночь. Я схожу с ума при мысли о сексе днем... неистовом, фантастическом и эротичном... возбуждаться при виде друг друга... заигрывание, медленное соблазнение... чувственное, ненасытное, божественное... натиск, быстрота и нежность.

Мне так много хочется написать, так много отметить и предложить. Почта — это хорошо, но живой разговор еще лучше. Я тоже почувствовал что-то невероятное при расставании... Очень хотел бы встретиться с тобой днем, насладиться объятиями... прикосновением, поцелуем, ощутить твою страсть... и уйти, чтобы медленное развитие не скатилось к мимолетной интрижке. Если согласна... черкни мне пару строк.

Можно позвонить тебе завтра около шести вечера?

Твой Кит».

Мы условились встретиться еще раз, на этот раз у меня, как-нибудь на следующей неделе ближе к вечеру. Назначенный день выдался тяжелый, разболелась голова, да и настроение пропало, но я решила ничего не отменять — немного рок-н-ролла меня вылечит. Кит приехал прямо с работы, и первое, что я почуяла, — животный запах потного мужского тела. Я предложила прогуляться в соседнем парке, хотя на улице было прохладно, надеясь проветрить и голову, и еще кое-кого. Мы говорили обо всем и ни о чем, лишенный какой бы то ни было эротики разговор двух чужих людей, которые силятся нащупать ту плодороднейшую почву, которую они сообща возделывали в киберпространстве электронной переписки.

Кит делился со мной подробностями неудачных отношений со своей девушкой, а меня это не интересовало ни капли. Разговоры о семейных проблемах подействовали как ледяной душ, затушив начавшуюся было разгораться во мне страсть. В дневных встречах нет романтики. Мне нужны ночь и капля алкоголя, иначе ничего не выйдет. Мы вернулись домой, но там от этого мужского запаха у меня только сильнее разболелась голова. Предложить ему сходить в душ я не могла — боялась обидеть, и потом он мог решить, что это прелюдия к сексу, а секса мне сейчас совсем не хотелось.

Я налила ему пива, себе виски с имбирем, и мы, усевшись по разные концы дивана, вымучивали какое-то подобие беседы. Еще один классический пример того, как иллюзия умирает под натиском реальности. Мы так свободно общались в письмах, а лицом к лицу двух слов связать не могли. И вдруг в голове у меня как будто паровой молот застучал — так сильно разболелась. Я хотела только одного: чтобы Кит ушел. Поморщившись, я коснувшись правого виска:

— Извини, Кит. Я не очень хорошо себя чувствую... — Сколько женщин до меня пользовались этим предлогом, чтобы вывернуться из щекотливого положения? У Кита был растерянный вид — особенно когда я встала, показывая, что свидание окончено.

Он собрал вещи и смущенно удалился поджав хвост. А я закрыла дверь, расстроенная, что вся подготовка и упражнения в остроумии пошли насмарку. Налила себе чашку горячего сладкого чая и выпила таблетку.

На ночь, перед тем как идти спать, проверила почту.

«Дорогая Венди!
Мне было немного неловко, когда я сегодня от тебя уходил, не зная, что с тобой происходит... Ты была какая-то настороженная и чуточку нервная... А мой уход получился резким и непонятным... я не знаю, что ты чувствовала. Хотя я вел себя так (поправь, если это не так), будто у меня нет ни малейшего намерения давить на тебя (я не хотел злоупотреблять ни к чему не обязывающим приглашением), на самом деле мысленно я пытался тебя соблазнить. В твоих телодвижениях сегодня было меньше заигрывания, чем в первый раз... поэтому я не обольщался. Разговор получился интересным и приятным, однако не таким интимным и полным скрытых подтекстов... я уже собирался перевести беседу в это русло, но тут ты попросила меня уйти. В идеале от встреч с тобой я ожидаю уважительного, тайного, интимного, взаимообогащающего, страстного, неистового, необузданного утреннего или дневного секса... раз в неделю... два раза в неделю... раз в две недели... как нам будет угодно. Ты мне нравишься внешне, мне нравится твоя фигура, я хотел бы доставить твоей душе и телу незабываемое наслаждение... и самому насладиться тоже...
Честно говоря, Венди, мы оба — умные, крайне сексуальные, но очень разборчивые... так что ес-

ли тебя хоть чуть-чуть ко мне тянет и тебе близка мысль выпустить на волю свои самые потаенные эротические, чувственные желания... предлагаю встретиться снова, но вместо светской беседы сразу завести открытую, сексуальную, честную... целоваться, касаться друг друга... делать то, чего (я уверен) хочется нам обоим, но мы все время колеблемся — да или нет? (А может, для тебя и да, но с кем-то другим!)

Или тебе больше по душе мысль держать меня в качестве «запасного аэродрома»? (С моей стороны такого не будет...) Ты могла бы пользоваться мной, когда захочешь, позволять мне касаться тебя, целовать, лизать, щекотать языком, пробовать на вкус... если ты этого хочешь, разреши мне сделать тебе массаж, нежно заняться с тобой любовью, искупать в ванне... или просто трахнуть... жестко и быстро... или медленно, часами... как тебе заблагорассудится!.. Мне не хватает чувства полного погружения в любовь с прекрасной женщиной, и я отдаю все, что у меня есть... за возможность быть с тобой.

С самыми искренними пожеланиями,
Кит».

К тому моменту, как я добралась до конца, я уже готова была совсем отказаться от затеи с Китом. Злило, что он может предложить мне только утренний или дневной секс. Совершенно не мое время, и потом, условия здесь диктую я! Пусть я не ищу долговременных отношений, но мужчина, который к ужину должен быть дома, для меня все равно что женатик — а я не их искала, когда размещала объявление.

При всем уважении в трезвом виде он нравится мне куда меньше, чем после пары бокалов. Не зная, как отшить его повежливее, я состряпала вот такое довольно резкое послание, надеясь, что Кит поймет намек.

«Кит, если не вдаваться в подробности, я так понимаю, ты свободен для встреч со мной и секса только по утрам и днем, а мне это совершенно не подходит!!! Понимаю, что это довольно примитивно, однако мне нужен любовник, который подстраивался бы под меня, а не наоборот. У тебя явно есть определенные обязательства перед своей девушкой, а значит, ты не должен был звонить по моему объявлению. Живи своей жизнью, поищи сексуального разнообразия в другом месте — возможно, ближе к семье.

Извини за резкость, даже если между нами что-то завязалось, все вышеперечисленные сложности очень сильно омрачают картину. У тебя уже есть „багаж", а уж если твоя девушка захочет обзавестись потомством...

Если когда-нибудь я подберу для тебя роль в своей жизни, обязательно дам тебе знать... спасибо за положительные эмоции, надеюсь, твоя мечта сбудется.

В.».

На этом история с Китом временно закончилась. Надо ли говорить, что по извращенной женской логике о сделанном я тут же пожалела. Сходила на свидание с

Оззи, морским офицером, но тот оказался весь из себя такой правильный... Еще встречалась с юным Родом из Манчестера — встретилась и тут же забыла. Где-то дней через десять (покривлю душой, если скажу, что не обрадовалась)... пришло новое письмо от Кита.

«Здравствуй, Венди!
В последнем письме ты говорила, что могла бы найти „роль" для меня. Ловлю тебя на слове: если ценишь хорошее начало и хочешь еще немного пофлиртовать, держи меня в курсе, как продвигаются дела с объявлением. Я сижу в комнате ожидания, со дня на день мою семейную комедию должны снять с эфира. Роль, которую я сыграю для тебя, надеюсь, не эпизодическая, хотя и не главная. Лучше за кулисами... если ты понимаешь, о чем я! У меня хорошая техника, я разбираюсь в реквизите, а уж свет, камера и мотор для меня и вовсе не проблема!
Если серьезно, тебе, сексуально раскрепощенной, незашоренной, светской даме, никогда не поступало предложение от бывшего партнера попозировать для чувственных, эротических, дразнящих (ничего такого!) фотографий? Как ты посмотришь, если я предложу? Мне доводилось бывать и по ту сторону объектива, и по эту... ощущения незабываемые. А из тебя вышла бы замечательная модель. Есть на свете зрелые красавицы, у которых привлекательности и стиля куда больше, чем у молодых, свежих красоток.
Очень надеюсь на нашу следующую встречу, а пока, пожалуйста, имей меня в виду. Я с удовольствием пригласил бы тебя на ланч или ужин, узнал, как

у тебя идут дела, если, конечно, ты примешь мое приглашение.
С наилучшими пожеланиями и любовью,
Кит».

Как-то в разговоре он упомянул свою большую любовь и хобби — фотографию. Спросил, не хочу ли я посниматься в качестве модели, я тогда отшутилась, приняв предложение за удачный комплимент. Однако подруга моя пришла в ужас:

— Ты что, с ума сошла?! А если он их потом в Интернете выложит?

У меня и мысли такой не было! Я верила в честные намерения Кита, хотя подруга уверяла, что я наивная дурочка. Тогда я завелась и решила выражаться без обиняков:

«Здравствуй, Кит!
Раз уж ты снова поразил меня своим красноречием, не ответить будет невежливо. Признаться, ты не первый, кто подступается ко мне с подобным предложением, и отказываю я гораздо чаще, чем наоборот, поверь.
Я, разумеется, польщена и понимаю, что миллионы женщин продадут душу за такое и немедленно ухватят подвернувшийся шанс, так сказать, за яйца. Я не прощаюсь с тобой раз и навсегда... просто не могу пока решить, чего мне хочется, так что придется тебе подождать... А пока живи своей жизнью и имей терпение... никогда не знаешь, когда настанет твой черед...
В.».

На следующий день он снова почтил своим присутствием мой (почтовый) ящик.

«Здравствуй, В.
У меня из головы не идут мысли о чувственной, эротичной фотографии, и я отдался бы этому занятию со всей страстью. Если ты серьезно заинтересовалась, а не просто хочешь меня подразнить… как у тебя часто бывает (нет, мне нравится)… я с удовольствием посвятил бы тебе вечер, мы бы посмотрели, какие образы тебя привлекают.
Я, должно быть, унаследовал чувство вкуса с легкой примесью извращения и не могу ему сопротивляться… а ты, Венди, идеально подойдешь на роль модели. У тебя наверняка найдется восхитительная коллекция нижнего белья и нарядов, которые можно пустить в ход? Дай мне знать, что ты на этот счет думаешь.
С любовью,
Кит».

Судя по всему, жизнь у меня в тот момент была настолько пустой, что я начала всерьез рассматривать его предложение.

«Здравствуй, Кит.
Скажу откровенно: в принципе идея мне импонирует, но с большим рядом оговорок. Во-первых, нужно твердо уяснить, что снимки будут моей, и только моей собственностью, ни в коем случае не подлежащей распространению! Меня искушает собственная эротичность, поскольку я понимаю,

фотосессия в стиле мягкого порно создаст мучительное эгоцентричное состязание с единственно возможным исходом. Однако я предпочитаю заниматься этим в приглушенном свете, что вряд ли хорошо для фотографии!

Я очень восприимчива к звукам, запахам и атмосфере в целом, поэтому, чтобы выпустить на волю то, что нам понадобится для этой фотосессии, мне нужны идеальный настрой, идеальная музыка, благовония, свечи и прочая атрибутика. В данный момент положительный ответ маловероятен, хотя за предложение спасибо.

С приветом,

В.

P. S. Мне кажется было бы нечестным умолчать, что на мое объявление поступил отклик от молодого человека, который мне очень понравился и который при этом счастливо не женат и не обременен никакими узами. Думаю, на время исчезну из виду, посмотрим, как будет развиваться с ним».

В постскриптуме не было ни слова правды, я написала его, исключительно чтобы отделаться от Кита, однако как сказал кто-то из мудрых: «Осторожнее со своими желаниями...»

БЕН
Я СОШЛА С УМА... ПОЧТИ

Когда мне уже начало казаться, что игра в миссис Робинсон — пустая затея, на автоответчик пришло послание от парня по имени Бен. С первого слова я почувствовала: поиски окончены, вот он, мой Бенджамин. В последнее время я держала палец на кнопке «Стереть», уничтожая сообщения почти сразу после «Э-э... меня зовут...». Поразительно, как быстро учишься отбраковывать, а мой суд был очень коротким. Если сразу не нравится голос, остальное тоже вряд ли понравится, твердил инстинкт.

А к Бену я проникалась все больше и больше. Он затронул все мыслимые и немыслимые струны — достаточно молод, чтобы его учить, но достаточно взрослый, чтобы учиться, а голос у него был такой медоточивый, будто он и в самом деле меду в рот набрал.

— Вынужден сознаться, что питаю ужасную слабость к красивым женщинам старшего возраста, — мурлыкал он. Как ту девушку из «Джерри Магуайра», он «покорил меня одним «здрасьте!».

Я перезвонила сразу же.

— Это миссис Робинсон. Вы можете говорить? — пропела я, входя в роль роковой соблазнительницы. Он ответил глухим смешком, от которого мне сразу захотелось схватить его за волосы и потащить в постель. Это было мгновенное, парализующее, испепеляющее до дрожи в клиторе притяжение. Без труда завязалась игривая беседа, и мы прониклись друг к другу взаимным любопытством. Забавно, как с одним человеком тут же находится общий язык, а с другими, как ни старайся, с мертвой точки не сдвинешься...

В разговоре удалось выяснить, что рост у него шесть футов, волосы темные, глаза голубые. Чем он зарабатывает на жизнь, осталось туманным, но мимоходом были упомянуты дом в Фулеме, коттедж в Котсволде и увлечение поло. Я мысленно перенеслась на страницы любовного романа: вот он, верхом на арабском скакуне, несется по зеленым просторам, крепкие бедра обтянуты белыми бриджами, высокие кожаные сапоги уверенно упираются в стремена, вот он замахнулся деревянным молотом... Грандиозно и мужественно. Я в восторге. В полном восторге.

Ни я, ни он не хотели сворачивать разговор (в «Правилах» говорится, что десяти минут вполне достаточно, иначе можно надоесть собеседнику!), и Бен предложил встретиться в следующий понедельник, потому что он как раз «будет в городе». Я замялась — у меня была назначена деловая встреча, но я уже решила, что перенесу ее куда-нибудь. Прощались мы с явной взаимной симпатией и надеждой на продолжение, а инстинкт заключил меня в радостные объятия, когда я положила трубку.

Весь следующий день на моем лице был написан такой щенячий восторг, что удивляюсь, как меня никто не стукнул. Бен забросил меня прямиком на седьмое небо, а мое и так непомерно раздутое эго разрасталось с головокружительной скоростью. Деловую встречу я заблаговременно перенесла, и все выходные провалялась на воображаемой травке воображаемой Страны Чудес.

В понедельник утром я первым делом отправила сообщение: «Все-таки могу сегодня встретиться. А ты?»

«И Я. ЗДОРОВО! ГДЕ И КОГДА?» Прочитав полный энтузиазма ответ, я издала победный клич.

Мы договорились встретиться в пять на углу Бонд-стрит и Брук-стрит, рядом с магазином «Фенвик». К выбору одежды я подошла тщательно, подозревая у Бена тонкий вкус. Выбрала черную креповую юбку с кремово-черной блузкой в стиле «Шанель» (на самом деле «Зара»!). На ноги черные блестящие колготки и замшевые черные лодочки на высоком каблуке. Перебрав несколько разных причесок от а-ля Катрин Денёв до а-ля Синди Лопер, утянула волосы в пучок под бархатную сеточку и несколько прядей выпустила, чтобы обрамляли лицо. В дополнение один из моих самых любимых аксессуаров — стеганая черная сумочка «Шанель».

В полной уверенности, что встреча с Беном будет незабываемой, я припарковалась и пешком пошла по Бонд-стрит к оговоренному месту. Приехала я на несколько минут раньше, и уверенность успела смениться нервозностью. Господи, что я тут делаю — торчу на углу улицы в ожидании незнакомого парня!

Поглядывая по сторонам, я дожидалась у входа в «Фенвик». Прошло немного времени и много народу, радостное возбуждение улетучилось, уступив смущению и неловкости. Что бы сказала моя мама?! А дети?! Я расхаживала туда-сюда, пытаясь разглядеть среди прохожих Бена, прежде чем он заметит меня, в полной уверенности что вся улица в курсе, зачем я здесь, и язвительно хихикает за спиной. До меня вдруг дошло, что я в который раз нарушила заповедь «Фото — первым делом», и, несмотря на все свое телефонное обаяние, Бен вполне может выглядеть как плод любви Бильбо Бэггинса и Энни-буксира.

Пару раз я скрывалась в магазине и бесцельно бродила по ювелирному отделу, чтобы убить время и наполнить чакры. В желудке урчало, как в бетономешалке, я едва удерживала газы. В пять десять я снова вышла на улицу — никого. Что ж, подождем до пятнадцати минут (а потом до половины).

В двенадцать минут шестого на Бонд-стрит появился двигающийся широким шагом в мою сторону высокий, элегантный молодой человек с надеждой во взгляде. Если он думал: «Пожалуйста, пусть это будет она!», в моей голове крутилось: «ПОЖАЛУЙСТА, пусть это будет он!» На нем был саржевый плащ с коричневым бархатным воротником, а под плащом графитовый костюм-тройка в тонкую полоску. Зачет за обувь он

получил «автоматом» — взрослые, начищенные до
блеска черные полуботинки на шнурках. Он подошел,
помахивая слегка потертым «дипломатом» из свиной
кожи. На миг мне показалось, что его перевезли сюда
на машине времени из тридцатых годов — вылитый
персонаж Ивлина Во. Представитель золотой молоде-
жи, «мерзкая плоть», мой собственный мальчик в стиле
ар-деко. «Боже! Какой пердюмонокль!» — подумала я,
вспоминая язык эпохи. Молодой человек замедлил
шаг.

— Здра-авствуйте! — заговорщицки промурлыкал он,
наклоняясь поцеловать меня в щеку. Я заглянула восхищенно в его ярко-голубые глаза и тут же поняла, что в
не столь отдаленном будущем мы непременно займемся сексом.

♀

Я не назвала бы Бена красавцем по стандартным меркам, зато в нем было столько старомодного шарма, что
я растаяла.

— Позволите? — Он галантно взял меня под локоть
и повел через дорогу. Держась на почтительном рас-
стоянии, мы вошли в бар «Боллз бразерс» на углу Саут-
Молтон-стрит и по деревянной лестнице спустились в
полумрак нижнего зала. Народу не было никого, только бармен за стойкой протирал бокалы. Мы прошли в
маленький удаленный закуток, и Бен поинтересовался,
что я буду пить.

— Белое вино, пожалуйста! — стараясь сделать голос
побархатистее, ему под стать, ответила я и проводила

его восхищенным взглядом к барной стойке. Он в точности соответствовал тому образу, который возник у меня во время телефонного разговора — какая-то аристократичная, может быть, даже дворянская уверенность. У него были очень густые темные вьющиеся волосы, прямой нос, квадратный, чуть заостренный подбородок, высокие скулы и полные губы цвета спелой малины. Кожа бледная, почти прозрачная, а фигура, насколько я могу судить, образует почти правильный треугольник — широкие плечи и узкие-преузкие бедра. У меня дыхание перехватывало.

Свой «дипломат» Бен оставил на соседнем стуле. Я глянула на монограмму. Инициалы не его! Или имя вымышленное...

Он вернулся с бокалами и, слегка расставив ноги, уселся на венский стул. Поддернул манжеты, под которыми блеснули золотые запонки. Мой взгляд метнулся к его ширинке. Первый тост был произнесен за нас, и я сразу отпила большой глоток. Я пью в основном за компанию, поэтому на голодный желудок моментально пьянею, так что к половине бокала я уже дошла до кондиции. Бен мог без труда затащить меня в гостиничный номер. Живая миссис Робинсон собственной персоной посреди Мейфэра.

— Расскажи, — ища спасение на знакомой территории, попросила я, — что сподвигло тебя откликнуться на объявление?

— У меня уже были романы с женщинами старше меня, — протянул он, как будто угадал пару победителей на Челтнемских скачках. — Особенно одна... Они... э-э... как-то сами на меня выходят... — Он с озорной улыбкой приподнял бровь.

— Колись! — велела я, опираясь подбородком на руку.

— Наша соседка... друг семьи... — Он замялся. — Э-э... Мне было лет двадцать. Еще девственник... — Взгляд его слегка затуманился при воспоминании. — Ее муж часто уезжал в командировки за границу, она заходила к нам, в основном когда родителей не было. Говорила, что ей одиноко... ее все бросили... вот так, слово за слово... Я, кажется, неплохо скрасил ее одиночество... и она меня научила, — он многозначительно улыбнулся, — кое-чему...

— А что родители? Не узнали?

— Нет, боже упаси! Иначе служить мне тогда во Французском иностранном легионе. Брак у этой женщины вскоре распался — может быть, отчасти из-за меня... Они продали ферму, она уехала, но с тех пор я полюбил... как бы сказать?.. Более зрелые плоды? — Он подмигнул и приветственно поднял бокал.

— Тебе тридцать три, у тебя много дел в городе и за городом — наверняка тебя постоянно знакомят с... э-э... ягодками помоложе?

Он пожал плечами и рассмеялся своим бархатистым смешком. Боже, сколько секса!

— М-м, да, конечно, только меня к ним не тянет. Вот, например, последняя... сказать по правде, ее мама мне понравилась гораздо больше. Девчонки такие пустышки, у них на уме только свадьба и дети — на этом все. А вот женщина зрелых лет точно знает, чего хочет...

Я кивнула. Какая проницательность! Пока высшие баллы по всем статьям!

— Принести еще? — От внимания Бена не ускользнуло, что мой бокал пуст.

— Только если тебе тоже. — Я потянулась за кошельком.

— Нет, что ты! — Наклонившись, он задержал мою руку. Наши взгляды встретились на бесконечно долгий миг. Бен сощурил глаза, как будто что-то вспомнил, а потом оторвался и пошел к барной стойке.

Появились еще посетители, но в маленьком удаленном уголке мы по-прежнему были одни. Я вытащила пудреницу и проверила, все ли в порядке. Нет, ничего не размазалось и не поехало. Шпинат между зубами не застрял. Раскраснелась слегка, но этого следовало ожидать.

Вернулся Бен с напитками, и мы продолжили разговор: о работе, путешествиях, жизни, любви. Свои прошлые отношения стараюсь обходить — слишком много браков, разводов и романов, слишком долго складывать, если кому-то захочется заняться математикой. Предпочитаю дозировать информацию, выдавая ее порциями, в виде забавных баек без привязки к конкретным датам. У Бена обнаружился похожий подход к деловой сфере — он явно много в чем участвовал, но в подробности не вдавался. Я попыталась было его раскрутить, упомянув монограмму на «дипломате», а в ответ получила объяснение, что портфель достался по наследству от дяди. Не исключено — портфель старый, довольно потертый. Мне стало стыдно, что я заподозрила Бена во вранье.

Около половины седьмого он посмотрел на часы:

— С удовольствием посидел бы с тобой еще, Тигра! (Ух ты! Прелесть какая!) Но у меня поезд. Ночую в Оксфорде. Утром встреча. Мне пора...

Я с сожалением кивнула, и мы встали из-за стола. Он галантно помог мне надеть куртку, потом набросил свой плащ. Мы поднялись по ступенькам на улицу. Бен огляделся и поднял руку, чтобы поймать такси.

— Ты в Паддингтон? — вдруг осенило меня. — Тогда можем доехать вместе, если ты не против. Мне по дороге. — Моя машина стояла неподалеку, но за руль я сейчас бы не села.

— Замечательно! — Он с улыбкой придержал мне дверь.

Как только мы опустились на сиденье, он взял мою руку в свою и крепко сжал, с нежностью глядя мне в глаза. Сердце мое затрепетало, и я опустила взгляд. Бен приподнял пальцем мой подбородок, поцеловал в губы. Поцелуй получился целомудренным, хоть и долгим, и от прикосновения его губ я растаяла. Боже... Может, пригласить его домой? Нет. Надо держаться. Иначе будет слишком много, слишком быстро. Я все испорчу. Ему придется повременить. Мне лучше повременить. Я обязательно с ним еще увижусь, и развитие наших отношений будет сладкой мукой.

До Паддингтона мы доехали слишком быстро, и, когда такси, чихая мотором, притормозило у тротуара, Бен потянулся за бумажником.

— Не надо! — Я придержала его руку. — Давай я.

— Спасибо! — ответил он и наклонился к моему уху. — Я... скоро тебя увижу?

— КОГДА??? — хотела крикнуть я, но вместо этого энергично кивнула и посмотрела на Бена с надеждой. Он сжал мне руку. И ушел.

Ближе к вечеру, когда я на автобусе ехала забирать машину, написала Бену сообщение: «Приятно было повидаться... надеюсь вскоре встретиться снова» — и тут же пожалела об этом.

Мужчина должен ощущать себя охотником — уж мне ли этого не знать. Бен не ответил, и мне стало еще горше. Придется поиграть в мою самую нелюбимую игру — ожидалочки.

СНОВА БЕН

После бурного начала Бен, к моему неудовольствию, пропал из виду. Я уже заподозрила, что он работает на «МИ-5», настолько завуалированно звучал его рассказ о работе. Пара недель прошла, от Бена не было ни слуху ни духу, я расстраивалась, а потом совершенно неожиданно в одиннадцать утра в понедельник у меня зазвонил мобильный. Я сидела у себя в кабинете, работала и, увидев на экране «номер не определился», решила, что это либо служба доставки кухонь, либо какой-нибудь громогласный американец, который заорет мне в ухо: «Па-аздравляем! Вы выиграли ка-аникулы во Фла-ариде!» Я довольно сухо сказала: «Алло!» Однако недовольство тут же сменилось удивлением, а потом и радостью, когда полузабытый голос промурлыкал:

— Здра-авствуйте! Это миссис Эр?

— А кто это? — Я решила проучить его за долгое молчание.

В ответ раздался легко узнаваемый хрипловатый смешок.

— А-а, — смягчилась я. — Так это ты. Ну-ну... Чему обязана такой радостью?

— Нет, это для меня радость, — галантно возразил он. — Причем долгожданная. У меня было очень много дел. Новый проект. Пришлось поездить. Брюссель... Мюнхен... туда-сюда. Как у тебя дела?

Вскоре прохладца исчезла, и в разговоре снова стали проскальзывать сексуальные нотки.

— Ты случайно не свободна в четверг вечером? — Бен наконец перешел к делу. — Я буду в Лондоне по делам, а потом... — драматическая пауза, — в пятницу у меня ланч в городе...

Намек понят. Ему нужно остаться в Лондоне на ночь.

— Сейчас, гляну в ежедневник. — Даже если бы Скорсезе в этот день назначил мне кастинг на главную роль в паре с Клуни, я бы отказала обоим. — Да, в четверг можно... Э-э... у тебя какие-то конкретные планы? Хочешь, я приготовлю ужин?

— Замечательно! — обрадовался он. — А может, я приготовлю? У меня хорошо получается оленина. Или тебе больше фазаны нравятся? У нас в кладовой висит пара. В прошлое воскресенье подстрелил.

Я городской гурман, поэтому для меня что пернатая дичь, что косматая малопривлекательна. А вот при мысли о том, что у меня на кухне будет суетиться Бен в одном передничке и шелковом галстучке, слюнки потекли моментально. Шеф-повару Гордону Рамси такое и не снилось.

— Как тебе больше нравится. Сделай мне сюрприз! А я приготовлю закуски и десерт.

— ...А еще у меня в погребе есть довольно приличное «Кот-де-Бон». Так что, ориентировочно часов на семь?

— Превосходно! Буду ждать с нетерпением.

— И с желанием?

Настала моя очередь отвечать грудным смешком:

— Это, юный Бенджамин, мне предстоит узнать, а тебе выяснить.

Я повесила трубку и повалилась на ноутбук в картинном обмороке.

В четверг вечером я закончила работу пораньше и приступила к заключительному этапу долгой подготовки — иногда она занимала несколько дней, но впечатление должно было создаваться такое, что я с рождения так выгляжу, не прикладывая ни капли усилий.

Оскар Уайльд был прав: «Тем, кто любит колбасу и женщин, лучше не видеть, как они готовятся». Депиляция до последнего волоска, как у первосортной шлюхи, отшелушивание до самого глубокого слоя эпидермиса и увлажнение, увлажнение, пока кожа не приобретет мягкость попки новорожденного младенца. Потом одевалась, придирчиво оглядывая себя в большом зеркале: шелестящая при ходьбе юбка-годе, кружевная кремовая блузка на пуговицах (чтобы легче было расстегивать) и высокие-высокие каблуки.

Ужин я решила накрыть торжественно, променяв свою излюбленную кухню на столовую. Бен этого заслуживает. Мы ведь не просто так перекусить собираемся, а устраиваем diner á deux*. На полированной поверхности орехового обеденного стола я постелила две белые мадерские салфетки под посуду из органди с ручной вышивкой, выставила хрустальные бокалы для вина и разложила серебряные приборы, выровняв все по линеечке. Для меня это было что-то вроде прелюдии. По комнате в стратегических местах рассыпались группки ароматических свечей — восхитительно романтично, хоть и чуточку театрально.

Ровно в семь я поставила диск «Доктор Хук» с песнями о любви и выбрала из списка свою любимую запись. Потом налила себе виски с имбирем и нацелила на проигрыватель пульт дистанционного управления.

«Когда ты уже насладилась мной сполна и лежишь, растянувшись на полу, когда ты думаешь, что я больше ни на что не способен, я готов любить тебя еще чуть-чуть».

Я раскачивалась под музыку, прижимая к груди ледяной бокал. Эта песня всегда рождала томление в сердце и жгучее желание в чреслах.

Бросив взгляд на часы, я в который раз подошла к зеркалу проверить макияж. Так всегда бывает перед вечеринкой, когда все уже готово, а гостей еще нет — тревожное и вместе с тем радостное ожидание, ведь в дверь могут позвонить с секунды на секунду. Дальше я ничего не успела подумать — мгновенье остановилось, мир затаил дыхание... Возможно все!

Я стояла перед зеркалом, думая, не добавить ли румян, и звонок домофона застал меня врасплох. По щекам, как пролитое на кремовую скатерть розовое вино,

---

* Diner á deux (*фр.*) — ужин для двоих.

разлился естественный румянец. Я подбежала к видео-фону, глянула на экран и сделала глубокий вдох, перед тем как снять трубку.

— Здравствуй... — как можно теплее произнесла я. — Тебе на самый верх, извини уж.

Я приглушила свет, в последний раз взъерошила во-лосы, чтобы казались пышнее, откашлялась (в горле от волнения пересохло) и открыла дверь — Бен как раз преодолевал последний пролет.

— Такая вот гимнастика имени миссис Робинсон, — усмехнулась я с извиняющимся видом. — Радуйся, что не пришлось еще тащить пакеты из «Уэйтроуз»! — И я гостеприимно распахнула дверь.

— Добрый вечер! — Бен с улыбкой шагнул внутрь, и дверь я плотно закрыла. Попался!

— Давай повешу плащ. — И я вытащила из шкафа добротную деревянную вешалку.

Бен поставил свой «дипломат», а плащ отдал мне. Поправил манжеты под пиджаком, и на мгновение снова мелькнули золотые запонки. Я взяла его руку и поднесла кисть к глазам, чтобы рассмотреть поближе. Лисьи головы! «Гринпис» в восторге!

— Можно? — Он галантно поцеловал меня сначала в одну щеку, потом в другую. Тонкий аромат бальзама после бритья смешался с чистым запахом мужчины. За-пах проник мне прямо в кровь и заструился по венам, зажигая маленькие огоньки в эрогенных зонах. Я гото-ва была прижать Бена к стене и наброситься на него прямо там, в коридоре, причем не раздевая.

— Проходи! — пригласила я, совладав с собой, и Бен, подхватив портфель, последовал за мной на кухню.

Я знала, что он рассматривает меня сзади, поэтому стала покачивать бедрами чуть сильнее. Обычно я не ношу фиолетовые атласные корсеты с черным кружевом и пояс для чулок и редко хожу по дому на высоченной шпильке, тем более с усыпанным стразами ремешком на щиколотке, который так и просит, чтобы мужчина расстегнул его зубами. Небольшой поход по магазинам за крохотными секретиками, которые для Бена тоже скоро перестанут быть тайной, привел меня в невероятно сексуальное расположение духа. Бен снял пиджак и повесил его на спинку стула. Потом расстегнул запонки и закатал рукава, обнажив бледные тонкие руки с темным шелковистым пушком. Из «дипломата» он извлек и положил на кухонный стол пакет, а потом бутылку вина. Я пустила по гладкой поверхности стола штопор:

— Сейчас будешь открывать? Чтобы подышало? Я пока выпью виски с имбирем. Тебе сделать?

— Мой любимый аперитив! — Бен подхватил штопор и профессиональным движением воткнул его в пробку. — И льда побольше, — добавил он, когда, без малейшего, казалось, усилия с его стороны, пробка чпокнула.

Между едой и прелюдией есть определенная связь, которую я заметила, готовя утром кремовый десерт. Я мыла под краном длинные, твердые, гладкие стебли лука-порея и проводила по ним рукой вверх-вниз совсем не поварским движением. Теперь меня в собственной кухне оттеснили на второй план — Бен взял на себя роль шеф-повара, а я превратилась в поваренка и послушно резала, терла, помешивала и добавляла. Он готовил маринад для оленины. Я прыгала вокруг, подавая ножи, деревянные ложки и приправы, то и дело скармливая ему то орешек кешью, то оливку с анчоусом. От аперитива по телу разливалось приятное тепло, движения становились все более раскованными. Когда я совала Бену в рот какую-нибудь вкусняшку, он облизывал мне пальцы, недвусмысленно глядя в глаза. Кухня у меня довольно просторная, но мы умудрялись все время сталкиваться и прижиматься друг к другу, как будто нас заперли в тесном камбузе на яхте.

Когда оленина благополучно разместилась в духовке, мы сели за обеденный стол. Бен отодвинул мне стул, а когда я села, встряхнул и разложил у меня на коленях льняную салфетку. Я улыбнулась, глядя на него снизу вверх, а он подмигнул, раскатал обратно рукава, снова нацепил запонки и с удобством расположился напротив меня. Разлил вино по бокалам и поднял свой, чтобы произнести тост.

— За чудесный вечер, миссис Робинсон! — промурлыкал он, и мы выпили, с хрустальным звоном сдвинув бокалы.

Мы запивали угощение изысканным ароматным вином. Каждый кусочек съедался с восторгом и наслаждением, а между мной и Беном как будто проскакивали электрические разряды. Когда с основным блюдом покончили, я отправила гостя на диван, а сама принялась убирать со стола. Потрескивали ароматические свечи, играла музыка, от камина струилось приятное тепло. Все было чудесно. Я отнесла поднос на кухню, загрузила посудомоечную машину и растопила на водяной бане плитку темного органического шоколада «Грин энд Блэк».

Растопленный шоколад я перенесла в гостиную, прихватив миску спелой красной клубники, и села на диван рядом с Беном. Склонив голову набок, я смотрела на него сквозь густо накрашенные ресницы, крутя клубничину в шоколаде, а потом с дразнящим огоньком в глазах поманила его ягодой. Не сводя с меня взгляда, он наклонился, его губы сомкнулись вокруг красной спелости. Он втянул ее в рот и, закрыв глаза, принялся смаковать вкус шоколада.

Выбрав и обмакнув в шоколад еще одну ягодку, я зажала ее в зубах и наклонилась к Бену. Он заглотил наживку, придвинулся поближе и впился губами в другую половину клубничины. Приникнув друг к другу, мы дружно высасывали ягоду и со смехом слизывали текущий по губам сок. Я почувствовала себя невероятно молодой и счастливой. Он со мной, здесь, сейчас, а весь остальной мир может катиться в тартарары.

Когда наши языки встретились, у меня по всему телу расплескался жидкий огонь, сладкие соки слились воедино. Бен обвил меня руками и притянул к себе. Желание разгоралось, потрескивая, как огонек, ползущий по запальному шнуру. А потом достигло цели и заполыхало жарким пламенем. Бен, тяжело дыша, отстранился, сорвал галстук и, вновь приникнув ко мне губами, пропутешествовал от мочки уха до выреза блузки. Я выгнула спину до боли и вся подалась вперед.

Вдруг Бен остановился. Отсел на другой конец дивана и нервно пригладил волосы. Он сидел пунцовый, какой-то встревоженный, и я испугалась, что он сейчас скажет: «Прости. Мне пора».

Я растерянно заморгала, лоб прорезала морщинка.

Бен кашлянул и судорожно глотнул. Я заглянула ему в глаза, ища объяснений. Он вздохнул, нежнейшим, ласковым движением взял мою руку в свою и, наклонившись, прошептал мне на ухо:

— Дорогая миссис Робинсон. Можно ли Бенджамину заняться с вами любовью?

— Можно ли? — прошептала я, обмирая от радости. — Можно?! — Так рычал мистер Бамбл, когда Оливер Твист попросил добавки. — Нужно! В данной ситуации было бы преступлением этого не сделать, Бенджамин! — Я дотронулась до его натянутой ширинки.

Поднявшись с дивана, я взяла его за руку и повела по коридору в спальню, где заранее постелила свежее белье и зажгла красные фонарики. У самой кровати я повернулась к нему. Расстегнула верхнюю пуговицу на блузке и обвила руками его шею. Бен принялся одну за другой расстегивать остальные пуговки, а потом стащил с меня блузку с юбкой, оставив их лежать на полу.

В тот момент я поняла: если даже дальше ничего не будет, мои усилия не напрасны. Я стояла перед парнем младше меня на двадцать шесть лет: леди, одетая как шлюха, но чувствующая себя принцессой.

Глаза у Бена сверкали, словно у ребенка, который разворачивает рождественским утром под елкой долгожданный подарок. В почти религиозном благоговении он опустился передо мной на коленях, провел ладонями по моим бедрам — вниз, потом вверх. Запустил пальцы под складки атласных фиолетовых трусиков. Поласкал отполированную до блеска внутреннюю поверхность бедер, а потом длинным изящным пальцем отодвинул край трусиков в сторону и вонзился горячим языком прямо между моих розовых губ. И оторопел, почувствовав абсолютно безволосую наготу и гладкость.

— Ты просто СУПЕР! — вырвался у него восторженный вопль, и он принялся работать языком, будто котенок, дорвавшийся до миски с молоком. Не зря я терпела муки голливудской депиляции воском. Такое внимание к моим прелестям плюс вызывающая разнузданность моей позы — я нависла над Беном на высоченных каблуках, подав бедра к его жадным губам, — и первый из многих оргазмов этой ночи не заставил себя ждать.

Бен был рыцарем до мозга костей. Он действовал неторопливо и ласково, поклоняясь моему телу с бескорыстием мужчины, который прекрасно знает, как доставить женщине удовольствие. Когда он наконец оседлал меня, скачка получилась такой бешеной, что мы достигали пика вновь и вновь — и неслись дальше. Никогда еще текст «Доктора Хука» не был так кстати: «Когда ты думаешь, что я больше ни на что не способен, я готов любить тебя еще чуть-чуть».

Мы упали на постель, чтобы перевести дух, а потом начали снова, на этот раз медленнее, дразня друг друга, доводя до самозабвения, пока в туманный предрассветный час не заснули абсолютно изможденные друг у друга в объятиях.

Около шести утра я заворочалась в постели, и Бен плотно прижался ко мне сзади.

— Все в порядке, малыш? — прошептала я, а он покрыл мою спину мелкими быстрыми поцелуями.

Я глубоко вздохнула, жалея, что не могу остановить этот миг навеки. Тогда я завернулась вместе с Беном в одеяло, заключила наш маленький рай в плотный ко-

кон и почувствовала, как твердеет член Бена, как он тычется между моих сомкнутых ягодиц. Я приподняла ногу, чтобы ему было легче, и он тут же скользнул внутрь. Обхватив меня рукой, он нащупал клитор, и наши движения принялись стремительно набирать темп, пока одновременно с Беном мы не достигли наивысшего наслаждения.

Но потом, когда эйфория отступила, меня переполнили тоска и печаль. Часики тикают, скоро жаркая ночь исчезнет, уступая холодному утру. Мы погрузились в сон до первых рассветных лучей.

В приступе дежавю (то же действо, только парень другой) я смотрела, как Бен встает, исчезает в ванной, а потом появляется в знаменитом Халате. Губы у меня сами собой растянулись в улыбке. Пожелала ведь, чтобы Халат согрел своим теплом не одну мужскую спину — и вот, пожалуйста, желание сбывается. Бен встал надо мной у края постели, на его губах тоже играла улыбка. Я потянулась, схватила его за пояс и подтащила к себе.

Бен сделал шаг, а я, воспользовавшись его близостью, просунула руку под полу Халата и погладила мускулистое бедро. Вверху ладонь задержалась. Я с любопытством потрогала то, что оказалось под ней. Аккуратные, изящной формы гениталии — я первый раз коснулась его члена в спокойном состоянии. Я покатала в ладони прохладные твердые яички и не смогла устоять перед искушением обхватить пальцами головку мясистого послушного пениса. Бен укоризненно зацокал языком, но я развязала пояс и распахнула Халат. Обхватив эту милую, чистенькую головку губами, я начала посасывать. Бен застонал и с трудом сохранил равновесие, когда член моментально напрягся и отвердел.

Встав на четвереньки, я взяла член в рот целиком и принялась бегать языком вверх-вниз по всей длине, крепко придерживая за основание. Ритмично и упорно, пока ноги Бена не напряглись, а колени не задрожали. В кульминационный момент он обхватил мою голову обеими руками, не оставив мне иного выбора, кроме как принять хлынувший мне в рот поток. Я замедлила движение, подождала, пока все закончится, и откинулась на кровати, не зная, что теперь делать. Не сказать чтобы сперма значилась среди моих любимых напитков, как бы ни расписывали ее пользу для здоровья. (Мощная пиар-кампания, явно проведенная объединенными усилиями мужчин!) Однако выплюнуть значило бы обидеть Бена, так что я зажмурилась и проглотила, слегка содрогнувшись, когда слизистая субстанция потекла по горлу.

Бен повел плечами, и Халат упал к его ногам, а сам он забрался в постель и оседлал меня, с восхищенным вожделением созерцая мою наготу. Я с озорной улыбкой приподняла бедра и подставила ему свою безволосую киску. Бен жадно облизнулся и, устроившись у меня между ног, впился в мой нежный бутон. Меня обдало волной жара. Теперь настал мой черед, запустив руку в кудри Бена, пригибать его голову к себе и ни в коем случае не отпускать, а в миг наивысшего блаженства почти приклеиться к его губам. Оргазм получился ошеломляюще сильным, меня сжало, отпустило, от благодарности и счастья из груди помимо воли вырвалось рыдание. Бен лизнул меня последний раз, а потом с глубоким вздохом положил усталую голову мне на бедро.

Потом он посмотрел на часы, с извиняющимся видом постучал по циферблату и начал одеваться.

«15 ноября. 8.42

Невыносимо. Бен ушел, а я даже не знаю, когда его еще увижу, да и увижу ли. Тоска и отчаяние охватили меня, похоже, мне предстоит провести остаток жизни в кровати, поскольку при мысли о том, что нужно вставать и работать, делается плохо. Если же не вылезать из постели — нашей постели, постели, которая подарила нам такое ни с чем не сравнимое счастье, — можно прокручивать эту ночь снова и снова. Вдруг тогда она повторится наяву? Боже, как я хочу, чтобы было еще вчера и все это мне только предстояло... Сейчас в душе моей лишь одиночество и печаль. Вернись, Бен, вернись, прошу тебя, сделай так, чтобы я снова сияла от счастья...»

Горючая слеза скатилась по щеке и шлепнулась на страницу дневника. Я заморгала, отчего слезы полились уже сплошным потоком.

«По всей квартире валяются остатки нашего с Беном праздника, и вряд ли у меня теперь поднимется рука прибраться, осквернив тем

самым память об этой ночи. Посуда от вче-
рашнего ужина еще в мойке, спальня — вылитый
Гластонбери наутро после трах-фестиваля.
Вроде бы мы друг друга не связывали и не при-
вязывали, однако на полу свернулся змеей шел-
ковый черный шнур от штор в гостиной — как
уж он оказался в спальне, понятия не имею! Мое
сердце превратилось в кусок свинца. Душа и
тело полностью истощены, я на краю черной
пропасти, на дне которой меня ждут депрес-
сия и тоска...

— Я тебе позвоню, — сказал он на прощание.
Позвоню! Что это, черт подери, значит?!
Лучше бы убил меня перед уходом. Смерть от
оргазма. Какая была бы смерть...»

Когда я все-таки встала, сходила в душ, оделась и при-
брала квартиру, мне стало полегче. Да, устала, разбита,
но причина этой усталости — м-м-м... Я включила диск
Кейти Мелуа и тянула на нескончаемом повторе слова
песни «Без ума от тебя». Застилая постель (надо было
бы поменять, но прямо сейчас рука не поднималась...),
я напомнила себе, как же мне повезло. Сколько бродит
по земле женщин моего возраста — ах, да какого угодно, — у которых никогда не было, нет и не будет такой
ночи! Я набрала номер своей лучшей подруги и заму-
чила ее до полусмерти подробностями прошедших
шестнадцати часов. Она терпеливо слушала, а я гадала,
какой была бы моя жизнь без нашего сестринского со-
юза. Когда в глубоком старческом маразме мы останем-

ся без мужчин, опорой нам будут только воспоминания и эта дружба.

Я заперла эту ночь на замок в надежном сейфе своей памяти и занялась делами. Спать оправилась рано. Свернувшись калачиком, я провела рукой по прохладной простыне, хранившей отпечаток Бена... А потом провалилась в сон, где через реки из жидкого шоколада неслись галопом кентавры и единороги.

Следующее утро порадовало меня этим официальным посланием, написанным от руки: *«Дорогая Тигра! Спасибо за восхитительный вечер... Как здорово закрыться от всего мира и провести время с такой чудесной женщиной. Я наслаждался каждой минутой и всегда буду хранить эти мгновения в сердце...»*

Превосходные манеры — какая вежливость, спасибо его родителям. На следующий день он, не чувствуя за собой вины, позвонил — я не успела ни погоревать, ни пострадать, ни впасть в депрессию, тем более настроиться на убийство или самоубийство. Какая жалость!

После этого Бен уже не пропадал из виду. Мы выработали удобный график и за последующие полгода отметили не одну знаменательную дату — Новый год, День (и ночь) святого Валентина, Пасху и два банковских праздника. Это уже можно было назвать стабильными отношениями. Я забирала Бена у Паддингтонского вокзала, и стоило нам переступить порог квартиры и запереться на замок от остального мира, мы растворялись друг в друге. Бен распаковывал свою элегантную фирменную кожаную сумку, снимал ботинки, надевал тапочки, а потом вытаскивал один за другим маленькие сексуальные сувенирчики, которые привозил для меня: пару чулок со швом «Кристиан Диор» 1950 года выпуска в оригинальной упаковке; атласные фиолетовые танга со стразами; портрет дамы, на которой из одежды были только черные шелковые чулки, длинные черные перчатки и венецианская маска — потом я воспроизводила для него этот наряд.

Мы вместе готовили, иногда ходили в музеи, гуляли в парке, беседовали, играли в «Скраббл», смотрели телевизор, пили чай с кексами у камина — и было много-много фантастического секса. Однажды Бен даже встретился с моей младшей дочерью, когда та заскочила к нам на воскресный ланч. Самые обычные, чуть ли не семейные отношения, но я не настолько витала в облаках, чтобы не осознавать: между нами есть только то, что есть, и ничего больше. Через какое-то время без внятных причин промежутки между нашими встречами начали становиться все длиннее, а потом все само собой сошло на нет. Я приняла такой исход как данность, без доли упрека. С Беном было хорошо, но, исчезнув, он не забрал с собой мое сердце. Мы до сих пор иногда общаемся, и у меня к нему сохранились самые теплые чувства. В моих воспоминаниях этому неутомимому, щедрому духом половому гиганту отведено почетное место.

ИЗВЕРЖЕНИЕ ВУЛКАНА

Все эти полгода я оставалась преданной Бену и никого другого не хотела, но в то же время отдавала себе отчет, что долго это не продлится. Поэтому я на всякий случай придерживала Кита. О Бене я ему рассказала — а что такого? У него-то есть постоянная партнерша — почему я не могу кого-то завести? Думала, это его охладит, однако, au contraire*, эффект получился прямо противоположный. Вместо того чтобы отступить, он сделал гигантский скачок вперед и принялся закидывать меня нагл255255ватыми, слегка вуайеристичными посланиями:

«Привет, В.
Думаю, ты провела замечательные выходные с Беном — из постели почти не вылезали, да?.. Я даже

---

* Au contraire (*фр.*) — напротив.

возбудился, когда представил тебя с другим... даже сейчас у меня встает, как подумаю. Смотреть, как ты занимаешься любовью, это так сексуально... Расскажи, что и как ты предпочитаешь. Каким, на твой вкус, должно у мужчины быть белье и интимная стрижка — дикие заросли, аккуратно подстрижено, узкая полоска а-ля порнозвезда или все выбрито; форма одежды для бурной ночи дома или на выход... и всякое такое прочее. Я очень хочу быть внимательным к тебе даже в мелочах.

Если мы все-таки зайдем достаточно далеко, не хотелось бы попасть в глупое положение, поэтому: как ты предпочитаешь предохраняться? Презервативы ненавижу до глубины души! Они убивают весь настрой, исчезает спонтанность — без них можно ненадолго войти, потом выйти, заняться оральным сексом или еще что-нибудь придумать... Ненавижу это ощущение — как будто мокрый носок на член натягиваешь, а во время эрекции смотрится еще хуже... Я хочу видеть свой толстый твердый член во всей красе, а не в хирургическом напальчнике. Так что вопрос очень щекотливый, изложи, пожалуйста, свое мнение.

С той нашей встречи я постоянно думаю о тебе, распаляю воображение, представляя тебя, когда мне только захочется — а хочется часто! Представляю тебя в длинном летнем платье на пуговицах... высокие каблуки, чулки цвета темного загара... алые атласные трусики с кружевами... и такой же бюстгальтер в четверть чашечки, а еще пояс для чулок. Ты открываешь дверь, я вхожу... мы обнимаемся и целуемся... я кладу ладонь тебе на попку, ты сжимаешь мой твердеющий член и яички... я расстегиваю ремень, джинсы падают на пол... ты направляешь, я прижимаюсь и ввинчиваюсь в тебя. Расстегиваю одну за другой пуговки на платье, падаю на колени, когда дохожу до низа... Прислоняю тебя к стене, закидываю одну ногу себе на плечо... начинаю поедать тебя через повлажневшие трусики... Ты энергично отзываешься, стонешь и ахаешь... Мы не в силах сдерживаться... Я отодвигаю трусики... вонзаюсь в тебя языком и пробую на вкус... Стоя, подхватываю тебя под попку, ты подпрыгиваешь, я вхожу в тебя одним быстрым точным движением... Я держу тебя спиной к стене, мы занимаемся любовью стоя, целуемся, а внутри все полыхает, и с каждым моим глубоким сильным проникновением мы заводимся сильнее...

Переходим в гостиную, я бросаю тебя в кресло, твои ноги на подлокотниках... я опускаюсь и снова лакаю, вылизываю твою гладкую, мокрую, сочную киску... Ты вцепляешься мне в волосы... приподнимаешь, хватаешь мой твердокаменный член... и заглатываешь его широко открытым голодным ртом... заглатываешь целиком, притормаживая, чтобы облизать гладкую округлую головку и покрытый венами ствол, жадно, неистово. Твое раскрасневшееся лицо так и манит, я выгибаюсь, чувствуя приближение оргазма... вдруг ты останавливаешься, встаешь... толкаешь меня в кресло... седлаешь меня, насаживаясь на член... и скачешь, сжав ногами мои бедра, твои прекрасные светлые волосы разметались по лицу, руками ты сжимаешь грудь… пальцы, забравшись под атлас и кружево, терзают возбужденные соски… Бешеная скачка продолжается, я опускаю бретельки бюстгальтера, и он сваливается, обнажая тугую грудь… подпрыгивающую в такт твоим движениям… Твой оргазм все ближе, ближе, ты скачешь быстрее, стонешь, хватаешь ртом воздух, выгибаешь спину, пытаешься опереться за спиной на мои колени, ногти впиваются мне в кожу… твой рот открыт в беззвучном крике, наши взгляды встречаются… Я делаю рывок, ты отшатываешься, у меня вырывается стон, ты спрыгиваешь и падаешь на колени, снова берешь в рот… Я трахаю, держа тебя за голову, вцепившись в волосы, ты отпускаешь головку и прикусываешь чуть пониже… сперма горячим фонтаном брызжет тебе на лицо…

Возможно, в один прекрасный день так оно все и будет. Обрати внимание — никаких „я останавливаюсь — ты распаковываешь презерватив и мучаешься, пытаясь его раскатать и натянуть". Хотя, мало ли, вдруг в реальности придется добавить и этот пункт…

До встречи.

С любовью,

К.».

Прочитав эту красочную, мастерски написанную и возбуждающую сцену, я была потрясена. Жаль, что Кита не оказалось рядом, чтобы воплотить написанное в жизнь: несмотря на внутренний протест, завелась я сильно. Однако ему знать об этом незачем, поскольку я всегда стараюсь сохранить аристократическое самообладание (хотя бы видимость).

Я перечитала письмо, укрощая плотские желания, и отправила вот такой ответ:

«Ах ты наглец!!!
Прочитала с наслаждением и обязательно завтра отвечу, когда отосплюсь после бессонных выходных. С чувством, с толком, с расстановкой — тебе под стать...
А пока имей в виду:
1) не терплю жесткий секс;
2) мне нравится долгая, неторопливая прелюдия;
3) кончать мне на лицо ты не будешь НИКОГДА, ни за что и ни при каких обстоятельствах;
4) о презервативах поговорим.
Сладких снов — умаялся небось столько печатать!
В.».

Назавтра к вечеру, когда я уже слегка отошла, решила поделиться с ним кое-какими сексуальными откровениями:

«Привет, К.
Ну что, займемся виртуальным сексом? Ты, я так понимаю, не против...
Вечер у меня был насыщенный, готовила праздничную вечеринку по случаю дня рождения подруги. Поэтому мне слегка не до секса, однако за мной должок (не факт, правда, что расплачусь полностью)...

Ты как-то упомянул, что у тебя почти постоянный стояк и ты часто заскакиваешь домой „средь бела дня" — тебя там девушка удовлетворяет или ты сам, ручками? Чисто из любопытства...

А теперь по порядку.

• Мне нравятся мускулистые мужчины с крепким телом, сильными руками, прессом и бедрами.

• Люблю белые, серые или черные боксеры «Кельвин Кляйн»: трогать мужское хозяйство через мягкую хлопковую ткань — это так эротично.

• Заросли надо или сбривать полностью, или коротко подстричь, или сделать полоску. «Джунгли» не хочу — не хватало еще, чтобы волоски застряли у меня в зубах и пришлось отправляться к стоматологу на стрижку!

• Кубиков на животе не прошу, накачанности а-ля мистер Вселенная тоже. Такие типы заняты в основном собой, а я побоку. Спасибо, не надо!

• Шелковистые волосы под мышками у мужчины можно игриво щекотать — но я помешана на чистоте и не выношу неприятные запахи. Зато меня возбуждает легкий аромат средства после бритья.

• Люблю уткнуться носом в мужскую шею, особенно ближе к затылку, — очень сексуально, ведь кожа там гладкая и мягкая.

• Предпочитаю гладкую безволосую попку, но и легкий пушок вполне устроит.

• Крайне важны чистота ног и педикюр.

• Хорошо, когда у мужчины чувствительные соски — лаская их, я иногда представляю, что я с женщиной.

• Обожаю прилив энергии, который мне дарит хороший минет — поверь, малыш, минет я делаю отменный.

• Оральный секс с мужской стороны приветствуется. Для меня это неотъемлемая часть занятий любовью, и сама я никогда не возьму в рот первой.

• Люблю делать это на боку — так проще контролировать движения и клитор не остается без внимания. Внимания мой клитор требует постоянно!!!

• Люблю «догги-стайл» перед зеркалом.

• Нравится заниматься сексом в одежде или белье. В этом есть что-то запретное, как будто мы урвали пару минут и нас могут застукать — так распутнее, чем без одежды. Полностью я раздеваюсь только в темноте или при мерцающем свете свечей!

• С удовольствием надеваю чулки с кружевным верхом и высокие шпильки со стразами на ремешке, охватывающем лодыжку, — в них я чувствую себя шлюхой. Могу вонзиться каблуками в спину партнера, если он захочет (если не захочет, впрочем, тоже могу).

• Не понимаю, какое удовольствие может получить женщина от анального секса. Один раз попробовала в качестве особого одолжения, но слишком уж там много разных неприемлемых для меня нюансов...

• Люблю, когда до сосков дотрагиваются кончиком языка и посасывают, но не слишком сильно (разве что я сама попрошу).

• Поза 69 вполне так ничего себе, но иногда бывает трудно правильно пристроиться. Внешне мужчины мне нравятся высокие, а в этой позе лучше получается с теми, кто пониже!

• Очень редко позволяю мужчине кончить мне в рот — только если забуду обо всем или проявлю неслыханное великодушие.

• Великолепно, когда можно заниматься любовью под музыку — подходят душещипательные баллады или классика. В идеале «Реквием» Моцарта или «Болеро» Равеля, потому что оба заканчиваются потрясающим крещендо.

• Моя любимая сексуальная фантазия: я юная монашка, застигнутая в пути грозой. Спешу остановиться на ночлег в маленькой гостинице, где есть только одна односпальная кровать, и та занята молодым монахом. Вняв моим слезным мольбам, владелец пускает меня в эту комнату. Я снимаю мокрую одежду и забираюсь под одеяло рядом с монахом. Кровать узкая, поэтому единственный способ для него не свалиться — это прижаться ко мне сзади. У него тут же встает, он ничего не может с этим поделать. Я чувствую его твердый член и невольно подаюсь к нему. Он мгновенно проникает в меня, потому что я очень мокрая. Сперва мы оба делаем вид, что ничего не произошло, но потом я начинаю медленно двигаться взад-вперед. Он подстраивается, темп нарастает, и вот он уже бьется в меня сзади, покусывает за шею и хватает за грудь — бурный оргазм накатывает на нас одновременно.

Ну что, теперь ты обо мне достаточно знаешь? По-моему, многовато... к тому же, если у нас до этого

дойдет, может, все будет совсем и не так. Как знать, вдруг мы придумаем что-то свое?..
Отправляюсь в постель, поласкаю себя чуть-чуть. Лизну палец и буду водить им вверх-вниз по клитору. И играть с грудью при этом, так что кончу очень быстро.
Спокойной ночи!
В.».

Перевозбудившись, я едва дождалась ответа, который, правда, пришел довольно быстро:

«Венди... Мне очень понравилось твое письмо! По-моему, мы абсолютно совместимы, вкусы у нас одинаковые, поэтому секс должен получиться феерическим... Вчера я зашел домой пообедать и хорошо поработал руками... сейчас я, кстати, занимаюсь тем же... печатаю одним пальцем! Я представляю, как ты посасываешь мои соски, я вхожу в тебя медленно и глубоко... а потом меняю позу на „собачку“... мне она нравится, как и тебе! С нетерпением жду, когда мы будем целоваться и снимать одежду друг с друга перед душем... я ведь приду к тебе после работы, в пыльном камуфляже...
К.».

Между этими письмами Кит довольно часто звонил и посылал эсэмэски. Сказать, что он был настойчив, — не сказать ничего, и мне это льстило. Когда Бен, что неизбежно должно было произойти, исчез из поля зрения, меня охватили тоска и грусть, а Кит дожидался тем временем своей очереди. Наконец, уступив неслабому напору, я согласилась встретиться еще раз.

Он приехал ко мне в среду вечером после работы. На подготовку у меня ушла вечность, но, забросав всю комнату бельем и одеждой, я наконец выбрала: бюстгальтер и кружевные трусики-танга цвета экрю, чулки с кружевным верхом, крепящиеся к поясу, жемчужное ожерелье и серьги, вечерние кремовые атласные туфли на шпильке. Поверх всего этого великолепия платье с запашным лифом. Получив сообщение, что он опаздывает, я налила себе водки с тоником и к его приезду как раз дошла до нужной кондиции, зато он был на взводе: мало того что не смог припарковаться, так еще его девушка дважды звонила, спрашивала, где он, почему опять задерживается на работе и когда наконец будет дома!

Я налила ему вина и поморщилась, когда он в рабочей одежде плюхнулся на мой обтянутый кремовым шелком диван. Заметив недовольный взгляд, он вскочил, а я спросила, не хочет ли он освежиться. Намек грязнуля понял и удалился в ванную, где плескался минут десять, я в это время тянула вторую водку с тоником. Когда, чистый, благоухающий и полностью одетый, он вышел из ванной, я решила взять дело в свои руки и обняла его. Получилось немного натянуто и напряженно, однако первый поцелуй все же состоялся. Он глубоко проник языком ко мне в рот — мило, но не возбуждает. Тогда Кит принялся гладить меня по спине, я делала то же самое, так мы добрались до дивана и продолжили целоваться и ласкать друг друга. Но что-то не включалось, и я пошла допивать, надеясь, что повышенный градус повысит и сексуальное притяжение. Нет.

Я положила его руку себе на бедро, повыше, чтобы он почувствовал через тонкую ткань платья подвязки чулок. Это должно было разжечь долгожданный огонь. Кит потеребил чуть-чуть кружевной верх, а потом спросил, как бы нам «уединиться». Я отвела его в спальню... раз-два-три, и вот он стоит передо мной обнаженный. Молодой, крепкий — но совершенно обмякший.

И что мне прикажете делать? Устроить танцы с бубном? Нет уж, с какой стати тогда было вешать мне лапшу на уши про неувядающий стояк? Он должен был возбудиться от одного моего присутствия, а он то ли перенервничал, то ли ему стыдно стало, то ли он импотент (или все это вместе). Сказать, что я разочаровалась, значит, ничего не сказать.

Сняв платье, я растянулась на кровати в самой зазывной позе, которую только могла придумать. Он поступил честно — подошел, стянул с меня трусики и принялся ласкать меня языком. Что-что, а это он умел. Я периодически дотрагивалась пальцами ноги до его паха, проверить, как там дела — вдруг, распаляя меня, он распалился сам? — но нет, зверь сидел в норе. Я решила, что хватит терять время, и позволила себе кончить. Должна же быть хоть какая-то радость!

Получив оргазм, я потеряла интерес к Киту. Я обычно не скуплюсь на отдачу, всегда отвечаю в оральном сексе любезностью на любезность, но мне, как художнику, нужен хоть какой-то рабочий материал. Не моя вина, что дамоклов меч завис у Кита над головой, а не вздымался гордо между ног — может, конечно, он только языком болтать горазд, а в штанах — пшик. Хотя сейчас он вообще без штанов...

Кит, разумеется, был обескуражен, и я обняла его — ничего страшного. Дальше он принялся объяснять, что ему стыдно перед своей девушкой, и мне пришлось устроить сеанс психотерапии. Тут он задергался, потому что домой опаздывал просто катастрофически, оделся, расстроенно сказал «до свидания» и отбыл. Худшей концовки я еще не видела. Парой электронных писем мы потом перебросились, но не более, все завяло — еще один классический случай, когда фантазии спасовали перед суровой реальностью.

Через несколько месяцев я уехала на отдых в Испанию. Лежала под тентом у бассейна, книга попалась скучная, сексуальная энергия на нуле... Я решила написать Киту эсэмэску:

«...влажные завитки волос на затылке, капелька пота стекает в ложбинку между грудями. Я обмахиваю бедра подолом юбки, становится чуть прохладнее... м-м-м... еще бы кубик-другой льда...»

Ответ пришел сразу же:

«Великолепно! Такое короткое предложение, но так много разных мыслей оно во мне пробудило! И каких мыслей! Спасибо, мой член встрепенулся».

Потом еще:

«Представляю, как намазал бы тебя маслом, потом завязал глаза, и мы бы занимались любовью везде, по всему дому...»

Ближе к вечеру пришло электронное письмо — я прочитала его в городском интернет-кафе.

«Привет, В.

Жарким, душным летним вечером мы стоим на балконе с видом на море и любуемся закатом, заготовив бутылку охлажденного белого вина. На тебе легкий воздушный сарафан, на мне — крахмальная хлопковая рубашка... мы изнываем от жары и желания...

Я встаю сзади... глажу твою попку, спину... чувствую твое тело под влажной хлопковой тканью... Мои ладони ложатся на твои обнаженные плечи, я опускаю тонкие бретельки... обхватываю высокую упругую грудь, мягко целую и покусываю затылок... слизываю капельки пота... мой напряженный член упирается в твои крепкие ягодицы, ложится между ними... Ты заводишь руки назад, чтобы расстегнуть пряжку моего ремня... выпускаешь на волю мой толстый, твердый член и притягиваешь меня поближе. Я одну за другой перебираю пуговки на сарафане... легкий ветерок гладит обнаженную кожу... платье падает на пол... мои руки ласкают и дразнят твои соски... скользят ниже, к гладкому лобку и мокрой киске...

Я дразню тебя пальцами и проникаю внутрь... Поднимаю тебя, ты направляешь меня, прижимаешься, я вхожу в тебя сзади... неглубоко... выхожу, чтобы ты сама попросила меня вернуться... быстрее, медленнее... мы занимаемся любовью, пока не скрывается солнце и ночная прохлада не загоняет нас в помещение.

Так, мысли бродят...»

Протяни ему палец — он всю руку откусит! Я представила себе всю эту сцену наяву, и от нечего делать на следующий день пошла бродить по городу в поисках пресловутого платья на пуговицах, которое Кит так часто поминал. Не нашла. Ну и что, собственно? Сцену мы уже разыгрывали — без особого успеха (по крайней мере, для Кита). И все-таки я продолжала сексуальную переписку до конца отдыха — чтобы убить время и слегка развлечься.

Я. Хочу, чтобы твоя голова прямо сейчас оказалась у меня между ног. Я истекаю от желания.

Он. Зашел домой перекусить. Почувствовал возбуждение, представил, как делаю тебе массаж, ты дала мне себя полизать, а потом перемерила весь ящик с бельем и устроила дефиле!

Я. Я в шезлонге, лежу на животе, подставив обнаженную спину богу солнца. Под его ласковыми лучами я расстегиваю верх купальника и забрасываю подальше. Если бы ты сейчас лежал подо мной, я терлась бы своим разгоряченным намасленным телом о твое прохладное и сухое.

Он. Ты стонешь под моими поцелуями, которыми я покрываю твои шею и спину. Ты встаешь, потихоньку направляешь мое устремленное в небо достоинство и медленно сползаешь вниз, пока твоя персиковая попка не приземляется мне на колени.

Я. Мои соски возбужденно торчат, я провожу языком по губам. Как бы я хотела, чтобы на их месте был твой гладкий длинный ствол.

Он. Я ублажал бы твою киску часами. У меня дикий стояк. Ты просто ненасытная! Я сжимаю в ладонях твою грудь, а потом провожу вниз, к гладкой коже между твоих раздвинутых бедер.

Я. Ты лакаешь, пробуешь меня на вкус, потом заходишь сзади и притягиваешь меня к своему пульсирующему...

Неиссякаемый источник подростковых фантазий, толстенный эротический роман... так мы продолжали до самого моего отъезда.

♀

Через несколько дней, когда голова моя была занята совсем другими мыслями (я стояла в очереди на почте в окружении благонравных старушек, пришедших забрать пенсии), мобильный пропиликал, что мне пришло сообщение.

«Ты стоишь передо мной... комбинация „бэби-долл", танга, пушистые тапочки на каблучке... одна нога на диване. Я целую, вылизываю и поедаю тебя, одновременно удовлетворяя себя самого».

Вот еще не хватало! А если какой-нибудь из божьих одуванчиков через плечо заглянет?! У старушки инфаркт будет!

«Ты что себе позволяешь? — гневно отстучала я. — Я в очереди на почте! Немедленно прекрати! Надоело!»

И чего я добилась?

«Еще как позволяю. Вчера в ванной меня посетила чудесная фантазия: мы с тобой на вечеринке. С нами заводят беседу симпатичная молодая грудастая блондинка и ее парень... ты с ними флиртуешь; мы слегка перебрали, вы с блондинкой начинаете трогать друг друга. Уходим все вместе в пентхаус с видом на Темзу... еще шампанского, а потом секс вчетвером. Никаких ограничений — я трахаю тебя, ты вылизываешь ее, я сосу у него, он целует твою грудь!»

В одно сообщение эта тирада не уложилась, пришли три одно за другим. Очередь начала недовольно коситься.

«У тебя все?!» — стиснув зубы, отправила я.

Тут я вдруг поняла, что меня зацепило в последнем сообщении, и я отправила следом: «...хотела бы я посмотреть, как ты у кого-то сосешь...»

Очередь шажок за шажком продвигалась, и наконец, не прошло и четверти часа, как раздалось долгожданное:

— Пожалуйста, в кассу номер пять!

ПОЛ
РЕТИВЫЙ ДЕТЕКТИВ

Мой крик разорвал тишину летней ночи, как сирена, сработавшая на кладбище. Высокие деревья в темном парке клонились друг к другу и шептали: «Смотрите, смотрите!» В доме напротив мужчина, дремавший перед бормочущим телевизором, вскочил с мягкого дивана, выглянул в окно и кинулся звонить 999. Соседи повыскакивали на балконы — драматичное, живое, напряженное действо, разворачивавшееся на улице, не шло ни в какое сравнение с тем, что показывали на экране...

Я приехала в Хемпстед на заседание комитета нашего общества одиночек — собрание проходило на квартире моей подруги. В половину одиннадцатого повестка дня себя исчерпала, мы собрали бумаги, попрощались и разъехались. В машине я, как обычно, заперла двери, положила папку на пассажирское сиденье, а сумочку кинула под ноги. По дороге, подпевая старой романтичной песне на «Харт FM», я вдруг вспомнила, что надо купить молока, и завернула к круглосуточному магазинчику у станции «Мейда-Вейл». Ярко освещенная улица, залитая огнями витрина — все вокруг было таким светлым и спокойным... На углу целовалась парочка. Какая-то женщина изучала объявления в окне риелторской конторы. У светофора курил темноволосый бородатый мужчина. Продавец-азиат, протиравший исшарканный линолеум старой веревочной шваброй, приветливо кивнул мне, когда я вошла. Купив пинту молока и банан на завтрак, я вернулась в машину. В этот раз сумочку кинула на пассажирское сиденье, пакет — на пол. Пристегиваться не стала — до дома всего ничего. И двери тоже не заперла.

Свернула на свою улицу, огибающую Паддингтонский парк. Ухоженный и уютный, он обычно полон радостных, веселых голосов — беседы прогуливающихся по дорожкам, детский смех, лай собак, воркование влюбленных, размеренное дыхание спортсменов, стук теннисных мячиков... Днем это оживленный оазис, однако ночью... ночью в парке мрачно и глухо. Свет уличных фонарей не проникает сквозь густую листву. По обеим сторонам дороги парковка — вроде бы благо для нас, местных жителей, но в то же время и обуза. По кустам шныряют всякие подозрительные личности, скрываясь в темноте за плотно поставленными машинами. Иногда поздним вечером тут все равно людно — такси подъезжают, соседи собак выгуливают, — но в ту ночь не было ни души. Темно, тихо и пусто. Лиса пукнет — и то слышно.

Я зарулила на свободное место ближе к парку, выключила двигатель, вытащила ключ из зажигания и убрала панель магнитолы. Нагнулась за папкой с бумагами и пакетом из магазина. Приготовила ключи от квартиры. В общем, провозилась чуть дольше, чем обычно.

Вдруг ни с того ни с сего распахивается пассажирская дверь, и парень в кожанке поверх спортивной куртки с капюшоном хватает с переднего сиденья сумочку. «НЕТ!!!» — раздался вопль у меня в голове, и я, не раздумывая, выскочила из машины, завывая как сирена, и вцепилась в парня, крича: «Отдай сейчас же!» Мы тянули сумку в разные стороны — я за одну ручку, он за другую. Сумка в результате раскрылась, и содержимое полетело на дорогу. Ни я, ни он не уступали, грабитель пытался меня стряхнуть, но я держалась мертвой хваткой. Тогда он толкнул меня на другую сторону улицы и вмазал спиной в припаркованную машину. Я выпустила сумку, но вцепилась в рукав его кожанки и в ярости вырвала его с мясом.

И тут у него откуда ни возьмись оказался пистолет. Грабитель стоял передо мной в классической позе стрелка — ноги расставлены, пистолет зажат в вытянутых руках — целится почти в упор.

— Пусти, а то мозги вышибу!

У меня пронеслись одна за другой три мысли.

1. Это сон.

2. Если он меня застрелит, я ничего не почувствую.

3. Мамочка-мои-дети-как-же-так...

...И тут он меня ударил.

Удар пришелся в лоб, я повалилась на левое колено и подвернула запястье, когда пыталась опереться на руку, чтобы смягчить падение. Грабитель принялся колотить меня по затылку рукояткой пистолета. С балкона донеслись рыдания и крик соседки:

— Прекрати! Оставь ее!

Звук шел как будто сквозь вату. Я скорчилась в канаве, гадая, когда и как все это кончится... и вдруг все и вправду закончилось, так же внезапно, как и началось. Наверное, секунд сорок прошло, не больше.

Подняв голову, я смотрела, как грабитель удаляется с моей полупустой сумочкой в руках. Пройдя немного пешком, он сел на велосипед, который тащил за собой, и уехал. Меня окружили выскочившие на шум соседи, за грабителем никто погнаться не догадался. Собственно, с чего бы им это делать?

Потихонечку-полегонечку меня поставили на ноги, я стала проверять, все ли цело. Подвигала кистями. Не сломано. Посмотрела вниз — туфель нет, пальцы разбиты и кровоточат. Сорваны сережка и золотой браслет. Несколько порезов, царапин и кровоподтеков на руках, колено в кровь, на голубых джинсах расплывается пятно как от малинового морса. Голова гудит, три ногтя сломаны (вот черт!), но в основном ничего серьезного. Я ощутила прилив сил, какой-то триумф — мало похоже на чувства, которые испытывает жертва ограбления. Соседи собирали рассыпавшиеся по всей дороге причиндалы и складывали их рядом со мной, как трофеи с поля битвы. Бумажник с кредитками, электронный ежедневник, косметичка, блокнот с ручкой и (какое счастье!) оба комплекта ключей.

— Вы здорово отбивались! — отметил какой-то мужчина, подавая мне туфли.

— Как вы? — участливо поинтересовался другой. — Мы вызвали полицию...

— Грабителя рассмотрели? — Это соседка из тридцать шестой.

— Может, в «скорую» позвонить? — предложил кто-то четвертый, поддерживая меня под руку.

Они стояли на проезжей части и наперебой рассказывали, как все было. Мои слова уже ничего не значили, им интереснее стало слушать друг друга. Пара со второго этажа осторожно увела меня в подъезд, и когда я вошла в квартиру, как раз прибыла полиция. В гостиной разместились двое констеблей в форме и три женщины-полицейских в штатском.

— Хотите что-нибудь выпить? — гостеприимно предложила я. — Чай? Кофе?

Они дружно покачали головой.

— Твердим-твердим, что вооруженному грабителю лучше сопротивление не оказывать... — укоризненно заметил один. — Хотя вы вроде неплохо справились. В больницу совсем не хотите?

Я отказалась, но приняла из рук женщины-полицейской стакан воды. Хотелось закурить, притом что я практически не прикасаюсь к сигаретам. Я сделала заявление, дала краткое описание грабителя — правда, физиономию его я за время нашей схватки так и не разглядела, к сожалению. В лицо смерти взглянула, а в глаза преступнику — не решилась. Врезать ему по яйцам или изобразить каратистский приемчик, как в кино, тоже не вышло. Надо быть сумасшедшим, чтобы злить вооруженного грабителя, — или ангелом Чарли.

Потом появился эксперт-криминалист и взял у меня из-под ногтей пробу на ДНК. Положил в пластиковый пакет мою футболку — ее будут проверять на наличие частичек ткани преступника. Приехал полицейский фотограф, зафиксировал все следы побоев. У меня обнаружилось четырнадцать разных отметин и несметное число синяков, которые назавтра начнут переливаться всеми оттенками от сиреневого до черного. Я изложила, что помнила, и к часу ночи, когда прибыл еще один сотрудник с большим фотоальбомом, могла точно сказать, как грабитель не выглядел, а вот как выглядел и на кого был похож, понятия не имела.

Опросив соседей и случайных свидетелей, убедившись, что больше никто ничего показать не может, полиция уехала, оставив меня одну. Припарковалась я где-то без двадцати одиннадцать, сейчас без пятнадцати два.

— Что, черт подери, со мной стряслось?! — прерывающимся голосом спросила я у своего отражения в большом зеркале.

Ужасно хотелось с кем-нибудь поговорить, но звонить в такое время уже неприлично. Я налила ванну, капнула туда лавандового масла и погрузилась в умиротворяюще теплую ароматизированную воду. Смыла запекшуюся кровь, сняла косметику и отправилась в постель. Учащенное сердцебиение не унималось, пришлось успокаиваться глубоким дыханием по системе йогов. О том, чтобы заснуть, даже речи быть не могло, поэтому я включила телевизор, создавая видимость присутствия. Иногда я задремывала, снова и снова прокручивая в голове сцену ограбления — перематывая вперед, ставя на паузу и отматывая назад, как видеопленку, которую так и тянет пересмотреть. Думала о последствиях, о том, что исход мог бы получиться гораздо трагичнее, и неустанно благодарила Господа за заботу обо мне и моих детях.

Проснулась я утром на подъеме, чувствуя избыток сил и приток адреналина. Как дикий зверь в джунглях.

Я ходила по квартире, расправив плечи и сжав кулаки.

— Только суньтесь, ублюдки! — крикнула я в пустоту.

Я ожидала от себя чего угодно — обморока, истерики, тошноты, припадка. Ничего подобного не произошло (и к счастью, потому что народ принял мою квартиру за филиал корраля «ОК» после знаменитой перестрелки и решил устроить день открытых дверей).

Услышав о ночном происшествии, один за другим прибыли: моя подруга Мэгги с пачкой травяного чая и утешениями; напуганный и полный сочувствия председатель ассоциации жильцов; консьерж, обещающий «прибить ублюдка»; малознакомая соседка с букетиком розовых гвоздик. Было приятно, что есть кому позаботиться обо мне в тяжелый час. Когда я наконец всех выпроводила, позвонили из отдела уголовного розыска Паддингтон-Грин, предупредить, что ко мне выехали двое сотрудников команды по борьбе с преступностью.

Я нажала кнопку домофона, и с лестницы донесся тяжелый топот. Когда я открыла дверь квартиры, на пороге обнаружились высоченный детина ростом шесть футов одиннадцать дюймов, в ботинках размером с гроб, и напарник, помоложе, потоньше и пониже, зато с весьма самодовольным видом. Возможно, ему было чем гордиться. Хотя бы внешностью как у Пирса Броснана. М-м, ради этого и ограбление стоит пережить. Бессонная ночь, разумеется, свежести коже не добавила, но глаза мои сияли ярко, а тело источало притягательные феромоны.

Полицейские уселись на диван пить предложенный кофе. Маленький Коп рыскал глазами по всей комнате в поисках указаний на мой статус и семейное положение. Профессиональный интерес, а может, личный —

мне было неважно. Главное, что интерес присутствовал. Большой Коп задавал вопросы, а Маленький буравил меня взглядом. Я отвечала так, чтобы было понятно — отвечаю и Маленькому тоже, при этом удерживая зрительный контакт. Полицейский старательно кивал. А может, и вправду внимательно слушал. А может, у него преждевременная болезнь Паркинсона и косоглазие. А может, я окончательно сдвинулась и решила, что все встречные мужчины при виде меня теряют голову...

Когда Большой Коп кончил записывать, я поинтересовалась насчет повысившегося уровня преступности в нашем районе, спросила, как часто они патрулируют ночью, каков процент раскрываемости. Все дружно пришли к выводу, что жить в центре становится все опаснее.

— Особенно для одинокой женщины... — заметила я, бросив многозначительный взгляд на Маленького Копа.

— К тому же у вас тут большие муниципальные дома поблизости. Килберн, Квинс-парк, — добавил Большой Коп, собирая бумаги. — А там много преступных элементов... нападают на тех, кто побогаче, кто живет здесь и в Сент-Джонс-Вуд... неплохую кормушку себе нашли...

Полицейские поблагодарили за кофе, за то, что уделила им время. Большой Коп пожал мне руку и вышел на лестничную площадку. Маленький задержался перед картиной — репродукция Писсарро под названием «Place du Theatre Francais, Rain»* 1897 года. Я купила

---

* Place du Theatre Francais, Rain (*фр.*) — «Площадь Французского театра в дождливую погоду».

ее в благотворительной лавке за пять фунтов, покрыла лаком, искусственно состарила, сделала новую раму, так что теперь она выглядела как старинная картина маслом. Одобрительно кивнув, второй полицейский тоже пожал мне руку, задержав ее чуть дольше положенного. Интересно, сегодня планеты как-то по-особенному расположились? Эмоциональный подъем заканчивался, накатила неуверенность с примесью страха. Наверное, это легко было прочесть в моих глазах. Кто бы меня обнял?

— Если что, звоните, — участливо произнес полицейский, видимо почувствовав перемены в моем настроении. — Любой вопрос, пусть даже самая малость...

— Спасибо, непременно, — кивнула я.

Полицейские потопали вниз. Я закрыла за ними дверь и понесла кофейные чашки на кухню. Глубокая тоска накрыла меня с головой, наконец-то захотелось плакать. Я вышла на балкон, глотнуть воздуха, и посмотрела вниз, на улицу. Двое моих гостей как раз выходили из подъезда.

Большой Коп уселся на водительское сиденье полицейской машины без мигалки и надписей, а Маленький — на пассажирское. Зажужжав, открылся люк в крыше, и я увидела его в просвете. Как будто почувствовав мой взгляд, он поднял голову и едва заметно помахал мне. Я улыбнулась и помахала в ответ.

— *Что-то будет?* — *спросил Большой Коп, когда машина рванула с места.*

— *Не знаю. Возможно.* — *Маленький заговорщицки подмигнул коллеге.*

Я в подавленном настроении ушла с балкона и набрала номер своей лучшей подруги, Карины.

— Как думаешь, очень неприлично западать на констебля Ее Королевского Величества при исполнении?

— Наверное, да, — убежденно ответила Карина. — Догадываюсь, почему возник такой вопрос. Ты что, и пяти минут без мужчины посидеть не можешь? Скажи спасибо, что жива осталась... тебе бы лежать с холодным компрессом на лбу, а не за полицейскими бегать.

— Он в штатском, — придумала я оправдание. — И между нами явно что-то возникло.

— Это не повод... — вздохнула Карина. — Я бы лично к нему на пушечный выстрел не приближалась, но раз уж тебе так надо... Все, что могу сказать: держись, не поддавайся, дело рано или поздно закроют.

— Чем скорее, тем лучше. Я, кажется, влюбилась.

В течение следующей недели я получила море слов сочувствия, утешения и поддержки от родных, друзей и соседей, так что моя вера в человечество в целом восстановилась. Я и представить не могла, сколько у людей теплоты и сердечности. Я дала интервью местной газете, скормив им сильно приукрашенную версию, которую они напечатали слово в слово. Меня сфотографировали на фоне машины — получилась этакая супербабушка-мстительница — и поместили статью на первой странице под заголовком «Достойный отпор вооруженному грабителю». Я стала местной знаменитостью. Меня узнавали на улицах, и совершенно незнакомые люди приветственно кивали. Кто-то в ужасе прицокивал языком.

Горя желанием снова увидеть Маленького Копа, я дозвонилась в субботу с утра в полицейский участок, узнать, дежурит ли он сегодня. Он дежурил. Тогда я подкатила к Паддингтон-Грин, сжимая в разгоряченной ладони газету со статьей про меня. Припарковалась у рынка на Черч-стрит и вошла в самое крутое отделение лондонской полиции — именно сюда привозят на допрос подозреваемых в терроризме. Я смело шагнула к стойке и спросила у дежурного, как мне найти детектива Дрейка.

— Меня ограбили на прошлой неделе, — объяснила я свой интерес. — Надо сообщить следствию новые подробности.

Что сообщить, я понятия не имела. Надеялась, что подходящая мысль появится раньше, чем детектив (и что никто не удивится, зачем я лично явилась, если можно было по телефону рассказать).

Дежурный позвонил, и вскоре, преодолев систему безопасности в виде двойных дверей, в противоположном конце вестибюля показался Маленький Коп. Он был еще ниже, чем я его запомнила, и при виде меня страшно удивился. Волосы растрепанные, как будто он в задумчивости их ерошил (а-а! я тоже хочу!). Джинсы, кремовая футболка с длинными рукавами и замшевые ботинки на шнурках. Милый и сладкий.

— Привет! — Голос мой прозвучал на несколько октав выше, чем хотелось бы. — Просто проезжала мимо... Скажите, вы вот это уже видели?

И я развернула перед ним газету. Там на фотографии я стояла, уперев руки в боки, всем своим видом говоря: «Только попробуй тронь!» Маленький Коп приподнял брови и засмеялся.

— Боже! — Он пробежал глазами статью. — Хорошая фотография.

— Спасибо! — Мне было приятно. — Подумала, может, статья вызовет отклик... Или хотя бы подскажет другим женщинам, что, возвращаясь домой поздно ночью, им надо быть начеку.

— Правильно, оповещение — это в любом случае хорошо. К тому же могут откликнуться другие жертвы, узнав почерк преступника... — Он умолк.

— Да, и еще... — Я лихорадочно искала хоть какую-то свежую идею. Нашла. — Хотела спросить — можно ли мне носить какое-нибудь средство защиты... газовый баллончик, например?

— Боюсь, что нет. Они считаются орудием нападения... лучше лак для волос. Держите в сумочке или в машине. Еще хорошо бы личную сигнализацию на случай нападения. У нас продаются в участке.

— Да... Надо купить, — кивнула я с видом знатока.

Вокруг сновали люди, у стойки дежурного собралась группка неформалов и бродяг. Не самое подходящее место для флирта.

— Будете держать меня в курсе, как продвигается расследование? — Я цеплялась за любую возможность продолжить разговор.

— Конечно. Но дело веду не я, а детектив Доусон. Я тогда просто за компанию заехал.

— Поня-ятно. — Огонек в моих глазах разочарованно потух. — Но футболку вы мне отдадите? — Я хваталась за... хм, за футболку.

— Конечно. Правда, раньше чем через пару недель криминалисты улики не отдают...

— Это ничего. Вряд ли я ее теперь когда-нибудь надену. Как счастливая майка она себя не оправдала.

Полицейский улыбнулся.

— Спасибо вам за все. — Разговор исчерпал себя окончательно. — Приятных выходных.

— Какие уж тут выходные... — вздохнул он и, понизив голос, добавил: — Будьте осторожнее.

Мы распрощались, и я вышла из участка. Дохлый номер. Домой я ехала подавленная, не понимая, с чего вдруг мне так приспичило с ним встретиться. Надеюсь, хоть не слишком себя выдала...

Некоторое время, стоило мне услышать полицейскую сирену, я млела, представляя: вот он, на белом скакуне с синей мигалкой, мчится сквозь ночь, дабы искоренить зло именем закона. Еще я частенько ездила мимо Паддингтон-Грин, где в уродливой бетонной башне сидел благородный слуга закона.

Прошло несколько недель, и я вдруг удостоилась звонка. Криминалисты с футболкой закончили — можно забирать.

— Как вы, подъедете за ней? А то могу забросить как-нибудь вечером после работы...

Ого, неожиданный поворот!

— Тогда, если вам не сложно... Привезете?

— Конечно. Где-нибудь в четверг, если не задержат. Около семи.

— Я буду дома. — Не забыть перенести на неопределенное время все остальные встречи.

Повесив трубку, я снова почувствовала необъяснимый душевный трепет. Сам завезет футболку? Когда у детективов наверняка полно других дел. Я придавала этой крошечной любезности огромное значение и всю неделю порхала где-то между восьмым и десятым небом.

В четверг я тщательным образом (но чтобы не бросалось в глаза) подготовилась. Полицейский прибыл в начале восьмого. Сердце у меня затрепетало, как запертая в клетку канарейка, а он с широкой улыбкой протянул мне пакет.

— Заходите! — пригласила я. «Пойдемте в койку?»

Это мысленно. Вслух было сказано: «Выпьете колы?» Детектив удобно расположился на диване со стаканом. Мы поболтали о том о сем, совершенно не касаясь личных моментов, хотя именно теперь бы их и коснуться... Я поведала, как подала заявку в Вестминстерский совет на улучшение уличного освещения и как там все быстро сделали. Рассказала, что теперь постоянно держу ухо востро, когда поздно возвращаюсь домой одна. Спросила, сколько он служит в полиции и какие у него бывали исключительные случаи на работе. Он поделился, как однажды они брали преступника, а тот вдруг кинулся с ножом, я изобразила положенные ужас и сочувствие, но в целом за рамки светской беседы наш разговор не выходил.

Вряд ли в эту беседу вписались бы вопросы типа: «Не хотите зафиксировать мои параметры?» и «Какого размера у вас дубинка?». Наконец мы иссякли, и детектив поднялся, собираясь уходить. Мы попрощались за руку в дверях, и он уже перешагнул порог, когда меня в очередной раз осенило.

— Пол! — Я впервые назвала его по имени. — Меня очень впечатляет, как ваш отдел ведет расследование («перепихнуться, я так понимаю, нам не удастся...»), и я подумала — как бы мне выразить вам всем («а главное, тебе») благодарность? За то, что вы обо мне заботились все это время?

— Что вы, это наша работа! Но если хотите, можете сделать пожертвование в Фонд вдов и сирот. У нас на стойке дежурного имеется ящик для сбора.

— Хорошо! — Ура, новый повод его подкараулить! — Я что-нибудь придумаю. Еще раз спасибо за футболку.

Он ушел.

Привыкнув не откладывать дела в долгий ящик, я тут же выписала чек на двадцать пять фунтов и приложила записку, адресованную лично Маленькому Копу. Теперь, когда на меня никто не глядел в упор и можно было не смущаться, я закончила ее так: «... если вам захочется встретиться со мной снова, когда дело будет закрыто, я с радостью угощу вас выпивкой — ведь вы уже не будете при исполнении?»

Предлог я в этот раз придумала совсем хилый, но слепая страсть все равно привела меня в субботу к полицейскому участку в зыбкой надежде застать там своего детектива. К моему глубокому огорчению, перед стойкой дежурного змеилась очередь из иммигрантов, бомжей и ограбленных на соседнем рынке. Неужели они не понимают, что у меня дело еще более спешное, срочное и не терпит отлагательств? Ведь если я не соблазню слугу короны, тем самым превратив его личную жизнь в рай, он не сможет с честью выдержать испытания судьбы на поле брани!

Ждать мне в конце концов надоело, я опустила конверт в ящик для пожертвований и убралась домой несолоно хлебавши.

Потом я еще какое-то время думала о Маленьком Копе, но жизненные коллизии взяли свое, и постепенно я забыла о детективе.

Прошел почти год. Я поехала по делам в Миддлсборо (не спрашивайте...) и ночевала в отеле. Был вечер, я только что вкусно (хоть и одиноко) поужинала в тайском ресторанчике при гостинице. Сидеть одной в вестибюле под взглядами серой массы коммивояжеров не хотелось, поэтому я ушла в бизнес-центр, проверить электронную почту. И что бы вы думали? В потоке спама, приколов, писем от друзей и клиентов обнаружилось одно от совершенно незнакомого адресата. Чуть не скинув его в корзину, в последний момент я все-таки решила открыть. Челюсть у меня отвисла, наверное, до пояса — я сидела, уставившись на экран, и возносила хвалу покровительнице всех озабоченных жертв ограбления за то, что явила мне свою благосклонность.

Письмо было от Маленького Копа, который пространно извинялся, что не сразу поблагодарил за пожертвование. Его, оказывается, отправили на стажировку в Штаты, но теперь он вернулся и спрашивает, как насчет моего предложения угостить его выпивкой — оно еще в силе спустя год? Даже под пытками талибов я не вспомнила бы, как его зовут, но чувства, которые он во мне вызывал, немедленно всколыхнулись, и приятное тепло разлилось как патока у меня по спине.

Я ответила сразу же, коротко и по существу: **«Здравствуйте, Пол. Не ожидала получить от вас весточку спустя столько времени, однако с удовольствием встречусь, когда мы пересечемся во времени и пространстве».**

Заруби себе на носу — а лучше засунь под шлем, ищейка.

Он ответил на следующий день. Всю неделю мы перекидывались легкомысленными посланиями, пока не договорились встретиться в Ноттинг-Хилле, в пабе «Метрополитен», посмотреть стартовый матч Англии в чемпионате Евро-2004. Нет ничего лучше первого свидания, но это не шло ни в какое сравнение с теми, к которым я привыкла.

В футболе я была, есть и буду шлюхой. Болею за команду своего текущего партнера — а иногда за их соперников, если чувствую, что надо разжечь конфликтик для остроты чувств. Когда папа с сестрой болели за «Тоттнем», я стала фанаткой «Арсенала». Они за Оксфорд, я за Кембридж. Когда я жила с фанатом «Челси», не сомневалась ни на секунду, что «синие круче всех»; когда встречалась с болельщиком «Ливерпуля», девизом стало «Ты никогда не будешь один»*. (Потом, правда, захотелось его сменить на «Хорошо, что такой мерзавец только один», но это отдельная история.)

Днем, перед встречей в пабе, я отправила Полу сообщение: **«Можешь встретить меня снаружи? Не хочу соваться в это царство тестостерона в одиночку».**

---

* «You'll never walk alone» — песня из мюзикла «Карусель», ставшая гимном футбольного клуба «Ливерпуль».

На самом деле я просто плохо помнила, как он выглядит, а лезть сквозь толпу и кидаться на шею совсем чужому парню было бы верхом неприличия. Я припарковалась, мысленно поздравив себя с тем, как здорово все обернулось. Сколько еще жертв ограбления могут похвастаться, что заловили в свои сети следователя? (Как впоследствии оказалось, довольно много. Полицейские — те еще бабники, липнут на все что шевелится. «Форма» равно «сексапильность» равно «власть».)

Пол дожидался меня снаружи, одетый в джинсы и белую льняную рубашку. Очень аппетитный. День был погожий, так что мы уселись на открытой пивной веранде скоротать время перед матчем. Теперь, не скованный долгом службы, он производил совсем другое впечатление. И времени на раскачку не тратил. Сразу объявил о своих чувствах ко мне, признался, что я ему сразу приглянулась, но пока шло следствие, руки у него были связаны. Ура, инстинкт меня не обманул! К тому же своих намерений я тоже не скрывала. Ему оставалось только заглотить наживку.

Когда начался матч, мы просочились в задние ряды и нашли пятачок, где можно стоять и смотреть на экран. Я пила водку с тоником, мой спутник предпочитал лагер — хотя, если точнее, предпочитал он меня. В пабе было тесно, мы стояли близко-близко, и вскоре уже шептали друг другу на ухо с тем сексуальным зарядом, который бывает только в самом начале отношений. Или, как в моем случае, после двух водок с тоником. Детектив оказался разговорчивым, то и дело меня касался, а в какой-то момент приподнял мои волосы и начал поглаживать ямочку на затылке.

— Я об этом с первой встречи мечтаю! — признался он.

А потом рассказал, как его напарник спрашивал в машине: «*Что-то будет?*»

Каждой женщине любопытно узнать, «что же он почувствовал, когда впервые меня увидел», и Пол выдавал мне все сам, без понуканий, на блюдечке с голубой каемочкой. Перемежая откровения ласковыми улыбками и поглаживаниями. Страсти на экране накалялись, толпа росла, и нас совсем стиснули. Пол встал у меня за спиной, и я оказалась в крепком кольце его рук. Я прижалась к нему, наслаждаясь каждой секундой. Мы быстро сблизились, однако, напомнила я себе, мы ведь, по сути, уже год знакомы. К концу матча практически не осталось сомнений, в каком направлении будет развиваться вечер.

Игра закончилась жутким разгромом — полтора часа Англия одерживала верх, а к финишу пришла второй — прямо как идеальный любовник. Рука об руку мы с Полом вышли из паба и сели ко мне в машину.

— Ничего, что я за рулем? — спохватилась я, уже вставив ключ в зажигание. Изобразим трезвого и ответственного члена общества. — Учитывая твою должность...

— Главное, что за рулем не я, — усмехнулся он в ответ, гладя мою ногу. — В случае чего, надерут тебя. (Да, да надери меня!)

— Норму я точно превысила! — Честно предупреждаю.

— Тогда веди аккуратнее, — посоветовал он, наклоняясь, чтобы поцеловать меня в шею. Я завела машину и медленно поползла к дому.

По лестнице мы буквально взлетели и, едва переступив порог, бросились друг на друга. Первый поцелуй смел нас как ураган. Я с трудом верила, что сбывается то, о чем я так долго мечтала. Мы проголодались во всех смыслах, но я цепко держала Пола в объятиях, потому что хотела продлить удовольствие, посмаковать. Утащила его в кухню и приготовила яичницу с копченым лососем. Как справилась, не знаю — Пол все время меня отвлекал поцелуями в шею и ласками. Наскоро перекусив, мы вернулись на диван в гостиной, где нам уже наконец ничего не мешало. Мы распалились не на шутку, но при этом я как-то умудрилась остаться полуодетой и не сдаваться до конца. Детектива это привело в изумление, однако он не решился настаивать, наверное памятуя о своей должности и о том, как мы познакомились. Мало ли, еще обвиню в изнасиловании. А я просто хотела потянуть момент и не показаться слишком доступной.

К тому же я обожаю все первое, и когда оно становится вторым, вся острота куда-то пропадает.

Около полуночи, следуя стихийно сложившимся в моей голове правилам, я неохотно отослала его домой. Он же вернется? Вернется. А ожидание сделает встречу более желанной. Спать я отправилась в предвкушении, думая о том, что принесет завтрашний день.

Он принес сообщение «С добрым утром!» на телефоне. Я расплылась в улыбке, а детектив потом звонил и слал мне эсэмэски всю неделю. Я настроила радио на «Харт FM», подпевала всем подряд песням о любви и купалась в волнах счастья.

Следующее свидание мы назначили на вечер пятницы. С неистребимой верой в себя и ослиным упрямством я твердила: «Не буду с ним спать... Спать с ним не буду...» Опыт показывал, что в любых отношениях начало — самая лучшая пора, поэтому торопить события в мои планы не входило. Как только он получит желаемое, его тут же понесет дальше. А зачем лишаться восхитительного предвкушения, обещания, сладких мук нерешительности: делать — не делать, надо — не надо? Как известно, если ты взобрался на пик и насладился прекрасным видом, дорога у тебя одна, вниз. Неизведанности как не бывало, новизну не вернешь — можно, разумеется, поссориться и помириться, но радости от этого на пять минут, не больше.

Почему-то я внушила себе, что на Пола у меня куда более серьезные виды, чем просто одноразовый секс. Ему сорок, приличная работа — вполне приемлемый кандидат на роль постоянного бойфренда. Надо же мне как-то остепениться. Пока он вел себя безупречно, и я со своим оптимистическим невежеством полагала, что есть неплохая возможность рассчитывать на что-то длительное. В пятницу он должен был повести меня ужинать в ресторан, однако днем позвонил сказать, что забегался и не успел заказать столик. Я проявила сочувствие и понимание.

— Что-нибудь придумаю, не беспокойся!

Даже если бы он потащил меня в забегаловку в районе доков, я бы не расстроилась — с ним всюду можно. И потом, он же собирался заказать? Собирался. Это главное.

По содержимому моего холодильника всегда можно определить, есть у меня сейчас мужчина или нет. Например, лагер — сегодня на верхней полке уютно устроилась упаковка из шести банок. При виде ее у меня в груди разливалось приятное тепло, и каждый

215

раз, когда я открывала холодильник, лагер заговорщицки подмигивал мне и посылал воздушный поцелуй. Без пятнадцати восемь, настроившись на встречу, я поделала упражнения из йоги и уселась на пол в позе лотоса, твердя про себя: «Я не буду с ним спать... Спать я с ним не буду... Не буду я с ним спать...»

Он прибыл с хулиганской улыбкой и бутылкой вина в изумрудно-зеленой гофрированной бумаге. Расфуфыренный и восхитительно пахнущий. Очутившись в прихожей, он тут же по-хозяйски потянулся ко мне и, заключив в объятия, поцеловал.

— Рад тебя видеть! — поздоровался он, передавая мне бутылку.

Под оберткой обнаружилось шампанское «Лоран-Перье». Подумать только! Невероятно стильно! Я достала два хрустальных бокала и бутылку бальзама из черной смородины. Мы выпили за встречу, глядя друг другу в глаза и читая в них обещание. Потом сидели, разговаривали, он то и дело наклонялся поцеловать меня или погладить по щеке. Рук мы не разнимали.

Когда у меня какое-то время никого нет, я принимаю это как данность, день ото дня становясь чуть жестче и закаленнее. Я окружала себя толстенными каменными стенами, выстраивая оборону, чтобы не получить удар в спину. Но крепость рушилась в мановение ока, подъемный мост гостеприимно перекидывался надо рвом, стоило мне поймать любящий взгляд или почувствовать ласковое прикосновение. Нет, сдаваться нельзя! Был момент, когда мы сидели на диване, Пол забрал у меня шампанское, поставил его на стол и крепко прижал меня к себе, гладя по волосам. Я слышала стук его сердца, страсти играли, как пузырьки в шампанском. Желание сдавливало грудь. Я отстранилась усилием воли и посмотрела прямо в его бархатистые карие глаза.

— Пол, — тон мой был донельзя серьезным, — у меня к тебе просьба. Опиши, пожалуйста, что конкретно ты сейчас чувствуешь.

Он взялся за трудное дело с неожиданным пылом и без запинки перечислил:

— Восторг, возбуждение, подъем, желание, все чувства обострены...

Ух ты! Я и сама бы лучше не смогла.

— Пол, — повторила я, с нежностью произнося его имя, — ты понимаешь, что лучшее между нами происходит именно сейчас? Больше это время не повторится... оно так мимолетно. Я думала о тебе и ждала тебя с нетерпением, но хотела бы узнать поближе, прежде чем перейти к чему-то более серьезному.

А потом удивляемся, почему мужчины не могут понять женщин. В переносном смысле мои ноги были с самого начала гостеприимно раздвинуты, а теперь, в решающий момент, я взяла и резко свела колени.

— Мы оба прекрасно знаем, к чему все идет, — продолжила я свою речь, — но стоит нам достичь пункта назначения, все изменится. Почему бы не растянуть удовольствие? То есть вместо того, чтобы лететь на экспрессе, можно ведь насладиться пейзажем?

Вид у него был слегка ошарашенный. Неудивительно. Он улыбнулся и поцеловал меня, слегка поколебав с такой решимостью воздвигнутые бастионы. Остатки шампанского были разлиты по бокалам, и мы подняли еще один тост. Детектив задумчиво молчал — наверное, ломал голову, когда же теперь ему ждать обещанного секса. Столик у нас был заказан на половину десятого. В девять с четвертью я спросила:

— Что, будем отменять заказ? — Я уже была готова взять все свои слова обратно.

— Нет. Пойдем поужинаем.

Теперь он бил меня моим же оружием. Рука об руку мы дошли до «Уоррингтона» и устроились за столиком наверху, в тайском ресторане. Пол рассказывал о своей молодости, и у меня создалось впечатление, что он довольно чуткий человек, не стесняющийся проявления чувств. Как и я, он дважды был женат, у него двое детей, а вот работа прочности отношений не способствует. Хм. Спасибо, что предупредил. И еще он сказал, что в тот первый визит ко мне на квартиру хотел поцеловать меня на прощание. Мы посмеялись и заодно вспомнили, как махали друг другу из машины и с балкона.

После ужина мы вернулись ко мне и продолжили неторопливое обольщение. Целовались, ласкались, гладили, дразнили, танцевали, пили, бросали друг на друга долгие многозначительные взгляды. Он лег на меня сверху, не раздеваясь, и наши тела соединились, насколько можно соединиться не соприкасаясь обнаженной кожей. Нас захлестывало чувство, которое я назвала бы зовом плоти, но при этом я готова была влюбиться. Интересно, что бы ответил Пол, если бы я спросила, ощущает ли он то же самое? Кенни Роджерс пел «Леди», леди я и пыталась быть, но, как женщина, я безумно хотела лежащего на мне мужчину, сейчас и точка. В два часа ночи, когда все плотские желания разбились о воздвигнутую мной глухую стену, у Пола был только один путь — домой. Вечер закончен.

Я убрала со стола и счастливая отправилась спать, но заснуть не смогла. В половине четвертого все-таки задремала с улыбкой на лице, а в половине седьмого проснулась с той же улыбкой.

В субботу от него не было ни слуху ни духу, но я знала, что он в отъезде, его попросту нет в Лондоне. К счастью, у меня тоже нашлись дела. Набрала сообщение: «Спасибо за волшебный вечер. Лучшее впереди…» — но не отправила. Гораздо приятнее было бы получить такое от него. Уже за полночь, когда я ложилась спать, телефон пискнул, сообщая, что получено послание. «Я в ночном клубе в Кембридже. Надеюсь, ты хорошо провела день».

Я расщедрилась на: «Развлекайся. Надеюсь, девушки там не очень симпатичные» — и легла. Ответ от него пришел в час двадцать две и, конечно, меня разбудил, но я специально не выключала телефон. «Таких красавиц, как ты, здесь точно нет».

И слава богу, подумала я, уютно сворачиваясь клубочком и засыпая сном младенца.

В понедельник Пол пригласил меня поболеть за Англию в очередном матче, который он собирался смотреть с товарищами по работе. В моих планах значилась йога, но после приглашения от Пола она, разумеется, отменилась. В «Чейпл-пабе» недалеко от Эдгвер-роуд мне сразу стало ясно, что Пол своим коллегам обо мне рассказывал. Они оказались очень милыми, компанейскими ребятами, так что я сразу почувствовала себя как дома. Пол окружил меня перед ними невероятной заботой, и мне это польстило. Не помню, когда я последний раз была в смешанной компании, с мужчиной, которому я так небезразлична и он не стесняется это демонстрировать. Во время перерыва я удалилась в туалет, и в мое отсутствие они говорили обо мне — иначе почему все умолкли, когда я пришла? Потом Пол признался, что, по мнению его коллег, я «потрясающая». В довершение всего наши выиграли со счетом четыре — два!

Когда после матча мы выходили из паба, Пол спросил, не хочу ли я где-нибудь перекусить. Подумав, я решила, что лучше приготовлю ужин дома для нас двоих, он согласился. Мы доели пасту, я выпроводила гостя из кухни, чтобы убрать со стола. Убрала, вернулась в гостиную — и обнаружила его сладко посапывающим на диване. Напряженный рабочий день, несколько банок пива... Со всяким может случиться. Присев рядом, я погладила его по голове. Он приоткрыл глаза и глянул на часы. Четверть двенадцатого.

— Мне пора... — зевая, протянул он. — С ног валюсь.

У меня вырвался тяжкий вздох. Нет, не отпущу.

— Если пообещаешь хорошо себя вести, могу пустить к себе в постель...

Сама иногда удивляюсь, что могу сморозить.

Пол скрылся в душе, а я переоделась в ночную рубашку с трусиками. Как в страховой компании — безопасность и комфорт. Из ванной он вышел мокрый и взъерошенный, обернув бедра пушистой банной простыней цвета бургунди. Грудь и спина поблескивают невытертыми капельками. Гладкое, без единого волоска тело, вызывающее восхищение. Мои трусики уже почувствовали себя de trop*. Подойдя к кровати, он сбросил полотенце, и я отвела взгляд. Устроившись рядом, мы начали целоваться и обниматься, он гладил меня по спине и, приподняв волосы, чмокал меня в шею. Мне нравилось это ощущение — мужчина лежит рядом, хочет меня, но я не собиралась торопиться. Его вожделение росло, у меня внутри все горело, начали терзать угрызения совести, и я уже сомневалась, правильно ли я решила. В конце концов, все дело в том, чтобы держать ситуацию под контролем. Это последний оплот власти женщины над мужчиной.

Пол спускался по моему телу все ниже и ниже, наконец замерев там, где его язык мог усердно потрудиться. Я не знала, как его остановить. Да и зачем? Строить из себя невинную девочку? Все равно рано или поздно мы к этому придем. Пристроив голову между моих бедер и обхватив ладонями ягодицы, Пол щекотал меня языком через тонкую ткань трусиков.

Внезапно я опомнилась и села в кровати, отталкивая Пола от себя. Нет! Еще рано! Я взяла его за руку.

— В следующий раз. Честное слово... в следующий раз обещаю.

— Не обещай! — ответил он с неожиданной злостью. — К чему обязаловка?

Мне стало ясно, что битва еще не окончена.

Я села, обхватив руками колени, и понуро повесив голову. Пол откинулся на подушку, огорченно вздохнул.

---

* De trop (*фр.*) — лишний.

Спать ему уже не хотелось — он явно злился. «Да боже ты мой! — подумала я. — Какая разница? В этот раз, в следующий раз, когда-нибудь, никогда... может, ты завтра под автобус попадешь? Или его застрелят!»

Одним движением я стянула комбинацию, другим — трусики и зашвырнула в противоположный угол. Повернулась к Полу. Влюбленным взглядом окинула его обнаженное тело — рядом со мной лежал чудесный, пылкий, полный желания и любовной силы мужчина.

Прижав рукой его грудь, чтобы он не двигался, я его оседлала и впилась губами в рот. Страстно поцеловала, а потом сползла ниже, ниже, скользя языком по его соскам, ребрам, мускулистому, крепкому животу. Пол затаил дыхание, а потом шумно выдохнул, но в этот раз вздох был не горестным, а полным радостного ожидания.

Он ушел от меня часов в семь утра. Быстро принял душ, оделся и присел на краешек кровати завязать шнурки. Не забыл нежно поцеловать меня на прощание, шепча: «До скорого», — и я услышала, как захлопывается входная дверь. Я переползла на его место. Взгрустнулось — видимо, гормоны взыграли, но я подавила упаднические настроения и погрузилась в сон.

Уже днем пришло сообщение: «Чудесная была ночь! Спасибо. Мне крупно повезло». В моей жизни воцарились мир и благополучие.

Больше он на связь не выходил — ни в тот день, ни половину следующего. Меня лихорадило, я изливала душу всем встречным и поперечным, какую ночь мы провели и как я теперь жалею, что не продержалась подольше. К вечеру второго дня в телефоне появилось: «Собираемся в „Чейпл" на матч в семь тридцать. Придешь?»

Приехали... Теперь я «свой парень» и меня зовут на футбол. Какое, однако, облегчение! Никогда еще так не радовалась приглашению в паб на просмотр матча. Надо было, конечно, ответить: «Извини. У меня дела», но пороху не хватило. У вас бы хватило?

Вечер шел по прошлому сценарию — коллеги, выпивка, показная забота... Но что-то все же не так. Подозревала я нечто подобное. Ушли неизвестность, предвкушение. После матча Пол вдруг выдал, что сегодня у него ночует Райан, его друг. По иронии судьбы сегодня как раз была годовщина ограбления, и провести эту ночь с детективом мне казалось достойным способом ее отметить. Пол на это сказал:

— Ну, это ведь все в прошлом. Неужели ты до сих пор вспоминаешь?

Домой я ехала в глубочайшем унынии, уверенная, что своими руками все испортила. Наверняка он думает, что я такая же, как все, старая кошелка, притворявшаяся девочкой-припевочкой. Сколько ни строй из себя недотрогу, как только мужчина добился своего — все, усилия насмарку. Я рвала и метала. Он меня, значит, поматросил и бросил, а я сиди, восстанавливай из руин растревоженное тело. Comme tous les autres*. Если бы он с самого начала не скрывал, что будет моим только до рассвета, я бы, наверное, подготовилась. Честнее надо быть, муж-

---

* Comme tous les autres (*фр.*) — такой же, как все.

чины! Надо говорить прямо: «Ты мне нравишься, я хочу с тобой переспать, но потом прости-прощай!» Тогда женщина может принять взвешенное решение — или рявкнуть: «Пошел вон!», или согласиться. Мы относились бы ко всему так же, как они, не вкладывая ни грамма души. И не впадая в депрессию на ближайшие полгода, потому что он, видите ли, не позвонил.

На следующий день от него не было ни слова. Может, и не следовало сразу сбрасывать его со счетов, но старая добрая интуиция подсказывала, что дело труба. Меня так и подмывало скинуть ему эсэмэс: **«Вычеркиваю тебя из списка настоящих рыцарей и переписываю в графу „Ублюдки"»**, но это было бы уж слишком. И рановато.

В субботу я все утро носилась с подготовкой пикника на десять персон, потому что мы с подругами собрались в Лидс на концерт у замка. Дело было в середине июня — разгар Уимблдонского турнира и, разумеется, проливной дождь. Пока я возилась с сэндвичами и резала овощи, получила бессодержательное сообщение: **«Сегодня работаю. Погода мерзкая, жаль»**.

Очень хотелось ответить: **«Погода куда ни шло, а вот у нас с тобой и правда все мерзко. Коротковат романчик — прям как твой член»**. Удержалась.

Прошло три дня, настроение окончательно упало и затухло. Пол то сыпал эротическими посланиями вроде: **«Так бы тебя и съел»**, то погружался в глухое молчание. Чем он там занимается по ночам? Белье гладит?

Были дни, когда удавалось убедить себя, что все кончено и нечего переживать, были дни, залитые тоской и алкоголем, когда мне до смерти хотелось, чтобы Пол объявился. Неожиданно, как гром с ясного неба, от него приходило красочное послание, и тогда мое настроение делало пируэт, потом сальто, потом грациозную «ласточку». Послания приходили, но при этом ни слова о свидании. Только пара слов о том, что он сейчас делает. Я отвечала в том же духе — и вдруг выбила у него приглашение на встречу, сообщив, что у меня умерла бабушка (чистая правда) и я переживаю (старушке было девяносто четыре...). Пол в ответ прислал трогательное, ласковое письмо, заканчивающееся словами: **«Завтра вечером?»** Моя душа воспарила.

Назавтра свидание отменилось: **«...привезли партию заключенных, у нас тут полный дурдом».**

Ладно, чего там... Спасибо, что трахал меня (и мой мозг). Ответное послание сочилось лицемерием: **«Ничего страшного, зайка. Работа есть работа. Надеюсь, скоро увидимся».** На самом деле надо было отрезать: **«Еще раз ты меня кинешь, молокосос, и я тебе лично яйца через глотку выдерну».**

Три дня спустя пришла очередная писулька: **«Прости. Забегался. Еще напишу».**

Сперва я оживилась, но, перечитывая в пятнадцатый раз, поняла, что послание больше смахивает на вежливый отлуп.

Прошло шесть дней без единой весточки. Показное равнодушие поочередно сменялось яростью, болью, угрызениями совести, обидой на него, обидой на себя, ревностью, надеждой, отчаянием, депрессией и глухой, утробной тоской. Десять ступеней расставания. По всему телу разлились печаль и неприкаянность, проникая в каждую клеточку и заполняя каждый укромный уголок. Я пыталась взять себя в руки, находила разные занятия, но боль не отступала. Я страдала, как может страдать только женщина.

Его молчанию я подыскивала разные оправдания — закрутился на работе, уехал на выходные повидаться с дочкой, ночное дежурство, получил пулю, сидя в засаде. Бесконечный список. Однако в глубине души я прекрасно понимала, что меня поимели. Поимели и бросили — ублюдок получил свое, больше ему ничего не нужно.

Как-то мне удалось не упомянуть его за целый вечер, проведенный с подругой. Прогресс! Но это не значит, что я о нем не думала.

А потом, спустя неделю на грани помешательства, я получила без четверти двенадцать ночи вот эту цидульку: «Извини, что не выходил на связь. Думал о тебе, очень хотел бы заняться с тобой тем, о чем я думал. Надеюсь, у тебя все хорошо?»

Хорошо? Хорошо?! Нет, теперь-то, разумеется, хорошо. Но чувства я испытывала смешанные: в эйфорию, восторг, готовность простить и облегчение вплеталось осознание, что мной опять вертят как хотят. Наглый хлыщ! Приятно, конечно, что он меня хочет (а почему нет-то?), и все же это сообщение не что иное, если разобраться, как пьяная просьба потрахаться. Мало того, по ней даже не видно, что адресат именно я! На этот раз я не собиралась отвечать сразу, надо было собраться с мыслями. Полночи я сочиняла разные варианты ответа, и к утру вырисовалось примерно вот что: «**Секса среди ночи захотелось? Твое красноречие меня убивает. Повадился лазить в меня, как в пакетик с чипсами? Держи карман шире. Ты, может, и офицер... но точно не джентльмен!**»

Сообщение я сохранила, но отправлять не стала. Рано. Пусть поварится в собственном соку.

Следующий день прошел за покупками, готовкой и приготовлением праздничного ужина, так что о Маленьком Копе я и думать забыла. То есть нет, я о нем думала раз в секунду, наверное, но просто фоном, не зацикливаясь. Так, мысли бродили: какую игру ведет он? какую игру веду я? что он себе возомнил? что я себе возомнила? С таким же успехом можно было спрашивать, почему луна круглая и желтая. Ужин прошел замечательно, и перед самым уходом гостей я отловила Карину на кухне и прочитала ей текст сохраненного сообщения. «Шли! — рявкнула она. — Немедленно шли!» Я послушалась. Потом еще сорок раз перечитала, и каждый раз из этих сорока в сообщении отыскивался новый смысл.

Холодный свет нового утра меня отрезвил, и я весь день придумывала пути отступления вроде: «**Получил мое сообщение? Наверное, ты неправильно понял...**», или «**Ох, не надо было пить четвертую рюмку водки!**», или «**Я, кажется, слишком резко?**»

К вечеру, когда от Пола в ответ ничего не пришло, стало совершенно ясно, что я опять все испортила. На следующий вечер я сидела на балконе, прикидывая, не отправить ли ему беззаботное: **«Хочешь где-нибудь встретимся?»**, как вдруг от него пришло неожиданное сообщение. Сердце радостно екнуло. Я открыла послание и прочитала три долгожданных слова...

Нет, дорогой читатель, не **«Я тебя люблю»**, а **«Хочешь заняться любовью?»**.

Вот он, тот самый единственный раз, когда нужно было остыть и подумать, но мой большой палец без промедления принялся за работу. Не сомневаясь ни секунды, даже не попытавшись изобразить холодность и неприступность, я набрала «да», чем полностью перечеркнула воспитательный эффект предыдущего гневного послания. Почему-то я решила, что Пол прибудет прямо сейчас, поэтому с лихорадочной скоростью принялась мыться, бриться, увлажняться и переодеваться в преддверии скорого приезда. Через час, однако, он мало того что не появился с дюжиной красных роз, но и мое скоропалительное решение оставил без ответа.

Являя собой наглядный пример того, до чего может докатиться охваченная желанием женщина, я ждала. Не то чтобы терпеливо... но ждала. Коротая ожидание выпивкой, сигаретами, расхаживанием туда-сюда, дважды переменила одежду и белье. Наконец, в двадцать минут одиннадцатого пришла эсэмэс: **«Плоховато мне. Задерживаюсь»**.

Да чтоб тебя отымели в задницу огромным кактусом, свиноголовый ублюдок!

Вместо того чтобы просто не отвечать, привести его в замешательство и заработать несколько очков, я отправила самое униженное послание, которое когда-либо в истории человечества писала образованная женщина: «Ничего страшного. Приезжай, когда сможешь. Если я буду спать, заберешься ко мне под одеяльце и разбудишь. Я сегодня очень гостеприимна».

Он даже ответить не удосужился. Около полуночи, простояв у окна с вытянутой шеей так долго, что теперь меня можно было принять за красотку из одного африканского племени, я отправилась спать. В одежде и при полном макияже.

Без пятнадцати час — слава тебе, Господи! — раздался звонок в дверь. Я встала и пошла открывать. Пол ввалился в квартиру волоча ноги, голодный и усталый. Я сделала ему омлет с грибами, чай с тостами, а пока он ел, налила горячую ванну с пеной, зажгла ароматические палочки, поставила классическую музыку и за руку привела в ванную. Мы разделись и погрузились в воду вместе. Я помассировала его натруженные ноги, плечи и спину. Вымыла ему голову, потом вылезла из ванны и оставила его отмокать и приходить в себя.

Стояла жаркая июльская ночь. Я вышла на балкончик в спальне, завернувшись в полотенце, и стала смотреть на молчаливую луну. Она глядела на меня укоризненно, но я только плечами пожала. Ладно, чего уж там... Я всего лишь женщина, много ли мне нужно для счастья? Капелька восхищения... час потраченного на меня времени...

Память избирательна, и я не хотела портить вечер, копаясь в прошлых обидах. Он здесь, сейчас, у нас вся ночь впереди.

Я слышала, как он выходит из ванной, но с балкона не двинулась. Он вышел ко мне, стянул полотенце, и оно вместе с его полотенцем упало к нашим ногам. Встав у меня за спиной, он обхватил мое обнаженное тело, лаская грудь и ласково дыша мне в волосы. До соседей мне дела не было, и мы купались в лунном свете под шелест деревьев в палисадниках между домами. Я закинула голову к нему на плечо и глубоко-глубоко вдохнула его запах. Я была Звездной принцессой из Сказочного королевства, дождавшейся своего Принца.

Он увел меня в спальню и занялся любовью с такой изысканной нежностью, что у меня чуть сердце не разорвалось. Когда в наш мирок постучалась нетерпеливая заря, волшебство растаяло. По-другому никак. Пол поднялся рано, принял душ и вернулся в спальню в Халате.

«Можешь вышить свое имя на рукаве, под именами остальных», — с оттенком мстительного удовлетворения подумала я.

Я встала, оделась и занялась приготовлением полноценного английского завтрака. В школьном дневнике у меня иногда попадались записи: «Не старается». В этот раз следовало бы написать: «Слишком старается». Пол с аппетитом позавтракал и ушел одеваться, а я осталась убирать со стола. Мы почти не разговаривали. Не о чем было. В глубине души я с ним уже распрощалась. Он пришел сказать «до свидания», и я обернулась, стоя у раковины. Стянула резиновые перчатки и посмотрела ему в глаза. Он знал этот взгляд, в нем читался страх, что тебя бросят, страх перед расставанием, неприкрытая, как рваная рана, хрупкость и уязвимость. На сей раз незаданный вопрос «Когда мы теперь увидимся?» Пола явно испугал.

— Спасибо, — пробормотал он, целуя меня в щеку.

— Пока, — донеслось до меня уже с лестницы.

И мне стало ясно как божий день, что больше я его не увижу...

♀

Год спустя, седьмого июля, в тот самый день, когда в Лондоне произошли теракты, взрывное устройство на станции «Эдгвер-роуд» сработало в нескольких ярдах от офиса Пола. Я отправила ему сообщение: «Надеюсь, ты не пострадал. Переживаю, как вы там». Он ответил сразу же: «Спасибо. Да, добрым этот день не назовешь».

К тому времени я уже выкинула его из головы. Он получил что хотел — я тоже, в определенной степени. Длилось это недолго... ну и ладно... все хорошее когда-нибудь кончается.

Зато у меня в адресной книге хранится прямой телефон сотрудника отдела уголовного розыска. Сами понимаете, полицию никогда не дозовешься, когда она позарез нужна...

КРАСАВЧИК ЭНДИ
Ставлю сети в Интернете

— Боже! Ты потрясающе выглядишь! — Очень лестный комплимент в устах парня младше меня на восемнадцать лет! А вот как я этот комплимент заработала...

Субботний вечер я проводила дома одна (впрочем, предпочитаю термин «свидание сама с собой»). Как раз научилась. До этого у меня был подростковый бзик, что если в субботу вечером ты не на Лестер-сквер, тебя считай что и нет. (Чушь, разумеется, полная. Сейчас Лестер-сквер всего лишь пестрая мешанина из туристов и упаковок от бургеров.) А теперь, когда кругом твердят, что актуальная тенденция как раз оставаться дома, а не выходить в свет и вторник поменялся ролями с четвергом, субботний вечер обрел совсем другое значение.

И вот сижу я, где-то между «Икс-фактором» и «Кто хочет стать миллионером?», листаю ежедневник —

и понимаю вдруг, что все мои Бенджамины злостно прогуливают.

Попутно меня посетила мысль, что надо бы заглянуть на сайт handbag.com, где (на радость леди Брэкнелл) продаются разные сумки. В надежде отхватить по дешевке дизайнерский экземпляр, я зашла в Интернет, но неведомая сила тут же потянула меня на datingdirect.com, сайт знакомств.

Последние два десятка лет я прочесывала в поисках любви все улочки и закоулки, иногда самые неприглядные уголки, и при этом, как ни странно, не додумалась до знакомства по Интернету. У-у-ух ты! Теперь понятно, почему этот способ пользуется такой популярностью. Мгновение ока — и перед глазами замелькали бесконечные вариации на тему: «я добрый, порядочный, чуткий, без в. п. и финансовых проблем, с ч. ю., люблю животных, хочу встречаться или готов к более серьезным отношениям». Одинокие лондонские невезунчики никуда не делись, они сидят по домам в Тутинге, мучая клавиатуру в тщетной попытке наладить личную жизнь, пока жизнь не наладила их. А процесс поиска затягивает, зреет уверенность, что твоя половинка сидит где-то с литровой бутылкой бурбона в одной руке и «Вальтером» в другой, и если ты не отыщешь ее следующим кликом, она опрокинет одним махом всю бутылку, а потом вышибет себе мозги.

Вот так, исключительно «в исследовательских целях» (гм...), я снабдила своим самым соблазнительным фото анкету следующего содержания:

«Я полная жизни, яркая, общительная, эрудированная, философски мыслящая, неординарная

личность — так зачем я сюда пишу? Хотела зайти на handbag.com прикупить себе сумочку, а очутилась здесь. Решила, прикуплю себе лучше бойфренда... с ним можно будет погулять в парке, потанцевать в темноте... Пусть это будет уверенный в себе, самодостаточный одинокий симпатяга, у которого есть вкус к жизни. Занудам, озабоченным и букам просьба не беспокоиться. Предпочитаю молодых людей, которым нравятся женщины постарше, но голову мне морочить не надо. Я стильная, веселая, со мной хорошо — если знать, за какие ниточки дергать. Крепкий орешек? Возможно. Зато сразу пойму, кто мальчик, а кто мужчина...»

Вряд ли вы бы успели произнести: «Что, миссис Робинсон, по второму кругу?», как на меня дождем посыпались ответы. Ворох ушлых мальчуганов, жаждущих закрутить с привлекательной зрелой женщиной. Попадались, впрочем, и те, кому «за пятьдесят, но душой молод». Хотя, если честно, насчет своего возраста я тоже приврала — впрочем, что мне, правду говорить, что ли?

Я еще повозилась пару минут (сорок семь, если точнее), и когда уже собралась отключаться, убедившись, что это «шоссе в небо» не мой путь, на экране всплыла анкета зеленоглазого сорокаоднолетнего светловолосого интеллектуала, с собственным домом, машиной, волосами и зубами. Несколько электронных писем, и вот мы уже встречаемся. Говорю же: «У-у-ух ты!»

«Так, значит, ты народный эксперт в области отношений между мужчинами и женщинами с разницей в возрасте? Невероятно! И как ты дошла до жизни такой? Притом что ты очень молодо выглядишь. (Тогда я, выходит, староват!) Учитывая, что ты писала насчет мозга в качестве самой эрогенной из всех зон, я предположил, что ты предпочтешь кого постарше. Как бы то ни было, я восхищен и хотел бы продолжить общение».

На это я ответила:

«Разумеется, привычнее видеть пары, где мужчина постарше, а женщина помладше, но в обществе происходят определенные сдвиги. Если отношения складываются, они складываются независимо от возраста партнеров. Продолжительными они обычно не бывают, но все равно в них есть свои победы. И море удовольствия! А если учесть количество разводов среди сверстников, тем более надо искать другой выход. Большинство мужчин разница в возрасте только подстегивает, ведь отношения развиваются в русле учительница — ученик».

Его ответ:

«Ты безумно сексуальна, но эта сексуальность сочетается в тебе с утонченностью и аристократичностью. А еще ты красива, умна, владеешь собой — и все же мы общаемся. Неплохо! Для меня это пока из области фантастики… но уже нравится. При этом я не использую тебя и не помыкаю, потому что хочу затащить в постель. Невероятно!»

Я решила, что он мне подходит. Звали его Эндрю, рост шесть футов два дюйма, не страдает косноязычием, веселый, воспитанный, образованный, неженатый и без подружки. К тому же в нем есть какая-то загадка. (Сколько было за эти годы мужчин, которые элементарно морочили мне голову, а меня все равно соблазняют загадки!) Обмениваться с ним письмами было все равно что пить «Хайнекен» — пробирает до таких укромных закоулков, куда другие даже сунуться не решались.

За последующие дни между нами установилась прочная связь, подпитываемая письмами и звонками часа за два до сна, в этом сумеречном мире, когда слабеет оборона и ты откровенничаешь сильнее, чем обычно. Однажды я его чуть не упустила. Мне взгрустнулось, и маска хладнокровной стервы полетела прочь, обнажив беззащитную одинокую женщину. Он психанул и довольно категорично заявил, что если мне нужны семейные отношения, то это не к нему. И тут я завелась... *«Я тебя заставлю влюбиться, никуда ты не денешься!»*

В другой раз мы задержались в шаге от секса по телефону (он точно к этому шел, я-то знаю), а дальше уже рукой было подать до непосредственного свидания. Наши души нашли друг друга, дело за телами. Тем не менее прошлый опыт заставлял меня насторожиться. У нас одинаковые фантазии, я уже вижу Эндрю своим бойфрендом, это все хорошо. Однако стоит выбраться из виртуального мира в реальность, и все изменится, причем не факт, что к лучшему. Мне пока хватало эфемерного эротизма. Эндрю признавался, что постоянно думает обо мне, ему нравится мой голос, его вдохновляют наши долгие беседы и он хотел бы, как художник, создать мой портрет. Чего еще желать? Чтобы кто-то вторгся в мое пространство, заставлял страдать, раскидывал мокрые полотенца по полу в ванной? Мы принялись обсуждать, имеет смысл встречаться или нет.

«Может, ты права и надо оставить все как есть... Ты пробуждаешь во мне самое лучшее!» — писал он.

А я отвечала: **«Во мне мужчины тоже обычно пробуждают все самое лучшее... правда, потом просыпается и худшее!..»**

Как любая женщина, я способна делать кучу дел одновременно, поэтому без труда посвящала предмету своих мечтаний круглые сутки семь дней в неделю. Свались на меня разом принудительное поглощение моей фирмы, переезд, проблемы с престарелыми родственниками и отбившимися от рук подростками, две спущенные шины и потерянная кредитка, я бы справилась со всем этим одной левой и еще улучила бы минутку, чтобы выпить чаю. Я вертела в голове лихо закрученные сюжеты, которым в реальной жизни места не было в принципе. Как там у Стендаля? «Любовь не имеет никакого отношения к предмету любви, целиком заключаясь в воображении любящего. Ничто так не соблазняет, как наши собственные мысли; страсть, накрывающая нас с головой, в этой голове и находится».

Наконец, спустя четыре недели ни к чему не обязывающего трепа, я поняла, что так дело не пойдет. Через этот «роман», как и через все предыдущие, надо было прорваться с разбегу и проскочить насквозь. Я настояла на встрече, которую мы договорились провести в субботу вечером у него. Он пообещал, что нарисует мой портрет — или набросок.

В предвкушении первого (оно же, возможно, последнее) свидания меня занесло на самый верх седьмого неба, где летают только такие сумасбродки, как я. Прописала себе на неделю режим самоистязания и издевательств над собственным телом. Жесткая диета из фруктов и овощей, призванных разгрузить организм и сделать живот идеально плоским, доводила меня до белого каления. Я думала, что умру без него (без шоколада, само собой). Эксфолиация всей поверхности тела, массаж глубоких тканей, прилежное намазывание автозагаром (при этом я часами расхаживала по дому голышом, как леди Годива без лошади), голливудская эпиляция воском, от которой сфинктер сжимается, маникюр, педикюр, мелирование, упражнения на мышцы влагалища, отжимания от пола, растяжка, бритье подмышек, удаление волосков на груди, выщипывание бровей, по утрам и вечерам нанесение какого-то нового геля для подтяжки кожи лица (за тридцать три фунта? Ну-ну...). После всех манипуляций я выглядела сногсшибательно. Интересно, а он как к свиданию готовился? Почесал яйца и в аптеку за презервативами сбегал — хорошо если хоть так.

Снова и снова я разглядывала его фотографию, даже через лупу посмотрела. Зеленые глаза и волевой подбородок сулили мне радужные перспективы. У меня сосало под ложечкой, когда я думала о миге нашей встречи; сердце трепетало при виде мысленной картины: вот мы шагаем друг к другу с распростертыми объятиями, как влюбленные после долгой разлуки, и сливаемся в поцелуе. Я вознесла Эндрю на такой высоченный пьедестал, что добраться до него теперь можно было не иначе как прыгнув с шестом.

За два дня до встречи инстинкт велел мне задать Эндрю пару откровенных вопросов. К моему удивлению, он, оказывается, вовсе не соблюдал последние три столетия обет целомудрия, а совсем наоборот — жил активной половой жизнью!!! Нормально?! Вот еще новости!!!

На мое вялое саркастическое «Да? А я думала, ты себя блюдешь...» он ответил: «Я же не виноват, что женщины сами на меня кидаются!»

Я с оглушительным грохотом сверзилась с небес на землю и чуть не отказалась от встречи и дальнейшего общения. Новость меня обескуражила. Каково это, узнать, что он в моих глазах занимает куда более высокую позицию, чем я в его?

Вот так, с ожиданиями на нуле, я оказалась у его двери, на пороге сама не знаю чего... Позвонила.

Тут и раздалось то самое: «Боже! Ты потрясающе выглядишь!», позволившее мне снова почувствовать себя первой скрипкой. К сожалению, ответить тем же я не могла. Наоборот, пришлось сдерживаться, чтобы не ляпнуть: «А ты, боюсь, нет!»

В ту наносекунду, когда фантазия столкнулась с реальностью, все надежды на счастливый конец растаяли как утренний сон — предвкушение, от которого замирало сердце, недели флирта по телефону, по почте, все наши беседы, провокации, совместные мастурбации — все коту под хвост... Он в полете, я в пролете.

Первым делом мне бросилось в глаза, что Эндрю ни капельки не похож на свою фотографию. Второй была мысль: «Почему у него все лицо мокрое?» Он сделал попытку поцеловать меня, но я протестующе подняла руку.

— Нет уж! С потными не целуюсь! — И тут же пожалела о сказанном.

Эндрю, конечно, опешил. Объяснил, что как раз перед моим приходом принял душ после тренировки. Смилостивившись, я изобразила натянутую улыбку и окинула взглядом остальное. Джинсы, босые ноги (ничего, кстати, ноги) — очень мило. А вот нейлоновая темно-синяя облегающая футболка — это самый настоящий стилистический просчет, когда нет мускулатуры, которую она должна облегать. Учитывая, что моя спальня на момент выхода из дому являла собой среднее между студией программы «Снимите это немедленно» и будуаром мисс Плетки-семихвостки, Эндрю мог бы и побольше усердия проявить.

Вторым порывом было сказать: «Ой, извини, я ошиблась! Прощай!», но поскольку у нас наметилось «родство душ», не пройти в квартиру вслед за Эндрю было бы невежливо. Он развел бурную деятельность, налил мне виски с имбирем — специально купил — и открыл баночку оливок с миндалем (я говорила, что люблю такие). Все-таки готовился...

Пробежавшись взглядом по скупо обставленной комнате, я с одобрением отметила гигантскую упаковку «Дюрекса», стратегически размещенную в непосредственной близости от коричневого кожаного дивана. Воображение тут же подкинуло картинку: голая задница Эндрю скачет вверх-вниз над попавшейся к нему в сети бедняжкой с directdating.com — нет, со мной этот номер не пройдет. Я уселась напротив, в кожаное кресло, и, пока Эндрю возился с напитками, пыталась воссоздать тот мысленный образ, который у меня сложился за полтора месяца общения.

К несчастью, этот образ улетучился, и его место занял слишком высокий, не слишком красивый незнакомец, со стрижкой почти под ноль, чтобы скрыть намечающуюся лысину... Неужели это к нему я так прониклась? Сгодится, но не фонтан. Даже не родник. Так, лужица, высыхающая в грязной раковине.

В качестве урока я извлекла одну непреложную истину: сексуальное притяжение либо есть, либо нет. Если нет — тут ничего не поделаешь. Я повторила ошибку многих и многих — он меня не совсем не привлекал.

Вечер был чудесный, и мы поднялись на крышу-террасу его маленького, переделанного из бывшей конюшни домика в Кемден-тауне. Терраса утопала в зелени, которую Эндрю часто поливал во время наших полуночных бесед. В первый раз я даже не поняла, что это журчит.

— Ты в туалете, что ли? — подколола я, представив, как он держит в одной руке телефон, в другой член, и разговор сразу приобрел некую пикантность... А теперь в этом самом месте я. В полном дерьме.

Над нами гудели самолеты, в чистом ночном небе мерцали звезды — романтика, легкая грустинка, очарование. В какой-то момент Эндрю снова попытался меня поцеловать, но я опять выставила вперед руку, бормоча: «Нет-нет...» — скорее самой себе, чем ему.

Он отступил, и мне тут же стало стыдно. Не я одна чего-то ждала от этого свидания. Эндрю обиженно облокотился на парапет, и я примирительно прижалась спиной к его груди. Он обхватил меня, я откинула голову назад и положила ему на плечо. Мы были так близки — и невероятно далеки.

Мое тело выражалось достаточно ясно. Я не хотела смотреть Эндрю в глаза, но при этом пыталась занять положение, в котором нам обоим было бы уютно. Я ощущала утрату оттого, что все закончилось, досадовала, что придется оттолкнуть Эндрю, и по-философски признавала, что процесс в который раз оказался приятнее результата.

Эндрю стоял почти неподвижно, шевеля дыханием мои волосы, и наверняка проникся моей задумчивой грустью. Его плоть на меня не реагировала, а я прижиматься покрепче не стала — что делать, если нет сексуального притяжения...

Мы спустились обратно, и, как договаривались, Эндрю достал краски, альбом и принялся за портрет. Я впервые позировала художнику. Процесс, как мне показалось, одновременно требовал отдачи и приносил умиротворение. Работы Эндрю украшали стены его квартиры — по-моему, талант у него присутствовал. Я устроилась в кресле поудобнее и пристально наблюдала, как он наносит акварель на холст. Глядя, какие он корчит от усердия забавные гримасы, я поняла, что он мне нравится... Нравится-то нравится, а вот страсти не пробуждает. К этому моменту между нами уже должны были проскакивать электрические разряды, Эндрю должен был отбросить альбом, сорвать халат и берет, заключить меня в жаркие объятия и, утащив в спальню, рвать на мне белье. А мы вместо этого сидели битый час в тишине, если не считать трубы Майлза Дэвиса в стереосистеме. Я то и дело украдкой поглядывала на картину, но она получалась совсем не такой, как я ждала. Я думала, это будет что-то нежное и светлое, что чувства Эндрю ко мне прольются на холст «изящным отражением совершенства». Вместо этого на мольберте вырисовывалась кричащая, аляповатая абстракция с зелено-фиолетовыми волосами и оранжево-синим лицом. Да, сходство угадывалось, особенно в линии скул, губах и глазах, вот только вставлять этот страх в раму и вешать у себя в гостиной я бы не стала ни за что.

Мазок за мазком, вечер подошел к концу. Без четверти двенадцать я сказалась уставшей и собралась уходить. Эндрю меня остановить не пытался, но вышел проводить до машины. Приподнявшись на цыпочки, я чмокнула его в одну щеку, потом в другую и вычеркнула из жизни. Он пообещал позвонить.

А я повезла свое вылизанное-выглаженное, упакованное в кружевное белье тело домой, где дожидалась меня одинокая постель. И разбитое корыто. И стакан цельного молока, чтобы запить огромный кусок шоколадного торта, который я, повинуясь ехидному внутреннему голосу, оставила в холодильнике — на всякий случай...

МАКС
Ом, милый ом

Стоял теплый июньский вечер, и, как обычно в четверть седьмого в понедельник, я переодеваюсь в тренировочные штаны и спешу через парк на занятия йогой. Растяжка, глубокое дыхание, галлон воды, потом как следует выспаться — и можно во всеоружии встречать новую неделю с ее коллизиями и перипетиями.

Я занимаюсь йогой регулярно, чтобы поддерживать тело в форме, мысли в тонусе, а прану в русле благотворной энергии цы. Преподаватели все время меняются, никогда не знаешь заранее, кто сегодня будет вести занятие, поэтому раз на раз не приходится: на этой неделе у нас неторопливая хатха-йога, на следующей — динамичная аштанга.

Среди всех наших меняющихся учителей был у меня один любимчик — Макс, неженатый, белый, лет

244

под тридцать. Такой хиппи-пофигист с трехдневной щетиной, растаманской прической, одеждой с уличных лотков в Дели — в общем, «я год прожил в ашраме, вернулся, встречайте». Проницательные голубые глаза, невысокий рост, крепкое сложение и суперподтянутое тело — очень привлекательный молодой человек (хотя первым делом его хочется окунуть в ванну).

Занятия Макс вел замечательно, чередуя асаны с упражнениями на расслабление, когда напряжение снимается, высвобождая скрытые резервы. После таких тренировок я всегда чувствовала прилив энергии. Вот и в тот вечер я вышла из зала пружинистой походкой с ощущением полета в душе. Не сбивая глубокого дыхания, я направилась через парк в магазин на Элджин-авеню, пополнять запасы в холодильнике.

Неожиданно, когда я в раздумьях стояла над фруктовым лотком, рядом со мной вырос Макс. На плече небрежно болтается рюкзак, голубые глаза радостно светятся.

— Надо же, какая встреча! — воскликнул он, слегка вторгаясь в мое личное пространство.

— Живу неподалеку, — объяснила я, чувствуя, как начинает дергаться стрелка флиртометра.

— Что будете брать?

— Грейпфрут, наверное. Или арбуз. Хотя арбуз тащить тяжеловато...

— Давайте я донесу?

— Только у меня четвертый этаж без лифта.

— Тогда попрошу ломтик в качестве вознаграждения.

Вот так, сочно и игриво все и началось.

Макс, наш йог, проводил меня до дома и донес до квартиры мои покупки. Как так вышло, я понятия не имею, потому что:

а) я к нему ничего не испытываю;

б) вообще думала, что он гей;

в) не приемлю манеры ложиться в постель с персональными тренерами;

и наконец,

г) я не испытываю к нему совсем-совсем ничего!

Однако вот он, расхаживает босиком по моей кухне, откупоривает вино, режет помидоры в салат, крошит сверху сыр фета, открывает банку консервированных перцев и украшает получившийся шедевр оливками и свежим базиликом. Сюрреализм. Я накрыла на стол, разрезала пополам авокадо, достала сердцевинки артишоков, разложила на тарелке салями, сунула в духовку замороженную чиабатту — и вуаля! Маленький романтический ужин.

— Кажется, мы на одной волне! — замечает он под звон бокалов.

— Надо зажечь свечу, — вскакиваю я.

— Лучше две. Чтобы им было не скучно.

— У вас есть какая-нибудь молитва? Благословить пищу?

Свечи разгораются, Макс выпрямляет спину, закрывает глаза, молитвенно складывает руки и начинает нараспев:

— О-о-ммм... шанти-шанти-шанти...

Вдохновенно и потрясающе красиво. До вечера пятницы было еще далеко, но я ответила полноценной еврейской брахой, и мы приступили к трапезе. Получился импровизированный средиземноморский пикник, на скорую руку состряпанный из того, что нашлось в холодильнике и в буфете.

Обычно после занятий йогой я ем одна, смотря «Жителей Ист-Энда». В этот раз все вышло гораздо интереснее. Мы с Максом произносили тосты, радостно улыбались, вели беседу о путешествиях, буддизме, иудаизме, наших предках и смысле жизни.

После ужина Макс помог мне убрать со стола, и мы отнесли свечи в гостиную. Порывшись в ящике, я нашла несколько ароматических палочек. Знала ведь, что пригодятся рано или поздно!

— Что ты обычно делаешь после занятий? — интересуюсь я, усевшись на диване рядом с Максом.

— Езжу в клуб латинского танца в Шордиче.

Я вскакиваю и ставлю диск с латиной:

— Станцуем сальсу? — Рывком поднимаю его с дивана.

Получается у него не очень, и когда я, хвастаясь мастерством, откидываюсь назад, он меня чуть не роняет — впрочем, я после вина тоже не очень твердо стою на ногах. Допиваем бутылку. Макс любопытствует, не найдется ли у меня чего-нибудь покурить.

— Марихуану, в смысле? Нет, извини.

Однако пачка ментоловых «Картье» у меня имеется, и Макс, к удивлению моему, закуривает. Надо же, а я думала, духовные практики предполагают здоровый образ жизни...

Он сидит на моем диване в позе лотоса, в мешковатых штанах и потрепанной майке, — и вдруг, наклонившись, целует меня. До этого момента я его несколько превозносила, преклоняясь перед его духовностью и наделяя неким восточным мистицизмом. Думала, он не такой, как все, витает в эмпиреях, чуждый земным радостям. Поэтому когда наши губы вдруг встретились, я почувствовала не только удивление, но и разочарование. «Надо же. Всего лишь человек...»

Не знаю уж, почему я решила, будто Макс отказывает себе в радостях плоти. Только потому, что он такой весь из себя буддист и на шее у него висит шнурок со «слезами Кришны»? Индийская аура, священнодействия — никакого труда не составило вообразить Макса реинкарнацией далай-ламы, однако нет, он тискал и лапал меня как самый обычный парень.

(Недавно, кстати, узнала, что далай-лама ходит с мобильным телефоном. В оранжевом чехле под цвет одеяний, но все равно...)

Поцелуй длится, длится, и это очень приятно. Если бы мне прямо сейчас нужен был партнер для секса, вот он, пожалуйста. Меня удерживало в основном то, как я появлюсь на занятии йогой, если мы все-таки окажемся в одной постели и что-нибудь пойдет не так. Я прервала поцелуй и снова потащила Макса танцевать. Он поднялся неохотно. Под брюками вырисовывалась массивная эрекция, как будто он умыкнул в овощном и прячет в кармане крупный кабачок. Невинную просьбу показать ему остальную квартиру я раскусила сразу — хочет подобраться поближе к спальне. Я провела его по комнатам, зажигая свет. Обстановку и стиль он назвал «сдержанными».

Экскурсия завершилась на кухне, где мы разрезали арбуз и как следует насвинячили, ломая сочные ломти и передавая их друг другу изо рта в рот. Очень эротично получилось, искушение, признаться, было велико, но я держала оборону и после очередного поцелуя с объятиями решила, что Максу пора домой. Он явно расстроился и огорчился — но это уж не мое дело.

Прошло две недели, я вернулась из отпуска в Испании. Готовлюсь к занятиям йогой. С нетерпением жду, когда же снова увижу Макса, заранее решив, что сегодня ночью его ждет сюрприз. Пробежавшись по магазинам, набила холодильник всякими вкусностями, надеясь повторить тот неожиданный вечер — только с продолжением, которого тогда так хотел Макс и которого теперь я тоже хочу. Брызгаюсь духами, распускаю волосы и стремительно шагаю через парк. И что? Вместо Макса занятие ведет Шарани. В следующий понедельник — Зара. Потом я пропускаю, и только на следующий раз наконец появляется Макс.

У меня замирает сердце, когда я вижу его в зале, и все занятие мы обмениваемся многозначительными взглядами. Я выверяю каждое движение: насколько ровным выходит триконасана-треугольник, насколько привлекательно торчат вверх мои ягодицы в позе «гора», как раздвигаются ноги на растяжке внутренних мышц бедра. Я как на сцене. И ведь знала, на что иду. Занятие окончено, у меня уходит вечность на то, чтобы свернуть коврик и надеть кроссовки. Все разошлись, в зале только мы с Максом.

— Привет! — интимно произношу я. — Давно не виделись...

— Как дела? — без выражения тянет он.

— Хорошо, спасибо. А у тебя? Есть... э-э... планы на вечер? Может, хочешь... перекусить?

— Перекусить? — усмехается он. — И все?

249

Наглец какой! Хотя мне так и так не повезло.

— Я все равно занят, — сообщает он.

— Тогда ладно. — Ощущаю одновременно облегчение и разочарование. — В другой раз, может... — Выхожу из зала и плетусь домой, чувствуя себя последней дурой. Наверное, в прошлый раз Макс чувствовал себя так же. Мы квиты.

В следующий понедельник занятие снова ведет он. Я демонстративно не обращаю на него внимания и пытаюсь по максимуму получить свое от йоги. Я в конце концов, именно за йогой сюда пришла. Вот только нет-нет да и проскочит мыслишка: вдруг Макс освободил себе сегодняшний вечер, на случай если я его снова приглашу? Но в холодильнике у меня пусто, и, не желая показаться охотницей-неудачницей, я покидаю зал вместе со всеми. Домой иду одна, втайне надеясь, что Макс меня догонит... Нет, и не думает.

Проходит несколько месяцев, преподаватели по-прежнему меняются. Очередной понедельник, и снова Макс. Сейчас глубокая зима, в зале нас только трое. Я старательно выполняю асаны и время от времени ловлю взгляд преподавателя.

— Сегодня в последний раз вел, — объявляет он под конец занятия. — Дальше вместо меня будет Илана, она очень хороший инструктор. Но я вам оставлю свой сотовый, на случай если кто-то хочет записаться на индивидуальные занятия или перейти в другую группу, на другой день.

Он диктует. Двое занимавшихся уходят, мы остаемся с Максом одни.

— И куда ты? — небрежно интересуюсь я.

— Ставлю пьесу. В культурном центре. Кстати... — он мнется, — ты не знаешь, случайно, где можно добыть реквизит? Нужны графин, пара стаканов и два одинаковых мужских плаща.

— Посуду могу одолжить, — с готовностью предлагаю я. — Если обещаешь вернуть.

Так мы увидимся еще целых два раза... С чего такие усилия, я же к нему совсем-совсем ничего не испытываю.

— Было бы здорово! — Он расплывается в улыбке.

— И еще у меня есть знакомые в театре. У них отличная костюмерная.

— Класс! Можно одолжить у них плащи с двадцать пятого на четыре дня?

— Я поспрашиваю, тогда тебе позвоню. Телефон у меня есть. — В доказательство помахиваю сотовым.

Домой через парк я снова иду пружинистой походкой, внутренне ликуя. «Теперь ты у меня на крючке!» Я упоминала, что люблю доводить начатое до конца?

На следующий день обмениваемся сообщениями, разговор крутится вокруг несчастного реквизита. Отправляю последний вопрос: «Для арбуза сейчас холодновато, как насчет горячего супчика?» Моментально приходит: «ДА». Именно так, большими буквами. Мы назначаем свидание.

Макс приходит через несколько дней и поглощает три тарелки домашнего куриного супа с овощами, как будто его месяц не кормили. Ломает хрустящий багет и подбирает мякишем остатки супа, потом отдает мне тарелку за новой порцией. Выглядит как бродяга, немытый-нечесаный, и все равно есть в нем что-то трогательное. Мы пьем вино, беседуем, слегка флиртуем, смеемся, у меня происходит забавное раздвоение личности — с одной стороны, я по-матерински кормлю голодного парня, с другой стороны, с этим парнем мы вот-вот займемся сексом. Удовлетворение по всем статьям.

С самого начала подразумевалось, что в постели мы сегодня окажемся вдвоем. Макс показывал чудеса ловкости и силы, мы как будто снова занялись йогой, только слегка по-другому. Я поражалась собственной гибкости (хотя внутреннюю поверхность бедра надо еще подрастянуть). Первый оргазм оказался невероятно глубоким и сокрушающим. Мы отдохнули, а потом начали по новой. Жаль, что не было камеры — мы изобразили в замедленной съемке страницы Камасутры, с двенадцатой по сорок третью, с усердием и идеальной точностью. Последними словами Макса, перед тем как заснуть, были: «М-м, какая вкусная киска...» После этой ночи я иногда посылала ему эсэмэску: «Хочешь супчика?», однако мы никак не могли совпасть по времени, так что повторить не удалось.

Спустя несколько месяцев, в понедельник утром, от него пришло сообщение, что он сегодня проводит занятие, и мы договорились встретиться после йоги у меня. Я едва могла сосредоточиться на упражнениях и сделать невозмутимое лицо, предвкушая предстоящее свидание. Стоило мне поймать взгляд Макса, и я с трудом удерживалась, чтобы не рассмеяться, тем более что занятие он явно посвящал мне. Например, научил глубоко дышать таким образом, чтобы «почувствовать прилив энергии», постоянно подходил поправить выполнение той или иной позы, то есть держал меня за лодыжки в «березке» или обхватывал за талию в «мостике». Будет тебе «мостик», думала я про себя... Обещание сдержала.

Макс пришел в десять минут девятого, а ушел без двадцати пяти два уже на следующий день, во вторник, опустошив холодильник и чуть не поломав кровать. Мой сексометр зашкаливал несколько раз кряду в эту ночь. Постель я, как и раньше, менять не стала. Заляпанные шоколадом простыни хранили запах секса и Макса. Зачем их менять? Еще дважды я его приглашала, но оба раз он отказался, так что я бросила попытки — и он просто исчез из моей жизни.

На йогу я хожу по-прежнему все так же по понедельникам, теперь у нас преподает некий Леон. Он помнит, что меня зовут Венди и я довольно гибкая. Остальное покажет время.

РОБ И РОБОСТЬ

Что я, в самом деле? Какой смысл стесняться женщине в моем возрасте, с моим опытом? Только драгоценное время потеряешь. Нужно дорожить не то что каждым днем, каждой секундой, а то пролетит безвозвратно...

Сейчас вечер среды, мы со знакомыми по Обществу неженатых и незамужних ужинаем в итальянском ресторанчике в Западном Хемпстеде. Шесть женщин, шесть мужчин. Совокупный возраст? Около семисот двадцати. Мои соседи по столу — тучный, никого не слушающий бухгалтер, лысеющий страховой эксперт на пенсии и самый настоящий гном, занимающийся импортом и продажами пластиковой мелочовки с Дальнего Востока. Какой уж тут рок-н-ролл...

Скука смертная. После второго бокала «Пино Гриджо» начинаю оглядывать зал в поисках divertissement*.

---

* Divertissement (*фр.*) — развлечение.

И тут же, как по мановению волшебной палочки, в поле моего зрения возникает ослепительно красивый (хоть и не очень ухоженный) молодой человек. Длинные мускулистые ноги, обтянуты потертыми джинсами, черная льняная рубашка, из-под бейсболки струятся черные кудри. Наверняка у него волосатая грудь и вообще много волос. Вряд ли бейсболка нужна ему, чтобы прикрывать лысину.

Он сидит прямо напротив меня, за его столиком еще трое парней. Наши взгляды скрещиваются. Он что-то говорит приятелям, они оборачиваются ко мне и с улыбкой обмениваются кивками. Очень надеюсь, что обмен мнениями не сводится к тому, что я похожа на гладиаторшу, участницу грязевых боев, весом под двести двадцать фунтов. После «Пино Гриджо» я примерно так себя чувствую. Гордо поднимаю подбородок, будто мне только что свистела вслед группа дорожных рабочих. Вечер становится томным. Мои спутники для меня сейчас немногим интереснее холодной овсянки. Когда Клевый Парень снова ловит мой взгляд, я ослепляю его улыбкой, а потом капризно складываю губки. Поверить не могу! Неужели, это я? Дочери могут мной гордиться.

В течение часа (я при этом еще умудряюсь поддерживать разговор с компанией Нудных, Скучных и Противных) мы с парнем перемигиваемся, улыбаемся, строим глазки, надуваем губки... Я тихонько наклоняюсь к своей подруге Карине, объясняю, в чем дело и что надо как-то передать этому парню номер моего сотового. Это после двух бокалов... Что было бы, если бы я выпила третий — даже подумать страшно!

Записываю номер на салфетке и отдаю Карине, чтобы она передала. Карина как ни в чем не бывало продолжает есть, пить и беседовать, не осознавая всей важности поручения, потом наконец вытирает салфеткой рот и кидает на свою опустевшую тарелку. Я возмущенно качаю головой, она в недоумении пожимает плечами: а что такое?

Наконец ужин подходит к концу, остальные наши спутники постепенно рассасываются. Мы с Кариной сидим одни за пустым столом. Парень стоит у бара, беседует с владельцем ресторана, иногда поглядывая в мою сторону. Вкратце посвящаю Карину в тонкости соблазнения, она внимательно слушает, потом скрывается в туалете, оставив меня совсем одну. Парень как раз повернулся ко мне спиной, и я восхищаюсь мысленно его осанкой, крепкими ягодицами в тесных джинсах. Вот буду седой и старой, и в один прекрасный день меня заберут в полицию за приставание к молодым людям на улице.

Он поворачивается, видит, что путь открыт, и, приподняв бровь, делает пару шагов в мою сторону, однако тут же запинается и с полдороги возвращается к своему столику. Я изображаю повышенный интерес к посредственной акварели с видом Флоренции на стене над его головой. Приходит Карина, советует уйти, чтобы парень пошел за мной. Ну уйду, а потом что? Перепихнемся на скорую руку в туалете? Нетушки. Не в моем стиле. Я остаюсь, делая, вид, что он меня больше не интересует.

Три его приятеля встают, собираясь уходить. Он поднимается последним, смотрит мне прямо в глаза с немым вопросом: «Что делать будем?» Я с располагающей улыбкой жестом подзываю его поближе. Бог мой! Слишком откровенно... Но по-другому никак. Он приближается и с неожиданным, но приятным американским акцентом произносит:

— Привет. Меня зовут Роб. — Надо же, а я думала — Ставрос.

— Венди. — На моих губах ликующая улыбка. — Присаживайся. Или ты уже уходишь?

— Нет. — Он оглядывается на приятелей, застывших в дверях. Подмигивает, машет им рукой и садится. Троица, ухмыляясь, покидает ресторан.

Роб канадец, в Лондон приехал в отпуск. Мы беседуем о путешествиях, о разнице в климате, восхищаемся Лондоном. Карина, оставшаяся за бортом, поспешно откланивается. Мы еще какое-то время ведем оживленный треп ни о чем и вдруг замолкаем. Роб пристально смотрит на меня. Я не остаюсь в долгу и выпаливаю первое, что приходит в голову:

— Знаешь, ты очень симпатичный!

— Спасибо! Первый раз слышу такой комплимент.

— Да ладно, не может быть! — Я изображаю удивление. — Почему, ты думаешь, я тогда весь вечер тебя разглядываю?

— А почему я тебя разглядываю, как ты думаешь?

Вот тут бы мне встать, сказать «Пойдем-ка!» и утащить его домой, в постель... но то ли смелости не хватило, то ли манеры проснулись.

Мы еще посидели, поговорили, а потом он предложил пойти прогуляться. Выходим из ресторана и неторопливым шагом движемся по Вест-Энд-лейн. Роб идет ближе к краю тротуара, прикрывая меня от машин, что свидетельствует о правильном воспитании. Ночная прохлада делает свое дело, я, поеживаясь, потираю плечи. Тогда он набрасывает на них свою льняную рубашку. М-м-м! Бог мой! Под рубашкой скрывалась белая футболка, обтягивающая суперменские плечи и бицепсы, как у моряка Попая. Я сглатываю.

— Расскажи, как складывается обычный день туриста в Лондоне? — любопытствую я, чтобы не истечь слюной.

У Роба он, по его словам, начинается с хорошей тренировки.

— Надо сказать, они даром не проходят! — замечаю я, окидывая его восхищенным взглядом и одновременно гадая, не померзнуть ли мне еще, чтобы он и футболку тоже стянул.

— У тебя тоже фигура что надо! — с ответным восхищением признается он.

— Йога и пилатес, — выдаю я свой секрет, и разговор переходит на упражнения, диеты и контроль над углеводами.

Роб только что закончил колледж и пока не знает, чем заняться дальше. Дорога приводит нас к станции метро у подножия холма, там мы разворачиваемся и гуляем назад, к моей машине. Разговор что-то буксует, я изо всех сил пытаюсь подкинуть новые темы. Предлагаю подвезти Роба куда ему надо. Он сперва отказывается, говорит, что живет в двух шагах отсюда, но потом уступает.

Он открывает мне дверь, я усаживаюсь за руль. До Фрогнала действительно рукой подать. Роб показывает, где остановиться. Повисает неловкая пауза, которой надо, необходимо, всенепременно нужно воспользоваться, взять лицо Роба в свои ладони и запечатлеть нежнейший и горячайший поцелуй на этих чувственных губах. А я вместо этого сижу, как мумия в ожидании археолога. Пора бы мне уже знать, что молодые люди обожают, когда зрелая, умудренная годами женщина берет инициативу в свои руки.

— Запиши мой телефон, ладно? — просит он, чувствуя, что молчание затянулось. — Может, как-нибудь встретимся, выпьем кофе?

Я как полная дура отвечаю:

— С удовольствием. Только давай я лучше тебе свой оставлю.

Черкаю на клочке бумаги свой телефон, а его, разумеется, записывать и не думаю. Надо бы, но момент упущен.

— Рад был познакомиться! — Помедлив, он целует меня в одну щеку, потом в другую. Дневная щетина чуть колется, но... м-м, какая упругая молодая кожа... Он выходит из машины, машет мне на прощание и исчезает.

Дождалась ли я звонка, спросите вы? Держи карман шире... Правда, на следующий день как раз произошли теракты, так что ему наверняка позвонили обеспокоенные родители и велели бежать из Лондона куда глаза глядят. Будь он моим сыном, я бы так и сделала.

В следующий раз я выдержу роль сексуальной женщины в возрасте до конца и сделаю все сама. Ведь в ресторане у нас все было на мази, надо было только взять этого маленького бычка за его маленький (маленький?) рожок, он бы не стал сопротивляться. Ладно, зато я знаю, что в пятьдесят девять я с легкостью могу закадрить двадцатишестилетнего... Можете меня поздравить!

ЕЩЕ РАЗИК, СЭМ!

Никогда не пробовала что-то по-настоящему запретное. Так, по мелочи — стянуть запястья черной шелковой лентой... завязать партнеру глаза шарфиком от «Гермеса» и поиграть в жмурки на кровати: он нащупывает меня руками и губами, а я, давясь от смеха, отползаю и перекатываюсь. Высыпать упаковку разноцветного драже на свою обнаженную грудь, чтобы доставить нам обоим маленькую вкусную радость. Предложить кое-кому, кого я очень хотела удивить (и удержать), войти туда, куда я не пускаю никого. (Само собой, когда он свое получил, я ему больше оказалась не нужна.)

Резина, кожа, хлысты, цепи, наручники, шипы и заклепки, проколотые соски, колечки в члене, кляпы, ошейники, метелки из перьев или сырые подземелья, где по стенам развешаны орудия пыток, — это все не для меня. Мне не понять мужчину, который запихивает в рот мандарин, завязывает на шее петлю и охаживает себя плеткой, пока не свалится замертво. Зачем?

Поэтому представьте мое состояние, когда знакомый по интернет-чату (тридцать четыре года от роду) начал забрасывать меня сообщениями по «мессенджеру»: мол, «мне нужна властная женщина в возрасте, чтобы она мной всячески помыкала и командовала». Нет уж! У меня для этого двое мужей было, и тех я послала далеко и надолго.

Знакомый с этой темы, однако, не слезал и продолжал слать мне подобные сообщения, усеивая их подмигивающими смайликами — мол, понимаешь, что я имею в виду? Мне каждый раз надоедало, я отписывалась в духе: «Извини, дела, надо белье погладить». В ответ он обещал прийти и погладить собственноручно. Искушение, конечно, было велико. Еще он предлагал навести порядок в моих ящиках. Без помощи рук. Хм...

От этих предложений делалось не по себе и в то же время одолевало любопытство. Проблемы, собственно, никакой — повелевать я могу хоть с закрытыми глазами и связанными за спиной руками. И легко могу представить, как я расхаживаю по квартире в кожаных ботфортах, щелкая хлыстиком, а этот презренный червь ползает у моих ног. Людям за это, между прочим, деньги платят. К тому же Марии меньше хлопот — не надо будет пол мыть, зато серебро хоть раз нормально начистит. Или еще можно будет залучить его к себе, когда буду в особенно отвратительном настроении, и как следует отыграться, отомстив всем тем, кто меня когда-то бросал. Куда приятнее, чем ходить на сеансы психотерапии или даже лупить боксерскую грушу. А Сэм так настаивает, так настаивает, что я, поддавшись порыву, соглашаюсь. Нормальные взрослые разговоры у нас с ним тоже случались, и он производит впечатление человека порядочного. Любит маму, заботится о сестре-инвалиде, играет в оркестре при пабе. Но есть и вот эта темная сторона, которую я хочу исследовать. Мы назначаем свидание.

Я направляюсь к расположенному недалеко от моего дома бару и встаю у подъезда прямо через дорогу. Я пришла чуть раньше назначенного времени, однако перед входом в бар уже расхаживает молодой человек, по описанию похожий на Сэма. Смотрит по сторонам, то и дело проверяя мобильный.

Выбираюсь из укрытия и у него на глазах перехожу дорогу. Он тут же срывается с места и запихивает телефон в карман. Выпрямляется, чтобы казаться выше (вот обманщик!), и приветствует меня неловкой улыбкой. Я подаю руку, окончательно давая понять, что сегодня Артуром буду я, а он — Мартой.

Мы заходим в бар, я заказываю «Кровавую Мэри». Играю роль властной стервы, непривычную, надо сказать, роль — обычно на первом свидании я, наоборот, такая девочка-ромашка. Сэм вспыхивает до кончиков белесых ресниц и рысью мчится за коктейлем, как младший дворецкий из Букингемского дворца в первый день работы. Он передает бармену мой заказ, а я тем временем разглядываю его из-за столика: светлые вьющиеся волосы, круглолицый, нос пятачком, по-детски припухлые губы и подбородок, которых в скором времени станет несколько. Так и просится надеть на него подгузник, вязаный чепчик и сунуть в коляску. Нет, одной «Кровавой Мэри» мне для кондиции будет маловато.

Сэм возвращается за столик, чуть-чуть расплескав коктейли по дороге. Я встречаю его гневным взглядом и, укоризненно прицокнув языком, вытираю капли салфеткой. Он улыбается кривоватой улыбкой, неуверенный, то ли я правда сержусь, то ли изображаю госпожу. Мне ужасно неловко, ведь обычно я гораздо мягче и добрее, но в роль я уже вошла, да и ему явно нравится. Разговор поначалу не клеится, но алкоголь делает свое дело, постепенно развязывая языки. Я держусь нейтральных тем, присматриваюсь пока, оцениваю обстановку. Через какое-то время ухожу к бару и заказываю еще коктейли. Куда моя жизнь катится?.. Самой интересно.

Как всегда в таких случаях, по телефону беседа течет сама собой, по почте письма сочиняются в два счета, а лицом к лицу — ступор. К концу второго бокала Сэм все-таки начинает обретать какую-никакую привлекательность. Я чувствую свою полную силу и власть над ним. Хочется попробовать еще. Он милый мальчик с огромным комплексом, который, впрочем, есть у доброй части мужского населения страны. Спросите Синтию Пейн, интимными услугами которой пользовались сильные мира сего — судьи Верховного суда, доктора и уважаемые политики (по-моему, это оксюморон), — у нее найдется что рассказать. Все ее клиенты жаждали оказаться в роли чмокающего пустышкой младенца в слюнявчике. Откуда эти желания — вопрос к их матерям. Современное значение слова *motherfucker* могло появиться только в нашем обществе, где понятие «семейные узы» отходит в область преданий.

Совершенно освоившись, я приглашаю Сэма прогуляться ко мне домой. Выходим из бара. Щеки Сэма покрывает смущенный румянец. Я тоже разрумянилась, но не от смущения. Решаю продолжить игру. Бросаю на него испепеляющий взгляд и прибавляю шаг. Он трусит следом.

— Кто там отстает? — грозно рычу я, как воспитательница на прогулке.

Он вроде бы нагоняет. Поднимаемся ко мне, я пропускаю его вперед, в прихожую. Он стоит, озирается. Повинуясь невесть откуда взявшемуся порыву, я командую:

— Так. Быстренько разделся. И в душ. Дверь не закрывать!

В его глазах мелькают ужас и наслаждение, я разворачиваю его по направлению к ванной и слегка подталкиваю. Он шлепает по коридору. Выждав пару минут, иду за ним. Топчется посреди ванной в трусах-боксерах и носках, не смея ступить шагу без дальнейших инструкций. Тело неплохое, пару фунтов можно бы сбросить и слегка подкачаться, но зато он молод, горяч — и в моем полном распоряжении.

— Кругом! — командую я и, стянув с него трусы, награждаю звучным шлепком с размаха. Сэм в шумом втягивает воздух, а меня как будто электрическим разрядом пронзает. Я чувствую громадное возбуждение, почти не веря, что все это происходит со мной, что я это делаю и мне это даже нравится.

— Сейчас няня тебя вымоет, — приговариваю я, импровизируя на ходу, — а то ты у нас такой грязнуля!

Сэм радостно кивает. Я жестом приказываю снять трусы и носки. Вижу его наполовину восставший член. Покачавшись туда-сюда, он клонится налево — и даже в таком полувисячем состоянии выглядит многообещающе. Впихиваю Сэма под душ и включаю воду.

— Мойся! — командую я. Сэм выдавливает на ладонь немного геля и намыливается, ни на секунду не сводя с меня глаз. Когда он переходит к гениталиям, я шлепаю его по руке и начинаю мыть сама. Провожу намыленной рукой вверх-вниз по стволу, член выпрямляется полностью. Сэм сияет, будто ему разрешили отпраздновать разом все свои дни рождения. Я уже мокрая — во всех смыслах.

— А кто у нас такой нехороший?

— Я, няня, я! — восклицает он с готовностью, как ученик, неожиданно обнаруживший, что знает ответ на заковыристый вопрос. — Я с тобой очень нехороший!

— А как поступают с нехорошими мальчиками? — Тон делается жестким, как крахмальный нянин передник.

— Их наказывают? — с надеждой вопрошает он.

— Именно! И очень сурово. Хорошие мальчики так себя не ведут. Вылезай сейчас же!

Выключаю душ и швыряю Сэму полотенце. Он поспешно вытирается.

— Кроме трусов, ничего не надевать.

Командовать я командую, но что делать дальше, понятия не имею. Ухожу на кухню, наливаю себе большую порцию водки с тоником, потом делаю порцию и для него. Возвращаюсь в ванную:

— Нужно выпить это горькое лекарство. Тогда ты станешь вести себя лучше, и няня не будет сердиться. А потом... — Я отпиваю из своего бокала, чтобы выиграть время на раздумья. — Когда няня позовет, придешь в детскую и покажешь, как ты извиняешься.

Разворачиваюсь и иду в спальню. Снимаю брюки и блузку. Под ними черный атласный корсет и пояс с подвязками, черные чулки со швом и черные кожаные сапоги до колена.

— Сэмуэль! — рявкаю я. — В детскую. Живо!

Сэм несется по коридору. Я встречаю его руки в боки. Он резко тормозит и начинает медленно моргать, как кукла с закрывающимися глазами.

— На колени! — Он падает.

Я достаю из ящика собачий поводок, купленный специально для этого свидания, и нетуго застегиваю ошейник. Сэм поскуливает. Я ласково похлопываю его по голове, он смотрит на меня снизу вверх преданным взглядом и часто дышит, высунув язык.

— Умница! — Главное не расхохотаться. — Рядом!

Покачивая бедрами, я провожу его по коридору. Он трусит за мной на четвереньках, раз или два я дергаю поводок.

— К ноге! — Когда он успел из мальчика превратиться в собаку? — Так... — Мы снова в спальне. — А теперь няне надо кое с чем помочь.

Вручаю Сэму набор для чистки обуви и тычу ему прямо в нос острым концом кожаного черного сапога. Он принимается бережно водить щеткой туда-сюда, особое внимание уделяя каблуку, который я вращаю в его руке. Из разреза в трусах показывается блестящая округлая головка торчащего пениса.

— Эй! — притворно возмущаюсь я. — А это еще что такое?

Он перестает натирать сапог и неуклюже пытается запихнуть головку обратно.

— Ну-ка встань, негодник! — Он поднимается, понурившись. — Покажи няне, что там такое у тебя в трусах.

Повозившись с ширинкой, он являет на всеобщее обозрение потрясающе длинный, прямой землянично-розовый фаллос.

— И как это называется?! — Я усаживаюсь на край кровати, слегка раздвинув ноги.

— Это подарочек для няни, чтобы она с ним поиграла, — с гордостью заявляет он, шагая ко мне.

Я делаю большой глоток из своего бокала и наклоняюсь к его торчащему леденчику. Обхватываю губами, а языком продвигаю поближе кубик льда. Сэм ахает, у него подгибаются колени, а член входит еще глубже мне в рот. Я сосу какое-то время, потом слегка прикусываю и отпускаю.

После этого все ускоряется раза в два. Я откидываюсь на кровати и пальцем отвожу в сторону кромку трусиков. Сэм пристраивается поближе, я пригибаю ему голову и крепко держу.

— Няня хочет, чтобы ты ее поласкал, шалунишка, — мурлычу я, и он принимается старательно вылизывать.

Кончив, я стягиваю с него трусы и переворачиваю на живот. Сажусь сверху. Шлепаю по одной ягодице, потом по другой, одновременно трусь об него — и уже готова кончить еще раз. Переворачиваю Сэма обратно на спину, седлаю его член и несусь в бешеной скачке.

— Без меня даже не вздумай! — приказываю я, и, к чести Сэма, он действительно оттягивает оргазм, дожидаясь меня. Слезаю и падаю на спину, изможденная и полностью удовлетворенная. Предлагаю ему дойти до конца между моих грудей, он повинуется, а я все это время причитаю, что он поступает невероятно гадко и придется придумать ему наказание пострашнее.

Случая больше не представилось, но в тот момент я едва могла сдержаться...

ОРЛАНДО

Был конец марта, холодное воскресное утро. У меня зазвонил телефон.

— Какие у тебя планы на следующее Рождество? — спрашивает Лидия в своей обычной манере: ни «здрасте», ни «как дела?».

— Понятия не имею. А что?

— Мне только что предложили виллу на Антигуа. Семьдесят пять фунтов в сутки!

Ну вот как тут решишь? Пересушенная индейка с вареной брюссельской капустой в промозглом надоевшем Блайти или креветки в кокосовом соусе с манго на белоснежном карибском пляже? Никак не соображу...

Наскоро прикинув, делаю вывод, что все мои родные и близкие тоже разъедутся кто куда.

— По-моему, замечательно! — наконец оглашаю я свое решение, и без дальнейших проволочек мы жмем на кнопки «Забронировать сейчас». Девять месяцев спустя мы сходим с самолетного трапа на плавящуюся в тропической жаре посадочную полосу — солнечный остров в нашем распоряжении. Сегодня Рождество. Прогноз погоды: аэропорт Гетвик — плюс четыре, Антигуа — плюс двадцать восемь. Антигуа побеждает с разгромным счетом.

Правда, выезд из аэропорта несколько подпортил впечатление. Задрипанный терминал, типичный для страны «третьего мира», без кондиционеров, зато с длиннющими очередями из потных, одуревших от разницы во времени туристов, обмахивающихся паспортами и шажок за шажком продвигающихся пред очи бюрократов за стойкой паспортного контроля. После девятичасового перелета проторчать еще полтора часа в аэропорту, чтобы тебе шлепнули штампик, — поневоле начнешь злиться. Какое там «Добро пожаловать на Антигуа!» — скорее, «Чё вы здесь забыли-то?». Они что, думают, мы их солнце съедим? Или наркотики ввезем и начнем распространять? Да у них местное радио небось называется «Кайф FM», а в воздухе стоит такой густой запах марихуаны, что пора бы переименовываться в Ганджа-сити.

Наконец мы проходим таможню и, прокатившись в тряской машинке по ухабистой дороге, уже ближе к вечеру прибываем на нашу виллу в Веселой бухте. Кидаем багаж, разбираем спальни, и в мгновение ока (быстрее, чем вы бы произнесли «пунш с ромом») все беды оказываются позади. Мы чокаемся бокалами с ромом на белоснежном песчаном пляже, глядя, как феерично погружается солнце в лазурные воды Карибского моря...

(А в это время в Лондоне дядюшка Альберт храпит перед телевизором. Верхние пуговицы брюк расстегнуты. В телевизоре сто двадцать пятый повтор рождественских сериалов. Дядюшка негромко пускает газы в бежевую глубину прикаминного кресла...) Прочь отсюда! Вернемся в рай!

Лидия прилетела на Карибы, пав жертвой богатого плейбоя, который, как и ожидалось, оказался гадом. Четыре месяца они вроде бы встречались, и за все это время она удостоилась только ночи в дорогом отеле (плейбой там все равно остановился по делам), с шампанским, свечами и шоколадом «Шарбоннель и Уокер», ею же и купленными. Лидия у меня девушка щедрая, поэтому приглашала возлюбленного к себе на бесконечные обеды и ужины, но ответного жеста с его стороны больше не дождалась. Скуп он был донельзя, и Лидия скоро признала, что отношения (если их можно так назвать) катятся в тартарары. Прикидывался суперменом, а потом оказалось, что в жилах у него не кровь, а подкрашенная водичка: в понедельник отменил назначенное на четверг свидание — видите ли, «ощущения какие-то температурные появились». Слизняк! В постели он, само собой, по словам Лидии, тоже был не ах.

— Под кладбищенской плитой и то больше жизни, чем с ним, — жаловалась она. Лидия у меня из Мидлсборо, так что приукрашивать не любит.

Оставалось только решить, как с ним расстаться — по-хорошему или по-плохому. Думали-думали, поняли, что второе лучше. Сколько веселых часов у нас ушло на сочинение текстов в духе «Ты мне больше не нужен». Колоссальное чувство свободы, особенно когда тебя это напрямую не касается. Появлялись все новые и новые «и еще», за которыми следовало перечисление грехов этого недоумка. В частности, он никогда не приглашал подругу к себе домой, а значит, и в постель, потому что якобы собирался поменять матрас, на котором спал с бывшей женой. (Подтекст: «Я водил сюда кучу других баб, и их барахло все еще валяется по квартире».)

Вот поэтому в новом году Лидия надеялась найти нового мужчину и полностью выкинуть из головы старого. У меня никакой сверхзадачи не было. Я просто радовалась возможности как следует отдохнуть после нескольких напряженных рабочих месяцев.

Дружелюбная, расслабленная атмосфера Веселой бухты, однако, подействовала на Лидию не сразу, и первые два дня она то и дело уставлялась в пространство или перечитывала сообщения на мобильном. Еще она штудировала книгу под названием: «Разрыв — это значит, все кончено» — руководство для тех, кто не видит очевидного.

На второй день пребывания мы договорились встретиться с друзьями-англичанами, приплывшими на яхте с Азорских островов (вполне логично, если у тебя есть яхта и навигационные навыки, чтобы сперва перегнать ее из Портсмута на Азоры). Именно эта ночь стала для меня поворотной, а отдых превратился в незабываемый.

Мы сидели в компании мистера и миссис Яхтовладельцев и их друзей в баре «Переполох» с видом на гавань Фолмут и пили «Кофейную бомбу» (убойная смесь из двойного эспрессо, шоколадного ликера, белого рома и какого-то самогона). Неожиданно к нам присоединились двое молодых парней. Мои гормоны и без того разыгрались, как дельфины на аквашоу, а уж когда парней представили как «яхтенный экипаж» — двое высоких, загорелых красавцев, которые только что провели шестидесятифутовую малышку через Атлантику... На это любая клюнет, а если нет, то я не знаю, на что еще клевать! Первый был канадцем (и являл собой ходячую рекламу салона татуировок), а второй — австралийцем. При виде него на ум приходило только одно: «Отмойте и несите ко мне в шатер». Он слегка смахивал на Орландо Блума, эдакий пират Карибского моря, которому я позволила бы повертеть свой штурвал в любое время. «Ого! — осознала я. — Теперь у меня тоже есть сверхзадача».

Привлечь внимание мужчины не трудно, и возраст — ни его, ни ваш — не имеет никакого значения, главное — знать, на какие кнопки нажимать.

Кнопка номер один: установить визуальный контакт.

Кнопка номер два: улыбаться ему теплой, приветливой улыбкой.

Кнопка номер три: порасспрашивать о нем же самом.

Не знаю, догадался он или нет, что его вываживают, но мне стоило лишь поманить пальцем, и он скользнул на мою сковороду, как яйцо в раскаленное масло.

Орландо развлекал меня рассказами о двадцати двух днях, проведенных в Атлантике: о сверхъестественном страхе, который иногда накатывает в одинокой ночной вахте; о невероятной красоты падающих звездах на фоне черного неба; о китах, которые приплывают поиграть и переворачиваются вверх белым брюхом, подныривая под нос яхты; о непредсказуемых ветрах; о перелетных птицах, которые норовят проехаться «зайцем» на фальшборте; о гигантском марлине, который попался на крючок, но был отпущен восвояси — я восхищенно ловила каждое слово. Было в этом парне что-то по-детски наивное, но под этой наивностью теплился живой горячий огонь. Орландо был похож на теленка, обещающего вырасти в мощного быка, или на гору, не знающую, что внутри нее скрывается вулкан.

Я спросила, чего ему больше всего не хватает в море, ожидая, разумеется, что он ответит: «Секса...» Он ответил: «Свежих овощей». Очень мило и по-философски. Мы обнаружили, что любим один и тот же полночный перекус: тосты с арахисовым маслом, банановым пюре и медом. Дружно посетовали, что никто пока не придумал покрывать чипсы «Принглс» шоколадной глазурью. Я пообещала, что обязательно сделаю, если когда-нибудь доберусь с ним до кухни. Он поведал мне о своем страстном увлечении сёрфингом, пожаловался, что опаздывает на свидания, когда ловит большую волну, а потом девушки обижаются и его бросают. Я в ответ рассказала об охотничьем азарте, который меня охватывает, когда выискиваешь на аукционе какую-нибудь антикварную вещицу. Лидия и остальные отошли далеко на задний план, кроме Орландо, я никого не видела. Иногда подруга ловила мой взгляд, и я подмигивала в ответ.

Мы с Орландо разговаривали, все больше сближаясь, и наши глаза потихоньку начали посылать сигналы губам. Что касается услады для глаз, в этом отношении он был просто рахат-лукумом: глаза цвета морской волны, прямой нос, небольшой сексуальный рот, пятидневная щетина, мускулистое бронзовое от загара тело, а на десерт — волосы, длиной до плеч, целая грива темных кудрей, завязанных в хвост, из которого выбивались боковые, выгоревшие на солнце прядки. Ужасно хотелось протянуть руку и намотать эти колечки на палец. Или намотаться на этого мальчика самой...

Ближе к вечеру мы всей компанией отправились ужинать и за едой продолжали общаться. Я, вслед за Орландо, заказала вегетарианское блюдо. Когда ужин закончился и настала пора прощаться, я поцеловала нового знакомого в щеку, привстав на цыпочки. Он, кажется, удивился. Несмотря на возникшую общность интересов, он, по-моему, ни на миг не забывал о нашем положении — он матрос, а я как-никак гостья владельца яхты, плюс разница в возрасте. Но мне было все равно. От него пахло морем и свежим ветром. Я, как и тот бедняга марлинь, крепко сидела на крючке.

На следующий день, когда мы с Лидией нежились в шезлонгах, а я погрузилась в думы об Орландо, пришло сообщение от наших друзей с яхты: «Плывем в Дрифтвуд-бей. Пообедаете с нами?»

Я взвизгнула от восторга и помчалась в туалет при пляжном баре приводить в порядок волосы и лицо. Вскоре вдали показалась яхта. Я в нетерпении металась по берегу, пока они бросали якорь, а потом забирались в шлюпку, и вот они уже несутся к нам на всех парах. Мой мальчик сидит у руля, волосы развеваются по ветру... У меня дыхание перехватило от восторга и упоения.

Всех рассадили за большим круглым столом — и снова мы с Орландо оказались рядом. Наши взгляды то и дело встречались, и тогда на губах мелькала тайная улыбка.

После обеда мальчики уехали за топливом и провизией, солнце клонилось к закату, фруктовый пунш сменился ромовым, и мы начали строить планы на вечер.

Мы с Лидией отправились к себе на виллу мыться и переодеваться, а когда вернулись в бар, обнаружили, что компания пополнилась двумя незнакомыми мужчинами. Первый — средних лет яхтсмен, по всем критериям подходящий для Лидии, а второй — молодой американец, давний знакомый наших матросов.

Удача пока не думала мне изменять, поэтому вся «команда мечты» собралась на моем конце стола. Они обсуждали, чтобы собираются делать, когда плавание подойдет к концу, и Орландо обронил, что с удовольствием слетал бы в Лондон. У меня с собой оказался ноутбук, и я предложила, не откладывая дела в долгий ящик, выйти в Интернет и посмотреть цены на билеты. Он подвинулся вместе со стулом поближе ко мне и глядел через плечо на экран, пока я искала. Мой взгляд упал на его узкие загорелые ступни в резиновых шлепках... Ужасно захотелось их погладить.

Бесплатной сети не обнаружилось, поэтому пришлось снять с кредитки десять долларов девяносто пять центов за подключение к WiFi-серверу.

— За тобой теперь должок! — подколола я. Интересно, что он будет делать?

— Э-э... Тогда вот... — И он наивно полез в бумажник.

Я, рассмеявшись, удержала его руку.

— Не нужны мне твои деньги! Нет, я что-нибудь другое придумаю... — С этими словами, да простит меня его матушка, я раздела его взглядом и проглотила не жуя.

Вы, наверное, думаете, мне легко даются подобные эскапады? Вовсе нет. Я по-прежнему предпочитаю, чтобы мужчина охотился на меня, пока не попадется в мои сети. Однако пунш с ромом сделал свое черное дело, и я, само собой, не хотела упускать момент.

Вечер шел своим чередом, Лидия со своим миллионером упорхнула на дальний пляж пить шампанское и танцевать под луной ночь напролет. Мистер и миссис Яхтовладельцы вместе с другими «взрослыми» удалились в яхт-клуб (меня, разумеется, тоже звали, но я вежливо отказалась). Вот так по стечению умело подкорректированных обстоятельств я осталась одна в компании трех молодых людей. Счастливая до головокружения, едва веря в свою удачу. Мы переместились в другой бар, и там я воспользовалась ситуацией, чтобы кое-что выяснить. Заказала всем выпивку, парни придвинулись поближе, и я направила беседу в нужное мне русло — отношения в паре.

— А вот скажите, вы же все время в рейсах, в разъездах... — начала я, отпивая разноцветный коктейль. — На вас девушки не обижаются? Как вы отношения поддерживаете? Это же, наверное, тяжело?

Парни с ухмылкой переглянулись, и я поняла, что попала в точку. Американец, самый старший из них (тридцать два года), ответил первым:

— У меня все просто. Никаких уз, никаких обещаний. Что происходит в рейсе, в рейсе же и остается... Вообще-то, — он многозначительно посмотрел на меня, — последняя подруга была гораздо старше меня...

— Правда?! — радуюсь я. — Ничего странного, впрочем. Это уже не редкость. По статистике, большинство браков среди ровесников заканчиваются разводом, так что надо искать другие варианты. По-моему, процентов шестьдесят пар сейчас именно такие, где женщина старше. А у вас, ребята, как? — обращаюсь я к остальным. — Попадались миссис Робинсон на жизненном пути?

— Есть такое дело! — хвастается канадец. — Встречался какое-то время с женщиной сильно старше. Мне двадцать шесть, ей тридцать восемь, и нам было здорово. Правда, она всегда норовила заплатить за все сама, меня это напрягало.

Запомним.

— Со старшими женщинами веселее, — добавил американец. — Интереснее... у них больше опыта... столько штучек знают!

Мы расхохотались. Старая песня, но каждый раз смешно.

— Только нам не нравится, когда они зовут нас «мой пупсик», — поспешил высказаться Орландо. — Сразу такое ощущение, что с тобой поиграют-поиграют, а когда надоест — выкинут.

— С женщинами так и поступали испокон веков! — возразила я с ехидной усмешкой. — Мы просто платим той же монетой. И потом, мой последний парень был гораздо, гораздо младше — и ничего, мы очень долго продержались...

— Что мы в вас находим, понятно, — высказал свои соображения канадец, — а что вы в нас находите? Ну, если не считать самого очевидного?

— «Очевидное» — это главная составляющая любых отношений, — объяснила я. — А потом начинаются компромиссы. Вы ищете что-то новое, что бы вас объединяло. Общаетесь, поддерживаете огонь. При этом помните, что ничто не вечно...

Я обвела взглядом бар. За соседним столиком сидела парочка тучных, лысеющих дядек, прилипших к бокалам. Ничего примечательного, все тучные лысеющие дядьки похожи друг на друга как две капли воды.

— Вот вам наглядный пример, почему женщин постарше тянет к мальчикам помоложе. Посмотрите на этих двоих, — я кивнула на соседний столик, — это мое поколение, но меня с ними ничего не связывает. Они распустились и полностью утратили привлекательность. У меня куча симпатичных, сексуальных, полных энергии подруг-ровесниц, а вот мужчины-ровесники — это нечто! Им кажется, что одиночки вешаются на любого, у кого имеются в наличии кошелек и член. Ошибаются. По мне, так лучше пицца с вами, чем икра с кем-то из них.

— Вы такая умная и потрясная! — восхитился американец. — Сколько вам лет?

Я застыла на месте. Запрещенный вопрос! Губы мои возмущенно сжались.

— Никогда не спрашивайте женщину...

— Где-то сорок шесть? — принялся гадать канадец.

— Сорок восемь? — выдвинул версию Орландо.

— Э-э... Пятьдесят два? — ввернул более искушенный американец. Горячо, горячо...

Я задорно рассмеялась и мотнула головой:

— Не угадаете! И потом, какая разница? Мы тут беседуем, развлекаем друг друга разными историями, нам хорошо. К чему цифры? Я заряжаюсь вашей энергией...

— А мы вашей!

— Значит, возраст не помеха?

Они дружно закивали, а у меня в голове затосковал Синатра: «Когда мне было пятьдесят девять... Хороший был год...»

Разговор перешел на другие темы: искусство, музыка, места, где они побывали, города, которые видели. Много путешествующие молодые люди, не домоседы.

Я придвинулась чуть ближе к Орландо, наши голые плечи соприкоснулись. Надеюсь, он понял, что из них троих симпатизирую я больше всего ему.

♀

Бывают ночи, когда Венера с Марсом выстраиваются по одной прямой, и тогда происходят самые настоящие чудеса. Стоило мне задуматься о том, чем закончится этот вечер, как позвонила Лидия, узнать, не буду ли я против, если она заночует у своего нового «приятеля».

— Мы на другом конце острова! — донеслось из трубки. Лидия была явно навеселе. — Хочешь, бери такси и приезжай. У него потрясающая вилла, тут столько спален... Можем спать в одной. С ним я не буду...

Она истерически хихикнула, в трубке раздались шлепок и яростный шепот: «Отвали!»

— Нет, спасибо, мне и тут хорошо. Есть кое-какие планы. Ты там веселись, позвони утром. Удачи!

Вскоре в бар вернулись яхтовладельцы, предупредить, что плывут обратно на яхту, и спросить, какие планы у команды. «Апокалипсо» была пришвартована в гавани, так что, доставив всех на борт, шлюпка там и останется. Парни переглянулись, не зная, на что решаться, и тут меня осенило:

— Можно переночевать на нашей вилле! Лидии не будет, места полно. С удовольствием устрою ребят на ночь, а утром они приплывут... думаю, так спокойнее, а то мы, кажется, перебрали слегка!

От меня не ускользнул быстрый взгляд, которым Орландо перекинулся с канадцем, — и еще один кусочек головоломки встал на место.

♀

Сперва мы еще посидели в караоке-баре при казино и поиздевались над певцами и только в полвторого побрели вдоль причалов к виллам. По дороге канадец остановился у телефонной будки позвонить своей девушке. Мы с Орландо отошли, чтобы не подслушивать, и я, улучив момент, поделилась с ним своими соображениями:

— Знаешь, я тут прикидываю, как бы нам всем разместиться... — Я двигалась осторожно, на ощупь. Хотя, собственно, я уже взяла все в свои руки. Пристально глядя в зеленые глаза Орландо, я придвинулась как можно ближе. — Там есть диван, комната с двумя односпальными кроватями и комната с одной двуспальной. Ты где хочешь?

У него вырвался нервный смешок, как будто за неправильный ответ ему грозит яма с крокодилами.

— Давай на месте разберемся? — ответил он с мягким австралийским акцентом и тем самым оставил нам обоим время на раздумья. Наверное, самый правильный ответ в такой ситуации.

Зато я заметила, делая шаг в сторону, что передняя часть его обрезанных джинсов несколько изменила очертания.

У канадца закончилась карточка ровно посередине разговора, и он в сердцах шмякнул трубку на рычаг. Наверняка у них что-то произошло, потому что мимо нас он протопал, сопя от злости и что-то бормоча себе под нос.

— Мне ее больше никогда на такой разговор не раскрутить... — в отчаянии простонал он. — Чертова хрень!

Я сочувственно тронула его за плечо:

— Могу я чем-нибудь помочь? Что стряслось?

Он помотал головой и, ссутулившись, побрел вперед. Я не стала догонять и теребить, а просто вернулась к остальным. На вилле канадец плюхнулся на диван лицом вниз и закрыл голову руками. Вскоре он уже храпел.

«Минус один», — подумала я.

Американец мялся в нерешительности, не зная куда ступить.

— Майк, пойдем, — я махнула рукой в сторону лестницы, — покажу, где ты будешь спать.

Попутно я бросила быстрый взгляд на Орландо, говорящий: «Стой тут и жди дальнейших указаний».

Американец отправился в мою комнату, с двумя кроватями, и я ткнула ему пальцем в незанятую.

— Все, что понадобится, найдешь там... — Я показала на примыкающую ванную. — На вешалке полотенце, его можно брать. Сладких снов. Увидимся утром. — Послав на прощание воздушный поцелуй, я закрыла за собой дверь.

По лестнице я спускалась медленно. Орландо как вкопанный стоял на месте. Я поманила его пальцем, и в памяти всплыли строчки:

«Приходи, красотка, в гости, —
Муху звал к себе паук, —
У меня красивый домик,
У меня пятнадцать слуг!

Может, вы чуть-чуть хотите
На кровати полежать?»
«Нет-нет-нет, — сказала муха, —
Я, пожалуй, откажусь:
Мне сдается, что я утром
В той кровати не проснусь».

Он послушно приблизился, а я зашагала наверх, в комнату с двуспальным ложем. Орландо поднимался за мной, как агнец на заклание. Я пропустила его вперед и заперла за нами дверь.

Когда мы очутились наедине, с меня вдруг разом слетел весь хмель и стало очень неловко. Я присела на краешек кровати.

— Такое чувство, будто я тебя похитила! — призналась я, в замешательстве проводя рукой по волосам.

Он поднял сцепленные за спиной руки, как будто его заковали в кандалы:

— Ага, точно!

Его саркастический тон меня не переубедил.

— В душ пойдешь?

Он кивнул и скрылся в ванной.

Я по-прежнему сидела на краешке кровати, недоумевая, что же дальше. Хитростью заманила к себе в будуар двадцатипятилетнего красавчика, но вместо восторга испытываю исключительно угрызения совести. Родство душ, которое возникло между нами в компании, теперь, когда мы оказались вдвоем, куда-то улетучилось, сменившись неловкостью. Безумно желая остаться с ним наедине, я все решила за него, не дав ему выбора... Ну и пусть! Я отбросила ненужные сомнения. Выплыла на глубину, так что теперь — тонуть?

Раздевшись до белья, нырнула в постель. Пока Орландо плескался в душе, перепробовала десяток томных поз — ни одна не выходила достаточно красивой, сексуальной или хотя бы естественной. Распахнулась дверь, он появился в одном полотенце на бедрах (бог мой!)...

Орландо молча прошествовал к противоположной стороне кровати, сбросил полотенце и тоже нырнул под одеяло. Перед тем как погас свет и комната погрузилась в кромешную темноту, я успела разглядеть прекраснейшие кремовые ягодицы, резко выделяющиеся на фоне темно-коричневой спины и ног. Я лежала не шелохнувшись, полностью утратив присутствие духа и дожидаясь, пока мальчик проявит инициативу.

— И часто ты ложишься в постель с первым встречным? — нарушил тишину укоризненный голос Орландо.

— Ты не первый встречный! — возмутилась я. О чем он, мы уже два дня знакомы!

— Еще какой! — И с этими словами он лег на меня сверху.

Мы неловко поцеловались и чуть-чуть поерзали. Никакой страсти, никакого волшебства, никакого возбуждения. Орландо, казалось, хотел провернуть все как можно быстрее и покончить уже с этим. Потыкавшись в меня, он вызвал жалкое подобие эрекции, и тут я решила, что пора начинать шоу. Перевернула его на спину и, взяв его руки в свои, начала расстегивать бюстгальтер. Он подхватил, чуть-чуть повозился с крючками, расстегнул, но никакого интереса к моей обнаженной груди не проявил. Я скользнула вниз, к его румпелю, целуя и покусывая все, чего касались мои губы по дороге, но ожидало меня разочарование. Я попыталась привести опавшее достоинство в чувство — безрезультатно. Орландо, видимо, это смутило, потому что он уложил меня обратно, навалился сверху, стянул с меня трусики, ткнулся несколько раз, пока член не восстал, вошел в меня, дернулся пару раз и моментально кончил. Или сделал вид. Худшего секса за всю свою жизнь не припомню. И такого короткого. Моим телом не то что не восхищались, его даже в расчет не приняли, а что до чувств — лучше промолчу.

Он скатился с меня и неожиданно пристроился головой между моих бедер. Занятно у него получается, задом наперед. Прелюдия не до, а после. Он принялся массировать мне ступни, очень мило и приятно. Медленно гладил мою ногу, доходил до верха и снова спускался. Я приподняла бедра, приглашая его внутрь, однако приглашением он не воспользовался. Чуть погодя, когда стало ясно, что в движениях этих нет души, я его остановила.

— Уже поздно, милый, — прошептала я. — Ты, наверное, устал...

— Да, есть немного.

Я уложила Орландо рядом и устроилась в его объятиях — вот это было замечательно. Голова моя покоилась у него на груди, и я делала то, о чем мечтала с самой первой секунды. Перебирала его длинные кудри и прижималась к крепкому юному телу. В этом было куда больше глубины, чем когда он находился внутри меня, однако я все равно чувствовала растерянность, пустоту и горечь. Я поняла, что значит жалеть о своем поступке, я знала, что повела себя неправильно, что все надо было делать совсем не так. Невинную, чистую дружбу я взяла и испоганила.

Орландо заснул, а потом, когда стало жарко и душно, отодвинулся от меня. Пока в комнату не проник слабый свет зари, я лежала без сна, не сводя с мальчика любящего ласкового взгляда, но в душе у меня громоздилась тяжелая глыба. Как хорошо было бы отмотать время туда, где нас ничего не связывало, кроме счастливой возможности.

В действительности все тухло, как в мусорном ведре. Судьба послала мне жемчужное зерно, а я возьми да и жахни по нему молотком.

Где-то в полседьмого у меня скрутило живот. В нем урчало и булькало, как в ведьмином котле, я скорчилась от боли в ожидании худшего. Том в свое время прозвал меня Таппервер, сравнивая мое тело с их вакуумным контейнером — никаких газов. Однако этим утром, как назло, сравнивать меня можно было только с Чикаго, городом ветров. Боль накатывала как схватки, я изо всех сил сжимала сфинктер, молясь, чтобы избежать неприятности. Орландо с закрытыми глазами заворочался во сне, в комнате становилось все светлее, рассвет предательски подбирался ближе. Я умирала как хотела в туалет, но не смела даже пошевелиться, не говоря уже о том, чтобы нырнуть в заветную комнатку и устроить канонаду под ухом у милого мальчика. Прошла целая вечность, желудок урчал, как кофеварка, и в конце концов случилось то, что должно было случиться, — я проиграла битву. Жуткие газы вырвались из моих плотно сжатых ягодиц и разорвали утреннюю тишину, будто раскаты грома. Я готова была сгореть от стыда. «Господи, — молилась я, — дай мне умереть спокойно...»

Вскочив с постели, я завернулась в халат Лидии, вылетела из комнаты и помчалась вниз, в гостевой туалет, где и спустила в унитаз остатки собственного достоинства. Канадца, наверное, разбудила — ну и черт с ним! Ниже падать уже некуда.

Наскоро подмывшись, я стерла перед зеркалом вчерашний макияж и прокралась обратно по лестнице, молясь про себя, чтобы Орландо еще не выбрался из объятий Морфея. К ужасу моему, он все-таки стоял у окна, в шортах и с футболкой в руках.

От стыда я не смела поднять на него глаз. С опущенной головой прошла через комнату и спрятала лицо у него на груди — жест извинения, примирения, попытка скрыть унижение и конфуз. Он обнял меня — что еще ему оставалось? И тут же отстранился.

Я пошла на кухню ставить чайник. Остальные уже не спали, мы обменялись ничего не значащими утренними приветствиями как абсолютно чужие люди (а кто мы еще?).

Будь проклята действительность и холодный утренний свет! Верните мне ночь с ее безрассудством...

Я сварила кофе, приготовила фруктовую тарелку, сосредоточившись на простых привычных действиях — нарезать банан, дыню, аккуратно разложить на блюде. Орландо спустился и, не задерживаясь, прошел на веранду. Канадец вышел вслед за ним, побеседовать. Ни улыбки, ни смеха.

Парни съели завтрак, поблагодарили за гостеприимство и ушли. Я надеялась, Орландо меня хоть чмокнет на прощание... зря надеялась. С лучезарной улыбкой (чего мне это стоило!) и бодрым «Всего хорошего, ребята!» я закрыла за ними дверь. И занялась самобичеванием.

Я чувствовала себя полной дурой. Вела себя как полная дура. Может, на самом деле я и была полной дурой...

Вылизав дочиста кухню (нет лучшего средства от уныния, чем физический труд), я встала под горячий (почти кипяток) душ, в надежде что мои грехи вместе с моим бренным телом растворятся и утекут в трубу, с глаз людских долой. К счастью, вскоре вернулась Лидия. Как разлученные сестры, мы кинулись друг другу в объятия.

— Я с ним переспала! — В голосе ее звучали брезгливость и отвращение.

— Аналогично!

Мы разразились картинными полуистерическими рыданиями, ругая себя на чем свет стоит. Плач по неудавшейся ночи затянулся надолго, но зато в конце мы все простили себе и друг другу и, облачившись в купальники, отправились завтракать в пляжный бар. Совсем забыла, что треклятая яхта все еще стоит на якоре в заливе, поэтому пришлось сидеть к морю спиной, а завтрак то и дело прерывался бормотаниями: «Чтоб тебя черти взяли! Мозги уже закипают!»

Мы запивали манговым соком и кофе яйца-пашот с тостами. Периодически я спрашивала Лидию, что делается на яхтенном фронте. Яхта как ни в чем не бывало невинно покачивалась на бирюзовой волне.

Лидии, однако, не терпелось поделиться со мной перипетиями ее бурной ночи. В пьяном свете луны миллионер казался воплощением девичьих грез. Он признавался Лидии в любви, обещая отвезти в Аспен при первой же возможности. Завороженно внимая его предкоитальному воркованию, она успела мысленно преобразить его в высокого, загорелого красавца богача, который избавит ее от бремени работы и одинокого материнства, попутно исполняя ее мечты. Захлебываясь, она рассказывала, как он сулил оплатить частную школу для ее сыновей; об этом она и мечтать не смела, поэтому едва верила своей удаче.

Все бы ничего, но когда миллионер вынырнул из-под одеяла под безжалостные лучи утреннего солнца, он оказался братом-близнецом инопланетянина Е. Т. из фильма. Еще больше усугубив муки Лидии, он взял и сделал ей предложение, обещав златые горы и реки, полные вина. Чтобы погасить бурю сомнений, разыгравшуюся в душе несчастной, пришлось нам сообща взвесить все «за» и «против».

(За) Жизнь по высшему разряду, не зная ни в чем отказа, бок о бок со

(Против) сморщенным коричневым «пришельцем», у которого вдобавок приплюснутая голова, а плечи отсутствуют напрочь.

Он утверждал, что ему шестьдесят, но мы препарировали его как самое время, и под нашими пристальными взглядами он становился все старше и старше, пока к полудню не превратился в пещерного жителя. На этом у нас больше не осталось ни сомнений, ни сил.

Когда мы уже собрались на интенсивную прогулку по пляжу с последующим долгим заплывом для очищения мозгов, на мобильный вдруг пришла эсэмэс, сами знаете от кого.

«Плывем назад в Английскую бухту. Хотите с нами?»

Мы с Лидией переглянулись. На моем лице отразилась робкая надежда. Шанс все исправить? Я оживленно закивала.

«Здорово! Где и когда встречаемся?»

«На вашем причале. Через сорок пять минут».

Мир сразу преобразился и заиграл яркими красками. Мы бросились на виллу краситься и переодеваться. Гора с плеч, камень с души, вот я уже снова обмениваюсь приветствиями, как будто и не было жуткой ночи. Великая вещь — забвение...

Разумеется, теперь все развивалось абсолютно по-другому. Он старался не встречаться со мной глазами, когда я влезала в шлюпку. А потом завел мотор и погнал на полной, как гонщик, задавшийся целью выиграть Гран-при. Мы подошли к яхте, взобрались на борт, выбрали якорь и взяли курс на юг. В этот раз он четко держал дистанцию между нами.

Шкипер повел яхту через мелководье, и я, улучив момент, приблизилась к Орландо. Он, стоя на коленях, оттирал масляное пятно с беленой тиковой палубы. Бегать за ним хвостиком я не собиралась, всего лишь хотела убедиться, что не вызываю у него отвращения и неприязни. С горем пополам завела разговор о содержании яхты. Орландо отделывался вежливыми односложными ответами. Никакой искры между нами не проскочило. Даже месяц на Гавайях за мой счет и последняя модель доски для сёрфинга не вызвали бы в нем симпатию ко мне. Он закончил тереть и ушел вниз, а я побрела в салон, заставлять себя любоваться морскими красотами.

Чтобы доставить нам удовольствие по полной, мистер Яхтовладелец повел яхту длинным кружным путем. Надо ли говорить, что «Голубая лагуна» неожиданно сменилась «Жестоким морем»? Мы шли прямым курсом на Гваделупу, за бортом бесновался темный злой океан. Изящная гоночная яхта летела на скорости узлов четырнадцать, и крен был страшный. Мы, несчастные сухопутные крысы, из последних сил цеплялись за все, что попадало под руку, иначе нас бы смыло. Позеленевшая Лидия то и дело хваталась за живот и кидала на меня отчаянные взгляды. Я успокаивала ее улыбкой и держала за руку, радуясь втайне, что со мной все в порядке. Нам, морским волкам, все нипочем, думала я. Нептун придерживался, как выяснилось, другого мнения...

Вообразив, что могу поиграть одновременно в русалку и пиратку, я отправилась вниз, накрасить губы перед карманным зеркальцем. ЗРЯ! ОХ, ЗРЯ! Порывшись в пляжной сумке, я подняла голову, и тут накатила такая волна тошноты, что я с трудом сдержалась, чтобы не выплеснуть весь завтрак. Кое-как я вскарабкалась обратно на палубу и тихонько прилегла на диванчик, уложив бедовую голову на прохладную подушку. Миссис Капитан поспешила мне на помощь с орешками кешью и бокалом красного вина, а я от одного их вида побледнела как полотно и только головой помотала, слабо улыбаясь. Тоже зря. Стоило пошевелиться, и в глазах все плыло. Делая глубокие вдохи, я уперлась взглядом в линию горизонта, но тошнота все равно то поднималась, то опадала, волнами, и я поняла, что рано или поздно меня все-таки вырвет. Я боролась до последнего, а потом понеслась на палубу, ушибла колено и вывернула все содержимое желудка на белоснежный борт красавицы яхты.

Миссис Капитан кудахтала надо мной как наседка. Промокнула лоб салфеткой, придержала волосы на затылке и, приговаривая что-то успокаивающее, отвела обратно на диванчик, где я снова уткнулась тяжелой головой в подушку. Мне принесли воды, но даже воду я пить не могла. В отличие от обычной тошноты, морская болезнь отпускает лишь на секунду, а потом с новой волной желудок снова переворачивается. Вокруг все общались как ни в чем не бывало, а я барахталась в тумане стыда и отвращения, злая и страшная, как сто тысяч чертей. Хозяйка посоветовала улечься ничком на палубе, я послушно выползла туда на четвереньках и плюхнулась животом вниз, но опять напрасно. Не прошло и пары секунд, как меня опять вывернуло, я залила рвотой весь купальник, корчась в судорогах на последней стадии деградации. Капитан включил шланг и, направив мощную струю прямо на меня, окатил с головы до ног, превратив в мокрую курицу.

— Теперь мы будем звать тебя Венди Наизнанку, — истерически расхохотался он. Удавила бы грубияна собственными кишками — если бы у меня еще хоть какие-то остались!

Посмотреть на Орландо, подумать об Орландо и тем более заговорить с Орландо я бы сейчас не смогла под страхом смертной казни. Похожа я была черт знает на что, а кошмарное плавание длилось еще часа два. Я скорчилась в укромном уголке, свесив голову между колен, и боялась пошевелиться, чтобы снова не стошнило. Время от времени я ловила подступающий позыв и сплевывала в стоящее рядом ведро. Да здравствует ослепительная роскошь морских прогулок на яхте!

Наконец паруса убрали, мы выровнялись и величаво вошли в Английскую бухту, где меня моментально отпустило. Я отправилась в душ и привела себя в порядок, собрав буквально по кусочкам. Орландо на камбузе готовил пенне «арабьята», в любой другой ситуации я бы тут же предложила помощь, но сейчас... Я набрала в грудь побольше воздуха и выскочила на палубу. Тадам! Вот она я, встречайте! Меня встретили — аплодисментами.

— Тебе явно лучше! — похвалила миссис Капитан.

— Да мне и так неплохо было! — отшутилась я. — Просто подумала, надо же вас чем-то развлечь.

Я умяла целую тарелку макарон (о, благословенные углеводы!), вознося, как последняя подлиза, хвалу кулинарному мастерству Орландо. Когда мы покидали яхту, он возился с насосом и ничего вокруг не замечал, так что мы опять не попрощались толком.

Вечером Инопланетянин Е. Т. пригласил нас с Лидией на ужин, поскольку она решила сомнения в его пользу и окончательно отказаться от миллионера не могла. (Лягушка вполне способна обернуться принцем... жаль, не в нашем мире.) Однако вместо счастья и безмятежного спокойствия на ее челе были написаны тревога и озабоченность, особенно когда миллионер принимался разглагольствовать о том, сколько чудесного их ожидает в совместной жизни. Прекрасно понимая, что разглагольствовать ему осталось недолго, мы с Лидией проявили порядочность и заплатили свою часть немаленького счета.

Потом нас занесло в «Раста-бар», и я на всякий случай держала под наблюдением входную дверь — вдруг кое-кому придет в голову почтить заведение своим присутствием. В окружавшей нас пестрой толпе я вдруг заметила высокого, стройного, довольно симпатичного седоволосого мужчину, который одним своим видом разбил на корню теорию, что все мои ровесники разваливаются на ходу, как сорвавшееся с горы кресло-каталка. Пока Е. Т. и Лидия стояли и разговаривали, мистер Таинственный незнакомец успел перехватить мой взгляд и улыбнуться краешком губ. Я точно так же улыбнулась в ответ. Остался еще в мире мужчина, который не видел, как меня выворачивало в ведро, и это ему только в плюс. Он стоял с какими-то приятелями, но вскоре они растворились, и он остался один, прямо напротив меня.

— Вас все бросили? — Я взяла с места в карьер.

Он подошел на пару шагов ближе.

У нас завязался разговор о плавании под парусом и об Антигуа вообще. Выяснилось, что зовут незнакомца Брендон, а живет он в штате Мэн. По профессии юрист, но сейчас оставил работу и ушел на год в яхтенную кругосветку. Я прониклась к нему симпатией, и вскоре мы уже болтали как старые друзья. Я снова была в своей стихии, снова чувствовала себя желанной и привлекательной. Внимание нового мужчины льстило чрезвычайно, залечивая свежие раны, однако при мысли о красавце Орландо сердце мое горько сжималось, и я по-прежнему то и дело поглядывала на дверь.

Из этого бара мы уже вчетвером перешли в «Абракадабру», славящуюся лучшим танцполом на острове. Лидия одобрительно подмигнула, глядя, как Брендон подхватывает меня под руку на булыжной мостовой. Мы прошли насквозь через садик, поднялись по ступенькам и, лавируя между танцующими, встретились у барной стойки. Брендон заказал напитки, ноги сами норовили пуститься в пляс под чарующие ритмы соки. Мы провели чудесный вечер под звездами, а на прощание Брендон нежно поцеловал меня в обе щеки. Сказал, что завтра будет выглядывать меня в барах.

— Классный! — оценила подруга, когда Е. Т. повез нас к себе. — Вот какого мужчину тебе надо!

— Знаю, — рассеянно согласилась я. — Очень милый... — Мыслями, впрочем, я была далеко.

Ночь мы провели на роскошной вилле Е. Т. Мне предоставили в единоличное распоряжение просторные апартаменты с ванной и огромной кроватью. Столько места зря пропадает, посетовала я, выключая ночник.

♀

На следующий день был канун Нового года, а потом нам предстоял перелет домой. Наверное, так заведено в истории курортных романов, что в последний вечер судьба непременно тебе кого-нибудь приведет. Обычные процедуры знакомства ускоряются в разы, вы пролетаете их насквозь, без остановок, едва успев пробормотать: «Как, говоришь, тебя зовут?» Время и пространство против вас, поэтому, если не удастся втиснуть полноценный роман в оставшиеся четыре часа до самолета, мучайся потом всю жизнь, гадая, Он это был или не Он.

Мы с Лидией, нарядные и красивые, доехали на такси до главного места событий — Английской бухты. Приглашение на банкет с яхтсменами за двести долларов с носа мы отклонили, решив вместо этого угоститься салатом и стейком с уличного барбекю. (Что-то на Антигуа такое витает в воздухе, отчего то ли дуреешь, то ли очумеваешь — возможно, то и другое сразу. От приглашения на ежегодный новогодний вечер у Криса

Райта мы тоже отказались, поскольку там все начиналось в семь, а мы не хотели выходить так рано. Потом рассказывали, там были Эрик Клэптон и еще туча всяких знаменитостей... Эх!)

После ужина на свежем воздухе у нас еще оставалось время до полуночи. Чтобы чем-то себя занять, мы забрели в бар «Камбуз» у самой линии прибоя. Народу там было немерено, поэтому Лидия заняла нам место, а я пошла за напитками. Вернувшись, я привычно обвела взглядом соседние столики, оценивая парней. Прямо перед нами устроилась компания из десятка молодых людей. Один, похожий на Роба Лоу, сидел чуть поодаль. Я посмотрела на него, он на меня — чуть дольше положенного. «Попалась, рыбка!» — решила я.

— Один есть! — сообщила я Лидии, делая большой глоток из своего бокала.

— Ой, может, хватит? — обеспокоилась она. — И так уже дров наломала.

— Для подстраховки. Мало ли, вдруг ни Брендон, ни Орландо не появятся? Или еще хуже, появится Орландо в объятиях сексапильной блондинки? Нет уж, новогоднюю ночь я в одиночестве проводить не собираюсь!

Лидия обернулась взглянуть на парня.

— Ему же больше двенадцати не дашь, — без выражения проговорила она.

— Именно! — огрызнулась я. — На сегодня он мой мальчик — запасной.

Я завожусь с полбокала. Вот только не помню с какого, третьего или четвертого — а жаль...

Мы с Робом Лоу продолжали стрелять глазами, пока Лидии не надоело. Сложив с Е. Т. спонсорские полномочия и перестав строить на него планы, она снова впала в уныние. К миллионеру на виллу приехали гости, поэтому он мог присоединиться к нам только после полуночи, и Лидия предложила пока прогуляться вверх по холму к Нельсоновым докам, послушать уличный оркестр, играющий на всяком металлоломе. Роб Лоу в мою сторону больше не глядел — ну что ж, сам потом будет локти кусать. Народу вокруг была тьма-тьмущая, так что шансы встретиться снова стремились к нулю. «Ничего, — думала я, продираясь сквозь толпу, — еще не вечер...»

Когда танцевать самбу под уличный оркестр надоело, я потащила Лидию обратно в «Камбуз», в надежде что Роб Лоу еще не ушел. Ушел. Однако стоило нам выплеснуться вместе с толпой обратно на улицу, как он замаячил в каких-нибудь двадцати шагах от нас. Пританцовывая, он поднимался на холм, однако ноги его не очень слушались. Пивохлеб, поняла я. Зато симпатичный. Заметив меня, он просиял и, все так же пританцовывая, двинулся к нам. Три шага вперед, два назад, и вот он уже танцует рядом. Я моментально подстроилась.

Мальчика звали Джонни, а приехал он из Сиэтла, что меня крайне удивило. Я его как-то сразу записала в уроженцы Южного Лондона. Когда пробило полночь и небо расцвело фейерверками, вся толпа устремилась к главной гавани. Я от души обняла и расцеловала Лидию, пожелав ей счастья в наступившем году. Перед нами вырастали все новые и новые красно-зелено-серебряные фонтаны, и мы смотрели на них как завороженные, погрузившись в собственные мысли. Воспользовавшись суматохой, Джонни встал у меня за спиной и обвил талию руками. Я прижалась к нему, закрыла глаза, представляя, что это Орландо.

Так мы стояли, охая и ахая от восторга на каждый распускающийся в небе сноп огней, а потом Джонни развернул меня к себе и начал целовать. Наступал год 2006-й, когда мне должно было исполниться шестьдесят, а меня тискал в новогоднюю ночь двадцатишестилетний (возраст я уже потом узнала) парень! Вот такие дела! Говорю же, что-то у них тут в воздухе такое...

Кольнула мысль, что я изменяю Орландо, но... Джонни здесь, а Орландо черт знает где, так что, если не можешь быть с тем, кого любишь, полюби того, с кем ты есть.

Остаток ночи Джонни не отходил от меня ни на шаг. Я не имела ничего против — до часу ночи. Именно в этот момент, когда Джонни прижал меня к стволу дерева в полумраке сада «Абракадабры» и мы целовались взасос, мимо прошествовали Орландо с канадцем. «Черт! — простонала я внутренне. — Вот засада! — Я готова была разрыдаться. — Ахтычтобытебячертидерьмо!» — хныкала я про себя. Нельзя же просто кинуть Джонни и рвануть к Орландо... К тому же у меня весь макияж размазался, и я выгляжу как жертва кораблекрушения. В который раз.

Орландо, наоборот, был неотразим: впервые за все это время побрился и принарядился. Длинные кудри зачесаны в хвост, черные льняные брюки, белая рубашка... Я уткнулась лицом в плечо Джонни, чтобы закрыться от Орландо, но украдкой все равно посмотрела в щелочку. Сердце мое тут же растаяло и чуть не испарилось. Не знаю, разглядел он меня или нет. Канадец, кажется, заметил. Но тут уж ничего не поделаешь. Преступление и наказание. Таков мой крест.

Остаток ночи я, как Линда Блэр в «Экзорцисте», вращала головой на триста шестьдесят градусов, но Орландо больше не видела. Над гаванью занялась заря, мы вызвали такси. Джонни, не забыв записать мой электронный адрес и номер мобильного, поцеловал меня на прощание. Мне было с ним хорошо — жаль, не в то время и не в том месте. И лицо у него красивое — но мне ведь совсем другое лицо нужно... До конца жизни теперь буду гадать, как бы все сложилось, окажись я в том саду одна — впрочем, если бы да кабы, сами знаете...

Тяжело было возвращаться после недели сплошного наслаждения на Антигуа. Я всем рассказывала, что провела «самые лучшие в жизни праздники»... Куда уж лучше — нескончаемый поток мужчин, жаждущих познакомиться. Семь дней и ночей мы с Лидией пребывали на вершине счастья, а падать с такой вершины ой как больно. Вспоминается тетушка Эдна, говаривавшая: «Когда в комнату входит Венди, перед ней у всех мужчин встает!»

Возвращаться обратно, в промозглую январскую серость, когда Рождество и Новый год закончились, у всех упадок сил и духа, ни у кого при виде тебя даже бровь не поднимется, куда там всему остальному. На Антигуа я цвела и пахла. В Лондоне завяла и зачахла.

Первые несколько дней душа моя металась в тоске, снова и снова проигрывая воспоминания об Орландо, как заезженную пластинку. Сердце позабыло вынесенные из прошлых приключений уроки. Оно тосковало и трепетало, не давая мне переключиться. А я никак не могла выбросить Орландо из головы. Интересно, когда мужчины обращаются с женщиной как с игрушкой, их потом так же совесть мучает? Хорошо бы.

Меня мучила не только совесть, но и сожаление о несбывшемся, однако ему ситуация наверняка представлялась в другом свете. Все-таки с кем-то переспал, получил удовлетворение. Мне же для удовлетворения не хватало возможности перед ним извиниться. Только вот как? Никаких координат не осталось, я потеряла его навсегда...

И тут меня осенило. Он ведь прилетает сюда, в Лондон, завтра утром! Номер рейса я знаю — сама заказывала в тот вечер, когда мы познакомились. Я могу встретить его в аэропорту! Напишу письмо, передам с кем-нибудь! Не обязательно ведь говорить с глазу на глаз, пусть просто поймет, что я чувствую. Я по очереди изложила свой гениальный план четырем подругам — все в один голос закричали, что это полная чушь.

Говорят, потенциальным самоубийцам становится чуть легче, когда принято окончательное решение. У них появляется цель, задача, что-то к чему можно стремиться. Так и я, приняв решение, уселась за свой верный ноутбук и после долгих раздумий сочинила следующее:

«Дорогой Орландо!

Тяжело дается мне это письмо, но поскольку в душе моей смятение, боюсь, написать я его все-таки должна. Должна самой себе, а главное, должна тебе.

Хочу попросить прощения за то, как ужасно вела себя на Антигуа. Наверное, ты бог весть что про меня подумал... Вела себя как шлюха, хотя мне это совсем не свойственно, я просто потеряла контроль. С тех пор я терзаюсь муками совести и ругаю себя.

Я помню, как мы замечательно общались, и, честное слово, я совсем не хотела торопить события... Всему виной музыка, лунный свет, марихуана, нескончаемый пунш с ромом, слишком мало времени, чтобы остановиться и подумать — все смешалось и понеслось в безумной пляске.

Ты очень милый, чуткий, душевный человек, как было бы здорово, если бы ту ночь мы провели в разговорах и мне не приспичило потащить тебя в постель. Как было бы здорово просто заснуть в твоих объятиях, невинно и без всякой сексуальной подоплеки...

Я ни в коем случае не хотела пользоваться ситуацией и до сих пор жалею, что разрушила все то светлое, что зарождалось между нами.

Желаю хорошо провести время в Лондоне. Если вдруг захочешь „Принглс" в шоколаде, обещаю держать себя в руках!»

О том, что Новый год я встречала в объятиях другого, я решила не напоминать. Сделанного не воротишь...

Я аккуратно распечатала письмо, вложила в конверт и оставила на тумбочке у входной двери. Завела будильник на четверть восьмого, чтобы к четверти десятого добраться до Гетвика. Самолет должен был приземлиться в девять двадцать. Всю ночь я проворочалась без сна, и в шесть тридцать пять, когда яркая вспышка в моей голове разогнала клубившийся в мыслях туман, я поняла, какой была непроходимой дурой. Как хором твердили подруги, я сама не понимала, что делаю. Выключив будильник, я наконец провалилась в сон.

От Орландо я больше вестей не ждала. Их и не было. Однако мне бы очень хотелось, чтобы он знал, как я сожалею и как надеюсь, что не нанесла ему душевную травму и не оставила неверного впечатления о женщинах вообще и женщинах бальзаковского возраста в частности. Я много чего хотела, но уж точно не этого.

Судьба послала мне крученый мяч, и я его пропустила. Что делать? Как и в остальном — плюнуть и жить дальше.

СНОВА В БОЙ

Я не из тех, для кого эмоциональная встряска или неудачное постельное приключение становится препятствием в погоне за наслаждениями. Поэтому я почистила перышки, встряхнулась и к шестидесятилетнему юбилею, который должен был праздноваться в феврале, уже была готова с новыми силами ринуться в бой. Оливер (тот самый, с тяжелым разводом, которого я утешала во время романа с Томом) устроил по случаю грандиозный прием в «Аннабель», так что в день моего превращения в пенсионерку я чувствовала себя как никогда полной надежд и оптимизма. Немалую роль в этом сыграли три выпитых один за другим «кир рояля», а также недавнее знакомство с весьма подходящим мужчиной (хотя и сильно старше меня годами). В момент легкого умственного помешательства у меня даже мелькнула мысль, что, может быть (всего лишь может быть), пора уже если не остепениться, то хотя бы остановиться. Что плохого, в конце концов? Своеобразная страховка. И мама обрадуется. Перестанет ворчать: «В твоем возрасте остаться одной смерти подобно...» — как будто кто-то что-то гарантирует.

Лорд Вислые ляжки де Морщинистая задница вызывал во мне самые лучшие чувства, однако, как я ни билась, на физическую близость с ним уговорить себя не могла никак. Шесть свиданий я стойко продержалась на невинном флирте — меня водили в оперу, на балет, на концерты, на спектакли и на diners a deux*, где рекой лились коллекционные вина и оживленная беседа. Здесь все шло как по маслу. Я наслаждалась поездками в лимузине с шофером, кавалер угадывал любое мое желание. Пересиливая себя, я вполне могла подержаться с ним за ручку в темноте театрального зала (ощущение при этом, как будто тебя гладят кусочком старого пергамента). Одна надежда, что ария или соло поскорее закончатся, тогда можно высвободить руку и хлопать, хлопать изо всех сил как можно дольше, а потом спрятать ладони под сумочкой, чтобы он их больше не трогал. Постоянные приглашения провести эротические выходные на экзотическом побережье повергали меня в дрожь. Стоило представить, как он выходит из ванной, снимает шелковый синий в крапинку халат и оттуда появляется... бе-е-е! Фу, уберите, не хочу это видеть! При всей его сноровке и огромной эрудиции выглядел он как мятый-перемятый шарпей. Когда мне стало совсем неловко пользоваться его щедростью и ничего не давать взамен, я выступила с заготовленной

---

* Diners a deux (*фр.*) — ужины на двоих.

прощальной речью в стиле: «Прости, но...», и он исчез из моей жизни. В сердцах он вдавил в пол педаль газа своего «бентли-арнажа» и умчался прочь. (Речь речью, но когда тебя пытаются поцеловать, а ты в ответ чуть не плюешь человеку в лицо от отвращения, выглядит намного доходчивее.)

Боже, думала я, карабкаясь на свой четвертый этаж. Что мне мешает закрыть глаза и думать о... об Уолл-стрите, о Крите, о Брэде Питте. И я поняла, что никогда не остановлюсь и не остепенюсь. Лучше нежные звуки скрипки на пять секунд, чем страческий храп до конца жизни; лучше одну ложечку яркого фруктового салата, чем целую коробку бесцветного пломбира; лучше буду жить в своей квартирке под крышей в обнимку с Кволиком, чем в замке с лягушкой, которая, сколько ее ни целуй, никогда не превратится в прекрасного принца.

Поэтому сэр Виктор Винтажный последовал тем же путем, что и мой любимый антиквариат — восвояси, на поиски добрых любящих женских рук.

Следующие несколько месяцев прошли довольно мирно. В личной жизни было, скорее, пусто, чем густо, но я встречалась с друзьями, работала, развлекалась в Интернете, перебрасываясь парой слов с неудачниками и притворяясь, что сама я не такая. А потом в один прекрасный день мне пришло письмо от молодого человека, прочитавшего в журнале мою статью, где я расписываю преимущества романов с женщинами бальзаковского возраста. Ему так понравилось, что он добыл в редакции мой электронный адрес, и постепенно, без всякого напряга между нами завязалась переписка.

Сперва мы слали письма не чаще раза-двух в неделю. Я ждала его посланий с нетерпением, они каждый раз оказывались очень интересными и полными юмора, так что лучшего корреспондента и придумать было нельзя. Мы обменялись фотографиями, выглядел он вполне ничего себе, и я вдруг поняла, что иногда делюсь с ним чем-то таким, чем с другими не решилась бы. Мне было с ним легко, как часто бывает при заочном общении, когда не надо смотреть в глаза. У него был интересный подход к решению проблем, а еще он оказался компьютерщиком и помогал мне, если с моим агрегатом что-то случалось.

Наконец мы пришли к тому, что надо бы встретиться. Я расчистила чуть-чуть места в своем расписании на следующее воскресенье, он взял билеты на поезд из Шотландии. Встречая его на продуваемой всеми ветрами платформе, я в очередной раз гадала, какой прок от полузнакомого юноши, который мне в сыновья годится... Впрочем, Коннор, радостно соскочивший с подножки вагона, меня приятно удивил. Выглядел он куда лучше, чем на фото. Пока не открыл рот. Мало того что у него не хватало переднего зуба, так еще и говорил он, такое впечатление, по-норвежски. Что поделаешь, Глазго, акцент — хоть дороги укатывай.

Мы отправились кататься по городу, я едва-едва, с пятого на десятое, разбирала его речь, остальное додумывала сама, поэтому диалоги у нас, подозреваю, получались забавные.

— Давно ты живешь в Лондоне?
— Без четверти шесть.

Между нами вставал языковой барьер. В конце свидания Коннор полез с поцелуем, но трудности перевода и маячившая весь день перед глазами щербинка во рту меня доконали, поэтому я оставила его ни с чем. Еще один получил от ворот поворот... Радостное ожидание сменилось разочарованием, а я в очередной раз напомнила себе, что надо надеяться на лучшее, а готовиться к худшему. Как же это, правда, нелегко...

Прошло еще несколько недель. На свидания ходить не с кем, живу как в пустыне. И тут подруга пригласила меня в воскресенье вечером послушать первое выступление ее сына в местном пабе. Выйти он должен был не раньше половины одиннадцатого. До этого я гладила белье перед телевизором и в любой другой воскресный вечер, закончив, убрала бы все и отправилась спать. Однако сегодня я почувствовала неожиданный прилив энергии, поэтому сложила гладильную доску, натянула самые узкие джинсы, подкрасилась и помчалась по Мейда-Вейл в «Добрый корабль» на Килберн-Хай-роуд.

Когда я вошла внутрь, Джимми уже играл, однако я быстро отыскала глазами свою подругу с группкой поддержки и на цыпочках пробралась к ней, лавируя между столиками. Незаметно пожала ей руку и скользнула взглядом по остальной компании. Сразу наткнулась на восхитительного молодого красавца с густыми волнистыми волосами, завязанными в хвост. Парень то и дело яростно зыркал в сторону трех хихикающих в голос девиц у бара, которым было абсолютно плевать на певца. Если бы его не зажимали со всех сторон, Хвостик как пить дать отправился бы к бару и вставил девицам по первое число. Я ласкала его взглядом, пока он не обратил на меня внимание, а потом, мотнув головой в сторону нарушительниц спокойствия, скорчила недовольную гримаску. Он согласно кивнул, и мы чуть дольше положенного не отводили глаз. Сердце мое затрепетало (как и ресницы). Когда композиция закончилась, парень встал и направился к бару, но тут же, как будто опомнившись, обернулся и спросил, не принести ли мне чего-нибудь.

— Давайте лучше я вас угощу? — Мне по обыкновению понадобилось взять главную роль на себя.

— Я первый предложил!

Его непреклонность пришлась мне по душе, поэтому я с улыбкой согласилась:

— Тогда, пожалуйста, водку с тоником! — Иногда имеет смысл отпустить поводья.

Пока Хвостик ходил за напитками, к нам успел подсесть еще один молодой человек, сосед Джимми по комнате — тоже красавец хоть куда. Хвостик слегка спал с лица, когда вернулся с бокалами и увидел его у нашего столика. Но я махнула ему, и он послушно присел на соседний стул, слегка касаясь меня ногой. Я не стала отодвигаться. Заговорили о музыке, посмеялись над тем, как мы оба, оказывается, чуть не остались дома и решили пойти в последний момент. Я спросила, кем он работает. Учитывая, что говорил он с эссекским акцентом, а одет был в спортивный костюм, надпись «штукатур», а не, скажем, юрист или бухгалтер на визитке для меня откровением не стала. Да, зайчик, распластай меня как штукатурку, можно прямо сейчас! Около полуночи, когда все разбрелись по домам, а паб уже закрывался, мы наконец отлипли друг от друга, и он спросил, можно ли мне как-нибудь позвонить. Я с какой-то стати (почему — одной фее неправды известно) заявила, что на ближайшие три недели у меня все плотно забито (ну и дура...), что, впрочем, не помешало мне нацарапать свой телефон на его визитке. (Дважды дура! А у него телефон взять?) Он проводил меня до машины и нежно поцеловал в губы на прощание. Три раза. На четвертый он попытался осторожно просунуть язык мне в рот, у меня закипела кровь от желания, но я уперлась ладонями в его твердый пресс и велела: «Все, иди!» Затем поехала домой, мурлыча под нос романтическую песню и блаженно улыбаясь.

На следующий день невероятно кружным, извилистым и тернистым путем я добыла номер его телефона, якобы для знакомой, которая собралась делать ремонт на кухне. Он строитель или кто? Я отправила ему эсэмэску, он мне ответил, так продолжалось неделю до следующего воскресенья, когда он заехал за мной, чтобы повезти на наше первое свидание. Кухня-шмухня! Если девушка чего-то хочет, она это получит. Поздоровавшись, он меня обнял и тут же признался, что жутко нервничает.

— Почему? — невинно полюбопытствовала я, хотя прекрасно понимала почему.

— Никогда еще не встречался с женщиной, которая настолько меня старше... — Подкупающая искренность. — Даже не знаю, найдем ли мы о чем поговорить.

Над моей головой возникло воображаемое облачко с надписью-мыслью: «А мы что, разговаривать собираемся?»

— Не волнуйся! — успокоила я, наливая ему большой бокал. — Мне и самой слегка боязно. Но мы ведь просто люди, а двум людям всегда найдется о чем поговорить.

Нежно улыбаясь, мы с легким звоном сдвинули бокалы.

Он вез меня в милой чистенькой машинке (как потом выяснилось — папиной). Мне шестьдесят, а я на свидании с мальчиком, который еще не переехал от родителей! Но с ним было так весело, так замечательно, он оказался настолько простым, открытым, харизматичным и внимательным, что я не жалела. И главное, я оставалась собой, мне не надо было притворяться. По дороге от машины к ресторану он взял меня за руку, и я почувствовала себя девчонкой. Для меня эта прилюдная демонстрация симпатии значила очень много и очень обрадовала. Юношеский задор, энергия, которой мне так не хватало, хлестали у него через край, передаваясь мне, и хотя он пытался обращаться со мной как с дамой, ощущала я себя девочкой-подростком.

После ужина мы поехали в кино, и он заплатил за билеты, как я ни уговаривала, что теперь моя очередь.

— Я тебя пригласил, мне и платить! — твердо сказал он и, пристроившись сзади, пока мы стояли в очереди, обнял меня за талию и уткнулся носом мне в шею. Я была молода и счастлива. Однако из-за него мне пришлось решать у кассового окошка финансовую дилемму — претендовать на пенсионную скидку или нет? На этот раз предпочла подержать язык за зубами.

Как и положено на первом свидании у подростков, мы уселись на «места для поцелуев» и передавали из губ в губы изюминки в шоколаде, пропустив полфильма. А, и бог с ним... Потом он отвез меня домой и, в отличие от опытных плейбоев моего возраста, припарковался как бог на душу положит, не собираясь надолго покидать машину.

— А подняться не хочешь? — спросила я с плохо скрытым разочарованием. — Не уходи, мы с тобой еще поиграем!

— Я бы с удовольствием. Просто не хотел показаться навязчивым...

И снова меня ошеломил этот потрясающий «мальчик из народа» — без образования, зато с отменными манерами.

Я зажигаю камин и свечи, включаю музыку, наполняю бокалы, и пару часов мы с моим птенчиком целуемся, нежимся друг у друга в объятиях и тискаемся на диване. Мало-помалу водка и страсть берут свое, барьеры падают, я сгораю от желания прикоснуться к упругому молодому обнаженному телу. Расстегиваю его рубашку, снимаю свой топ, бюстгальтер и с трепетным вздохом прижимаюсь к мальчику. Когда моя грудь касается его, я улетаю... Все благие намерения побоку, я увожу его (вряд ли невольно) в свои фантазии, где мы нежно и страстно занимаемся любовью до зари.

(Простите. Кое-кто из моих ровесников уже в могиле. Я просто не имею права упускать момент.)

Свидание наше заканчивается без четверти семь, мальчик уходит, а я остаюсь распластанной на смятой постели. На лице моем восторг и безоблачное счастье.

К счастью, то, что я позволила его (или моим?) низменным желаниям одержать верх в первую же встречу, на наших дальнейших отношениях не сказалось. Благодаря мне женщины в возрасте получили еще одного адепта и поклонника из числа «мальчиков-бродяг». Прошло четыре красочных недели, а мы до сих пор вместе, заглядываем в будущее и строим на него планы. Он охотно учится. Я охотно учу. Он любит поговорить. Я молча внимаю. Ему нужна подруга. Мне нужен он.

Конечно, не обошлось и без ложки дегтя. Когда мы прощались после второго свидания, сердце у меня чуточку заныло, и я поняла, что привязываюсь.

«Ни в коем случае!» — одергиваю я себя, уплывая под очередную слащавую балладу, и тут же, не успев отойти от эмоциональной встряски, отправляю мальчику эсэмэску, что, будь у меня хоть капля мозгов, прекратила бы все тотчас же, не дожидаясь душевных ран. Он слегка пугается, вдруг я собираюсь его бросить, и пишет в ответ, что я ему тоже очень дорога. Он знает, быть вместе до конца дней своих мы не можем, и это его очень огорчает. (Ну да, конец моих дней гораздо ближе...) Лучшая подруга, впрочем, урезонивает, что он мне может надоесть куда раньше, чем я ему, и я решаю наслаждаться тем, что есть, и ни о чем таком не думать. Он чудесный, заботливый, умный, чуткий молодой человек, которому то, чего он достиг, не с неба свалилось. Он возбуждает меня во всех смыслах, однако он обожает детей и рано или поздно захочет своих. Я уже почти люблю его, но однажды ради этой самой любви придется отпустить его навсегда. А сейчас я счастлива, как не была счастлива уже давно. Я познакомилась с его двоюродными братьями и отцом, когда мы ходили смотреть игру «Арсенала», он познакомился с моей младшей дочкой. («Ему сколько лет? Паспорт выдали хоть?» — укоризненно интересовалась она потом.)

Ему двадцать восемь. Мне скоро будет шестьдесят один. Если кто-то против, пусть скажет сейчас или вовеки хранит молчание. Я лично своего не упущу.

Зажигаем!

ПОСЛЕВКУСИЕ

«Когда на крутом вираже меня швыряло на край пропасти, я чудом удерживалась, чтобы не рухнуть в клубящийся внизу хаос. На скользком уступе моментально пробуждались к жизни мои сильные стороны — скрытые механизмы выживания, наследство от пращуров, которые втайне передавали их из поколения в поколение.

Мне перепало умение чувствовать обстановку, способность снова поднять паруса и поймать ветер, даже когда скрылась из виду земля, а с ней все, что мне дорого, когда звезд не видно за плотной пеленой, а сердце стонет от потерь и страха — тогда вокруг оживают новые чудеса, и я готова разглядеть их и восхититься.

Я верю, что покажутся вдали новые земли и там, на этом неведомом берегу, меня ждут новые радости и заботы».

Миа Фарроу «What Falls Away».

В этих словах я черпаю вдохновение, они помогают мне выкарабкаться из трясины — куда, честно признаться, я сама себя загоняю. Молодые любовники — жесткая диета, а не домашняя сытная кухня, так что после эмоциональной встряски от моих приключений я долго прихожу в себя, а спокойствие и благополучие в столь почтенном возрасте мне и вовсе не грозят. Плевать! С годами выясняется одна вопиющая несправедливость: все стареет, кроме чувств.

Вы, наверное, уже заметили, что все мои истории развиваются одинаково. Мальчик с девочкой встречаются, мальчик с девочкой трахаются, мальчик с девочкой расстаются. Почему она так поступает, спросите вы? Все просто: могу и поступаю. Я руководствуюсь чувствами. Мне нравится, как я себя ощущаю рядом с молодым парнем — такой, какой мне хочется быть. Это молодость за компанию. Молодость внутримышечно. Куда лучше, чем ботокс.

Воспоминания о моих сексуальных похождениях заставили меня многое переосмыслить и породили бурю смешанных чувств. Удивительно, как мне повезло — никаких ужасных болезней, изнасилований, страшных встреч и душевных ран. Я гнулась — о, как я гнулась! — но не ломалась.

Итак, уроки, которые я вынесла из своей бешеной погони за наслаждением...

Секса никогда не бывает много.

Лучше один раз перетерпеть бразильскую эпиляцию, чем брить.

Даже со свежезаряженными батарейками оргазмов все равно получается не больше пяти.

А в том, что касается мужчин, жизнь меня вообще ничему не учит.

Я наверняка довела до белого каления подруг, хвастаясь подвигами на сексуальном фронте, когда в их в личной жизни было шаром покати. Однако за утешением и поддержкой, когда все шло наперекосяк и сердце рвалось в лоскуты, я тоже прибегала к ним.

Я считаю, что женщинам стоит поучиться поведению у мужчин — особенно когда мужчины у них нет. Да, нам нравится, когда нас завоевывают, и так будет всегда, во веки веков, но если речь идет только о «трахбах», то лучше трахать самой.

Время уходит, красота разрушается (несмотря на регулярные подношения к алтарю «Бутс»), и я отдаю себе отчет, что лучшее совсем не впереди. Это еще один вызов судьбы, и, как все остальные, его надо принять, отразить и пережить. Сколько раз я пробовала помешать реальности ставить палки в колеса моей мечте, а выходило наоборот — мечта становилась на пути у реальности.

Я не заморачиваюсь по поводу длительных «нормальных» отношений. Как известно, рядом с любовью всегда ходит боль... Впрочем, если в череде моих «мальчиков» попадется «тот единственный», я приму его с распростертыми объятиями. Если же нет, я улыбнусь печально, опущу очередную монетку в копилку воспоминаний и буду благодарна.

Мои приключения — это моя жизнь, и ни за что на свете я бы ни от одного из них не отказалась. Лучше я буду ярмарочной площадью, чем пустошью, — такая вот топография.

Всем моим мальчикам хочу напоследок сказать:
— Джентльмены! Держите хвост морковкой!
Или словами великого комика Эрика Айдла:
— С глубоким аморальным удовлетворением!

ПРИЗНАНИЯ

В тринадцать Венди обратила свои чары на женскую хоккейную команду. Потом она обнаружила, что на свете есть мужчины, и мы ее потеряли. Дрянная девчонка... а ведь мы могли бы быть вместе...

Марджери Данстон, закрытая
женская школа Ноттинг-Хилл

На Венди, с ее стилем, сноровкой и умением отбрить одной фразой, мужчин тянуло, как пьяницу на пивоварню. Я был одним из них, я мечтал о поцелуе... о прикосновении... о самой малости! Эх, купи я тот триммер для выдергивания волосков в носу, было бы мне счастье... Простите. Пойду прилягу.

Всеми покинутый Сирил, 73 года

Ее разнообразью нет конца. Пред ней бессильны возраст и привычка*.

Билл Шекспир

Когда Венди входит в комнату, перед ней встает у всех мужчин.

Тетя Эдна, 87 лет

_____

* Пер. Б. Пастернака.

Бродяжка, но я люблю ее. Каждый день разбивает сердца.

Уолт Дисней

Сосет как пылесос.

Крис, 22 года

Классные сиськи!

Доктор Перегрин Карлтон-Браун,
гинеколог-консультант

Если Венди появится передо мной в черных чулках и подвязках, я не смогу ей отказать ни в чем.

Президент «Барклай-банка»

БЛАГОДАРСТВЕННОЕ СЛОВО

Эта книга никогда не была бы написана, если бы не безоговорочная поддержка и постоянные сомнения моих родных и близких. Они то и дело кидались на меня с вопросами: «У тебя что, крыша поехала?! Чтобы весь свет копался в твоем грязном белье? А о детях ты подумала? О матери?..» Но я шла напролом.

Хочу сказать огромное спасибо Адрианне — она замечательный слушатель, советчик и персональный тренер суперкласса. Спасибо Бернис, моему верному наставнику на путь истинный, Карен, моей непримиримой сопернице по игре в «Скраббл», и Мэгги, которая умеет уравновесить мой ян своим инь, спасает меня юнгианской терапией и вносит покой в мою сумасшедшую жизнь... Спасибо всем подругам, которые почему-то избрали меня на роль модели для подражания. Я просто пытаюсь быть всем лучшим, что во мне есть.

Спасибо всем моим кавалерам за приятную компанию. Если мои откровения вас шокируют и отталкивают — простите, это ваши проблемы. Может, я это все придумала... а может, и в самом деле придумала... может, я вообще все вру...

И наконец, искренняя благодарность моему агенту, Адриану Вестону из Raft PR&Representation, который поверил в мою историю настолько, что решил рассказать ее всему миру. Огромное спасибо также моему чудесному редактору Елене Лапин и всей редакции Old Street Publishing, благодаря которым я поняла, что плод моих полночных бдений достоин увидеть свет. Спасибо вам всем!

СОДЕРЖАНИЕ

Литературно-художественное издание

Солсбери Венди

СЕКС В БОЛЬШОМ ВОЗРАСТЕ
Дневник взрослой девочки

Генеральный директор издательства *С. М. Макаренков*

Редактор *И. В. Баканов*
Контрольный редактор *Л. А. Мухина*
Фотография на обложке: *Images24 / Russian Look*
Художественное оформление: *В. Ю. Шумилов*
Компьютерная верстка: *А. В. Дятлов*
Корректор: *Т. Е. Антонова*
Изготовление макета: *ООО «Прогресс РК»*

Подписано в печать 19.11.2008 г.
Формат 84х108/32. Гарнитура «Bannikova».
Печ. л. 10,0. Тираж 3000 экз.
Заказ № 8423

Адрес электронной почты: info@ripol.ru
Сайт в Интернете: www.ripol.ru

ООО Группа Компаний «РИПОЛ классик»
109147, г. Москва, ул. Большая Андроньевская, д. 23

Отпечатано с готовых файлов заказчика
в ОАО «ИПК «Ульяновский Дом печати»
432980, г. Ульяновск, ул. Гончарова, 14